Über dieses Buch

»›Im Block‹ konzentriert sich auf Faktisches und erreicht Unmittelbarkeit durch Steigerung hin zu minuziöser und ungemein sachlicher Vergegenwärtigung. Die 14 Kapitel des Buches bestehen aus Gruppen sehr kurzer, zwei, sechs oder auch einmal 15 Zeilen umfassender Texte, die jeweils einen Zustand oder Vorgang isolierend verzeichnen, ohne daß bestehende Bezüge zwischen den Texten bewußt verschleiert werden. Manchmal ist der Sprung von Text zu Text groß und abrupt, manchmal folgt eine Sequenz von Texten direkt einem Zeitablauf. Stets aber ist die Optik direkt auf den einzelnen Sachverhalt gerichtet.
›Im Block‹, Bericht aus einer Wirklichkeit abseits vom Leben, außerhalb der Gesellschaft, vergegenwärtigt ein Leben in den Bedingungen extremer Unterdrückung und provoziert dabei nicht Gefühle, sondern vermittelt Konkretes, Erfahrung. Ein exemplarisches Buch.«
Heinrich Vormweg in der *Süddeutschen Zeitung*

Der Autor

Walter Kempowski, Jahrgang 1929, besuchte die Oberschule in Rostock, war Flakhelfer und Lehrling in einer Druckerei. 1948 ging er nach Wiesbaden, arbeitete dort in einer Arbeitskompanie der Amerikaner, kehrte nach Rostock zurück und wurde aus politischen Gründen zu 25 Jahren Zwangsarbeit verurteilt. Nach acht Jahren wurde er entlassen. 1956 ging er nach Göttingen, machte dort sein Abitur und studierte. Seit zehn Jahren lebt er als Lehrer in Norddeutschland. 1972 erhielt er für seinen Roman »Tadellöser & Wolff« den Wilhelm-Raabe-Preis der Stadt Braunschweig und veröffentlichte seinen zweiten Roman »Uns geht's ja noch gold«.

Walter Kempowski

Im Block

Fischer
Taschenbuch
Verlag

Der Verfasser berichtet Fakten und Vorgänge, die für viele Wirklichkeit waren. Erlebte und bezeugte Tatsachen wurden jedoch erfundenen Personen zugeordnet.

In der Darstellung kommen Zitate vor, die nicht genau dem Text des zitierten Autors folgen, sondern dem Wortlaut, den zitierende Häftlinge seinerzeit benutzten.

Fischer Taschenbuch Verlag
Dezember 1972
Ungekürzte Ausgabe

Umschlagentwurf: Hans-Jürgen Spohn

Fischer Taschenbuch Verlag GmbH, Frankfurt am Main
Lizenzausgabe mit freundlicher Genehmigung
des Carl Hanser Verlages, München

Gesamtherstellung: Hanseatische Druckanstalt GmbH, Hamburg
Printed in Germany
ISBN 3 436 01612 8

John P. Siegfried gewidmet
und allen, die es nicht so sahen.

1

Im Morgengrauen holten sie mich aus dem Bett. Zwei trugen Lederjacken. Da hast du was zu melden, wenn du wieder rüberkommst, dachte ich.
Einer nahm aus dem Wäscheschrank Briefe und Tagebücher. Ein anderer strich über die Tapete.
Meinen Ring konnte ich unbemerkt in die Nachttischschublade streifen.

Sie legten mir keine Handschellen an. Beim Hinuntergehen faßte einer mit zwei Fingern meinen Ellbogen.
Oben stand meine Mutter mit aufgelöstem Haar. Auf der Straße Doppelposten mit Gewehr.
Im Fenster des Hausmeisters bewegte sich die Gardine. Im Schaufenster der Drogerie Fotos vom Strand.

Wir fuhren ab. Trug der Fahrer eine Pickelmütze?
(In Riga erstach man die Stadtverordneten und warf sie in einen Brunnen.)
Ich hielt mich an der Troddel fest und suchte die Straße nach Bekannten ab. Drüben hatte immer der alte Weltzin in seinem Erker gesessen.

Ein Bretterzaun versperrte die verbotene Straße. Glatzköpfige Russenkinder davor. Rasch war der Schlagbaum aufgeseilt, ein Ausweis wurde nicht verlangt. Alle Türen standen offen.
Von Offizieren begleitet, schritt ich die Treppe hinauf. Oben ein Posten – unbewegt.
Der Wachhabende saß auf einem Gartenstuhl. Er hatte die Ärmel hochgestreift.

Im Keller nahm mich ein freundlicher Mongole entgegen. Krawatte abbinden – ich trug eine rote –, Schnürsenkel rausziehen, Brieftasche hingeben. (Das einzige Foto von H.)

Brille ab.
Mit Stacheldraht umwobene Gitterstäbe: Kette und Schuß. Vor der Nachbarzelle eine Beinprothese.

Erstes Verhör.
An der Wand ein Stalin-Bild. Drei Offiziere mit hängenden Orden um mich herum. Ich antwortete nach allen Seiten. Einer strich mir übers Haar: Guter Junge.
Er stellte ein Bein auf den Stuhl, fummelte an meinem *Identification Pass* und zählte es mir an den Fingern her: Aus dem Westen gekommen, Labor Company der *US Army*, Ami-Hemd — also Spion.
Im Straßenlautsprecher Chopin.

Ich war drei Schritt hinter mir. Große Entfernung trotz Naheinstellung. Zahlenziffern am Fadenkreuz. Kein Hättedoch, kein Gedanke an Morgen, keinerlei Reim.
Reines Heute.

Ich mußte ins Auto steigen. Rasche Fahrt durch Regen. Der Begleiter gab mir fortgesetzt Zigaretten.
An einer Bahnschranke gab's Aufenthalt. Gute Fluchtgelegenheit: Sie ließen mich raus zum Füße vertreten. Keine Hunde, keine Fessel, Wald.
Der Zug fuhr langsam vorüber.

Spätabends waren wir am Ziel.
Dunkle Toreinfahrt in weißbeworfener Wand. Auf der Zinne zerbrochenes Glas.
(Hier kriegst du Prügel.)
Der Begleiter bekam für mich eine Quittung und ging fort, ohne mich noch einmal anzusehen.

Ein Mensch, vor dem ich fürchterlich erschrak, öffnete mir Jacke und Hose.
Er suchte nach Waffen.

Dann trieb er mich durch Gänge und schob mich in eine Zelle. Es war die Nummer 54.
Würde man hier später eine Bronzetafel zur Erinnerung an meine Leidenszeit anbringen?
»Nix sprechen, nix liegen, nix schlafen, nix singen, nix klop-

fen, nix Fensterkucken«, sagte er. Alle übrigen Verbote hatte ich zu ahnen.

Ich hängte meinen Mantel an einen Haken in der Tür. Da klatschte es draußen. Ich hatte eine Signalvorrichtung ausgelöst, durch die der Posten herbeigerufen wurde.
Er kam schimpfend angerannt und donnerte gegen die Tür.

Ich stellte mich an die Heizung und wärmte mir die Füße. Die Zelle war völlig leer. Die Pritsche mit Strohsack war einziger Einrichtungsgegenstand.
Irgendwo klopfte es. Im Terrazzofußboden tausend Bilder: Hund, Fisch, Palme. Eine alte Frau mit Holz.
Jemand hatte ins Trinkwasser gespuckt.

Ich legte mich auf die Pritsche.
Kaum lag ich, kam der Posten rein. »Nix liegen!« Erst wenn die Glocke klingelte, dürfte ich mich hinlegen.
Also wieder hoch und warten. Bis gegen Mitternacht wanderte ich hin und her, dann endlich klingelte es.

Am anderen Morgen studierte ich an den gekalkten Wänden die Inschriften.

> »Und wieder ging ein junges Leben
> unaufgeblüht ins Grab,
> das allzu hast'ge Streben
> riß ihm den Faden ab.«

Ein Mensch namens Lunow hatte sich wohl zwanzigmal verewigt.
Ich schrieb meinen Namen überall dahinter.

An allen Wänden Kalender. Einer mit siebzig Strichen.
Ich legte mir gleich drei an. Überm Bett einen, wenn ich aufwachte, an der Tür und unterm Fenster. Die Striche machte ich für eine Woche im voraus. So lange würde ich ja doch noch sitzen.

Mit dem Austreten war's schwierig; als Kübel diente eine Vase mit engem Hals.

Gegen neun Uhr reichte mir der Posten einen Kanten Brot.

Dazu gesüßten Gerstenkaffee und eine Vitamintablette.
Endlich konnte ich auch das Trinkwasser wechseln. Der Schleim schwamm davon.

Zu Mittag bekam ich Rübenwasser mit angebratenem Speck. Und wieder gab mir der Koch eine Vitamintablette. Ein Zellennachbar morste: »Dünn wie Pisse!«

Das Brot teilte ich mit dem Löffelstiel in dreißig fingerlange Stücke. Die Krusten legte ich extra, desgleichen das »Marzipan«: eine millimeterstarke Schliffschicht.
Ich betete, dann wandte ich mich vom Spion ab und lutschte Stück für Stück.
Hin und wieder durchfuhr es mich: hast du auch ganz bestimmt gebetet? Vielleicht sollte ich es sicherheitshalber noch einmal tun.

In der Nacht holten sie mich zur Vernehmung. Durch Käfigventile und Gitterschleusen trottete ich hinter dem Posten her. Auf jeder Treppe Schlüsselsignale am Geländer: Hier dürfen Gefangene sich nicht begegnen.
Über eine Seufzerbrücke ging es ins Justizgebäude. Draußen ein Kokshaufen, der würde mich abfangen ... Oder die Treppe runterrasen ... am Posten vorbei.
Halb elf. Uhrzeit merken.

Der Untersuchungsrichter schritt über die Ankerteppiche, Hände auf dem Rücken. Wie sollte er anfangen?

Vera, die hübsche Dolmetscherin, kaute Nägel.
Gardinen und Übergardinen, Deckenlampen wie umgedrehte Puddingschüsseln: Mein Stuhl stand, wie kein Stuhl in der Welt, am äußersten Rand des Zimmers.

Der Untersuchungsrichter sah mir ins Auge. Gleich mußte er sich entscheiden, ob er mich schlagen würde. Ein paar Sekunden starrten wir uns an. Dann lächelte er und gab mir eine Zigarette.
In der Ferne tutete ein Zug.
Drei Stunden später waren wir im reinen. Indizien erleich-

tern die Verständigung.
Ein anderer Offizier, Kapitän Scherkow, übernahm die Ausschmückung meines Falls. Sein Dolmetscher hieß Nikolai, ein Arbeiterjunge.

Scherkow hatte drei Orden. Er spuckte in die Schublade seines Tisches.
Hunderte von Seiten schrieb er voll. Sorgfältig. Zwischendurch Fingermassage und hin und wieder eine Frage.
Unvermittelt sagte er auch so etwas: »Apfelblumen alle kaputt!« (In der Nacht hatte es gefroren.)
Weil ich die Sowjetunion Rußland nannte, mußte ich in der Ecke stehen.

Ob ich Gummerstock kennte?
Gummerstock? Nein, ein Herr dieses Namens sei mir wirklich unbekannt.
Da riß er einen Gummiknüppel heraus und rief, mit dem würde ich es zu tun bekommen, wenn ich nicht die Wahrheit sagte!

Nikolai ordnete Lineal und Bleistifte und wischte Tabakkrümel vom Tisch. Ab und zu unterhielt er sich mit mir.
Warum ich Spionage gemacht hätte, wollte er wissen. Die Sowjetunion verfüge über 200 Millionen Menschen, demnächst würden es sogar 220 Millionen sein, und gegen die hätte ich mich aufgelehnt!
Wer zwischen die Mühlsteine gerate, werde zerquetscht.

Er hatte Angst vor irgendeiner Prüfung. Ich half ihm bei den Schularbeiten. Was ein »Landser« sei und »Kimme und Korn«.
Er behauptete, es heiße »trotz alles«. »Trotz« regiere den zweiten Fall.
Ich konnte ihn nicht davon abbringen.

Es täte mir leid, sagte ich, daß ich gegen die Sowjetunion gearbeitet hätte. Ich würde den Schaden gern wiedergutmachen ...
»Dazu sind Sie zu dumm«, antwortete Nikolai.

»Könnte ich einen Pfarrer sprechen?« fragte ich.

Nikolai lachte und antwortete: »Wenn Sie beichten wollen, dann tun Sie das hier.«
Dem Pfarrer hätte ich Grüße an meine Mutter zugeraunt: Hau ab nach Berlin!

Hin und wieder gab mir Scherkow was zu rauchen. Einmal bedankte ich mich zweisprachig: »*Spassibo*, danke schön.« Das fand er witzig. Ob ich das auch auf englisch sagen könnte?
Ich tat es.
Da freute er sich: Was für einen Gefangenen haben wir! Er erklärte es sogar dem Posten, der nicht wußte, ob er darüber lachen durfte.
Ich wollte es noch besser machen und fügte »*merci, monsieur*« hinzu.
Da winkte er ab. Nun sei es genug.

Nach zehn Tagen machte ich ihn darauf aufmerksam, daß mein Interzonenpaß bald ablaufe.
Darüber sollte ich mir man keine Sorgen machen, meinte er und lachte.

Manchmal ließ er erst nach Mitternacht von mir ab. Die Fragen verfolgten mich bis in die Träume.
»Nennen Sie spionische Agenten . . .«
Einmal schrie ich im Schlaf. Der Posten kam, deckte mich zu und sagte: »Ruhig, Waltera.«

Um endlich Ruhe zu haben, dachte ich mir Agenten aus. Die Namen lieh ich aus Shakespeares Dramen.
Auf meiner Arbeitsstelle in Wiesbaden, da sei so eine merkwürdige Type gewesen, sicher ein Spion. Ein gewisser Rosenkranz.
Und in Hamburg, in der Adolfstraße, da wohne ein Mensch namens Güldenstern, der habe mich mal um Informationen gebeten.
Sofort kriegte ich Zigaretten. Alles wurde notiert.

Saß ich zu lange beim Verhör, dann wurde mir das Essen warm gestellt. Die Vitamintablette lag im Löffel.

Ich versuchte, Scherkow zu einer Tatortbesichtigung zu ver-

leiten, wegen meines Grenzübertritts nach Westdeutschland im vorigen Jahr. Er lachte.
Die Liste der Agenten erweiterte sich stattlich. Ich mußte sie täglich repetieren: Paul Jago, Güldenstern und Richard Gloster.

Dann wurde ich nicht mehr geholt. Stunde um Stunde marschierte ich auf und ab, fünfzehn Kilometer pro Tag, zählte Büchertitel auf oder definierte den Unterschied zwischen Mut und Tollkühnheit.
Was war mit Erasmus von Rotterdam? Was mit Hieronymus im Gehäus?
Wo lag Antofagasta? Oder hieß es Autofagasta?
Dreimal siebenundfünfzig plus einhundertundsechsundachtzig.
Meine sehr verehrten Damen und Herren!

»Weiße Blasen seh ich springen;
Wohl! Die Massen sind im Fluß.
Laßt's mit Aschensalz durchdringen,
Das befördert schnell den Guß.«

Durch eine Türritze konnte ich einen Blick auf den Korridor werfen: Huschende Schatten; ein alter Mann, den sie stießen. Über die Ritze hatte ein Witzbold geschrieben: Nicht hinauslehnen!

Wenn der Posten auf der gegenüberliegenden Gangseite die Spione hochschob, gab es ein feines, quietschendes Geräusch. Kam es in meine Nähe, dann ging ich sinnend auf und ab. Oder ich brütete vor mich hin: Ein einsamer Mensch.
»An Mutter denken?« fragte der Posten durch die Tür.

Zeitweilig stellte ich mir die Zelle als Schiffskajüte vor. Ringring! Beide Maschinen volle Kraft voraus!
Unterm Bett würde ich ein Schapp anbringen für Schiffszwieback und Dauerwurst. Und unters Fenster käme ein bequemer Sessel.
Alles mit Mahagoni täfeln und Pfeife rauchen.

(Mein Vater ging sonntags oft mit mir an den Hafen. Von

der Fischerbastion aus, mit ihren alten Kanonen, hatte man einen weiten Rundblick.

Er zeigte mir die »feindlichen« Schiffe, die beim Konkurrenten clarierten. Unsere sahen freundlicher aus und sauberer. Matrosen winkten uns zu. Mein Vater ließ die Handschuhe an, wenn er sie begrüßte.
»Man weiß nie, was diese Leute angefaßt haben«, sagte er. Die Handschuhe waren aus dunkelgrünem Wildleder.)

Sonntags spielten die Posten in der Zellenhalle Fußball. Sie bolzten gegen die Türen; man fuhr zusammen, wenn es einen traf.
Manchmal begossen sie sich mit Wasser.
Einer stellte in der Nacht seinen Stuhl vor meine Zelle und kippelte gegen die Tür.

Der Koch war zu kleinen Hilfsdiensten bereit. Er gab mir einen Handfeger und eine Waschschüssel.
Drei Wochen dauerte es, bis er begriff, daß er mein Fenster öffnen sollte. Dann kriegte ich es nicht wieder zu, tagelang saß ich im Kalten.

Jede Woche schor er mir mit einer Haarschneidemaschine den Bart. Im April endlich auch das verfilzte Haar.
(Letzter Haarschnitt noch in Wiesbaden, halb liegend, mit elektrischer Kopfmassage und Dampfkompressen.)
Im Kaffee betrachtete ich meine Glatze. Ein ungewohnter Anblick.

Hin und wieder benutze ich zum Waschen und Essen nur die linke Hand. Die rechte hielt ich in der Tasche. Fit halten; was mitbringen, wenn's nach Hause geht.
Oder ich jonglierte mit dem Handfeger. »Das hab ich im Knast gelernt.«

Die Pritsche war zu hoch, man konnte die Beine nicht richtig auf den Boden setzen.
Würden sie die Uhr vom Uhrmacher holen? Der Schein lag auf dem Tisch.
Was würden sie sagen, wenn ich plötzlich vor der Tür stünde?

Ich hätte gleich auf den Balkon rennen sollen, auf den Blumenabsatz klettern, übers Teerdach, in eine Bodenluke steigen, durchs Treppenhaus in den Keller. Hinter einer Kartoffelkiste warten, bis sie gegangen sind.

Flüstern, bis der Hals dick ist. Kein lautes Wort. Angst vor der eigenen Stimme.
Das gegenüberliegende Dach besehen. Den wandernden Schatten auf den Ziegelreihen. Wenn er an die Luke reicht, gibt's Abendsuppe.

Die Fingernägel wachsen lassen wie ein Chinese. Auch die Haare. Die Zelle bis zum Bersten mit Körper ausfüllen. Samson zwischen den Säulen.

Wachträume:
Eine ungenannte, hochgestellte Persönlichkeit setzt Hafterleichterungen durch. Paketempfang jeden Monat. Begnadigung zu zehn Jahren Freiheitsentzug, abzumachen in einem Büchermagazin.
Oder verstoßen und verraten – von Krankheit verzehrt auf einem Lumpenhaufen liegen, wimmernd um Wasser flehen . .

(In Peru zog man den Gefangenen die Gesichtshaut ab und fesselte sie nackt an ein hölzernes Gestell. Damit waren sie den Raubvögeln preisgegeben.)

Ich kriegte Zahnschmerzen. Der Posten steckte mir eine Papyrossa in den Mund und rief die Ärztin.
Die Ärztin zog mich am Ohr, weil sie Staub auf dem Fußboden bemerkte. Sie griff in die Tasche und holte eine Handvoll schmuddeliger Pillen raus. Ich durfte mir eine aussuchen.

Im zweiten Stock zerschlug einer die Scheiben und schrie: »Meine Frau! Meine Kinder!« Er wuchtete die Eisenpritsche hoch und ließ sie krachend fallen.
Ich kürzte mir mittlerweile die Fingernägel mit einer Glasscherbe. Bei dem Durcheinander brauchte ich nicht zu befürchten, daß sie mich dabei überraschten.

Einmal versuchte ich, mich mit Löffel und Taschentuch zu erdrosseln. Zuckend lag ich am Boden.

Ich hätte mir auch einen Finger abbinden können: Tod durch Leichengift.
Wenn man krank würde, käme man dann ins Lazarett?

Auf dem Weg zum Kübeln begegnete mir eine gefangene Frau. Schwarzer Rock, roter Pullover. In den Händen hielt sie eine Kaffeekanne.
(Paul Jago, Mainz, Titaniastr. 5)

Der Kübel mußte in der Kübelzelle in einen großen Trichter entleert werden. Einmal war er verstopft. Der Posten zeigte aufs Knie, ich sollte es öffnen.
Ich nahm die Platte ab und fuhr mit der Hand hinein. Glasscherben und Monatsbinden hatten sich vor den Abfluß gesetzt.
Plötzlich gab's Luft. Ein dicker Kotstrahl schoß aus der Öffnung. Ich sprang zur Seite. Der Posten schimpfte. Ich hätte die Platte wieder vor die Öffnung schieben sollen.
Er ließ mich eine halbe Stunde im Dreck stehen, dann holte er mich raus. Beim Vorbeigehen schlug er mich mit dem Schlüssel.

Am 10. April erster Spaziergang auf dem Hof.
In der sauberen Gashülle gediehen Märzbecher und Narzissen. Kosmos.
Auf der Mauer eine Schußkanzel. Der Posten fragte: »Du *Nmetzky**?«
»*Njet*, Amerikanski!« antwortete ich.

Kurz darauf bekam ich ein Bündel von zu Hause. Kopfkissen, Wäsche, Schuhe und sogar eine Zahnbürste. Im Pullover ein Stück »Ivory«.
Die Sachen waren in das dicke italienische Plaid meines Großvaters gewickelt. Wunderbare Wolle. (1936: Ferien an der See; Jesse Owens läuft zehn zwo.)
Ich wusch mich mit der parfümierten Seife, putzte mir zum erstenmal seit sieben Wochen die Zähne, zog frische Wäsche an und machte mein Bett.
(Ob man die Uhr wohl geholt hatte?)

* Deutscher.

»Ja, gnade dir Gott, du Ritterschaft!
Der Bauer stund auf im Lande,
Und tausendjährige Bauernkraft
Macht Schild und Schärpe zuschande!«

2

Ende April kam ich in die Achtunddreißig zu Manfred, einem Hamburger. Der war dürr wie ein Skelett.
»Du siehst auch nicht besser aus«, sagte er.
Sie hatten ihn an der Zonengrenze geschnappt. Er wollte in Leipzig Heringe gegen Seidenstrümpfe eintauschen.

Das Wandbett hatte er belegt. Ich mußte auf dem Fußboden schlafen.
Drüben hatte ich eine Zelle für mich allein gehabt.
Warum ich so leise spräche, wollte er wissen.

Er baute mir aus meinem Strohsack einen Sessel. Ich saß wie ein Rennfahrer darin.
»Ivory«, flüsterte er und hielt sich meine Seife unter die Nase.

Alle paar Minuten ging er »den Familienstrumpf auswringen«. Vor jeder Mahlzeit dröppelte er.
Und wenn er eben den Löffel in die Suppe tauchen wollte, sprang er nochmals auf — es hätte sich ja noch ein Tropfen verkrochen haben können. Einer hecke zehn, behauptete er.

Das erste Scheißen war peinlich. Hosen runter, es half ja alles nichts.
Als Lokuspapier verwendete Manfred briefmarkengroße Stückchen vom Hemd. Es war schon recht kurz.
Ich brach mein Bettlaken an.

Er kannte sich aus. Er wußte zum Beispiel, daß oben Prominente lagen — jeden Tag einen Schnaps — und unten schwangere Frauen.

Durch das Suppenauskellgeräusch hatte er die Belegschaftsstärke herausgekriegt. Vierundachtzig Mann.

Ich sei ja noch grün, hätte von nichts 'ne Ahnung.

Auch gegen meinen Zahnschmerz wußte er ein Mittel: Blitzschnell die Hände aneinanderreiben, die Backe damit wärmen — »Na?«
Eine Viertelstunde hielt er's durch.

Beim Kübeln zeigte er mir die Todeszelle. Zwei Riegel vor der Tür. Jetzt war sie leer.
Hier mußte Haarmann gelegen haben.

Unter dem Fenster waren die Schattenrisse früherer Bewohner eingeritzt, übereinander, wie Bismarck, Hindenburg und Hitler im Kontor meines Vaters.
Flugzeuge: Ein Stuka mit Knickflügeln, 'ne eckige Me und die Tante Ju.

»An die Maschinen, an die Maschinen!
Kamerad, da gibt es kein Zurück . . .«

Die früheren Zellenbewohner hatten Uhrzeitstriche angebracht. Ich saß in meinem Sessel und verfolgte die Sonnenstrahlen, wie sie von Strich zu Strich glitten. Bald würde unten der metallene Suppenkübel bumsen.

Zwei Tage später kam Günther zu uns, ein Drogistenlehrling. Er hatte betrunkenen Russen die Schuhe ausgezogen.
»Ich wußte, daß wir nicht allein bleiben«, sagte Manfred. »Ein Mann, das ist Einzelhaft, aber zwei, das ist zweifelhaft.«

Aus Pritschenholz machte er uns Stichel. Zum Nägelsaubermachen oder Zähne stochern. Oder zum Schreiben.
Er schabte Kalk von der Wand, zerpulverte ihn und vermischte ihn mit etwas Seife. Das Pulver schmierte er auf eine feuchte Schüssel. Das gab eine glatte weiße Fläche, auf der man schreiben konnte.

Manfred machte Rätsel, magische Quadrate mit vier oder mit fünf Buchstaben. Oder Silbenrätsel: »Gut ist, was mir nützt, schlecht ist, was mir schadet.«
Wenn er eins fertig hatte, schrieb er es mit einer winzigen, in Brot gefaßten Bleistiftmine auf Zigarettenpapier. Damit

würde er sich draußen Geld verdienen.

Ich nahm meine Rosodont-Zahnseife und rieb damit die Schüssel ein, das ging auch. Tage verbrachte ich damit, meinen Namen zu schreiben.
Mein Vater pflegte seinen Namen zu unterstreichen. Warum? War er sich seiner Sache nicht sicher?
Dann spielte ich mit Günther »Schiffe versenken«.

Die »OdF«* müsse man respektieren, denn man selbst wolle später ja auch anerkannt werden, sagte er. Wir könnten uns freuen, daß wir nicht bei den Nazis säßen, da wär's anders rundgegangen.
Wie würde man uns später wohl nennen: *Kämpfer gegen Stalins Diktatur?* oder *Opfer des Bolschewismus*?
Wir entwarfen Embleme und Abzeichen für antisowjetische Vereinigungen.

In der ersten Zeit habe sein Untersuchungsrichter bei Verhören im Nebenraum Grammophonplatten mit Schmerzensschreien ablaufen lassen. Damit hätten sie ihn wohl kirre kriegen wollen.
Von einem Kameraden wisse er authentisch, daß die NKWD bei ihren Verhören Helme mit Schrauben verwende, die in den Schädel eindrängen. Ich wollte mir die Posten mal ansehen. Einige hätten solche Narben.
Er sei froh, daß er niemanden verraten habe. Er wolle nicht, daß man im Lager mit Fingern auf ihn zeige und ihn womöglich verprügele.

Mit einer selbstgemachten Nadel stickte er Blumen, die Fäden zog er aus allen möglichen Wäschestücken heraus. Von meinem grünen Hemd wollte er zu gern einen Streifen haben.
Auf den Besitz von Nadeln standen strenge Strafen. Wegen der dauernden Kontrollen konnte er immer nur ein paar Stiche machen. Da war es schon erstaunlich, was er zuwege gebracht hatte.

Aus einem Stückchen Kupferdraht machte er auch mir eine Nadel. Mit Hilfe eines spitzen Nagels schlug er ein Öhr hin-

* OdF = Opfer des Faschismus.

ein.
Ich versteckte die Nadel sofort; ich habe sie nie benutzt.

Der schönste Augenblick des Tages: Das Kantenwählen. Wir legten das Brot auf die Pritsche und knieten uns davor, beäugten es von allen Seiten, nahmen es wie Blumenschalen in die Hand.

So bedächtig man auch wählte, immer war man zu kurz gekommen.

Manfred zerkrümelte sein Brot und trocknete es an der Sonne. Fachmännisch wendete er die Brocken wie Rosinen alle halbe Stunde um.
Morgens aß er gar nichts, um mittags und abends recht viel Brot in die Suppe tun zu können. Die war dann ganz dick. Ich schwankte, ob ich es ihm gleichtun sollte. Immer wieder ermunterte er mich dazu. Es war ihm wohl unangenehm, morgens zusehen zu müssen, wie ich meine Brotzigarren lutschte.

Mittags zählten wir die Speckstückchen. Wer hat die meisten?
»Ihr wascht doch eure Schüsseln nicht etwa aus?«
Manfred wollte beobachtet haben, daß die Posten vor der Essenausgabe das Fett von der Suppe schöpften und tranken.

Hauptgesprächsthemen: wie man eine Mehlschwitze macht, Herstellung von Blätterteig, Schokoladenmarken.

»Man wird ja noch blödsinnig vor Hunger.«

Er könne nicht singen, sagte er, aber es mache ihm Spaß.

»Ausgerechnet du bist mein Typ,
ausgerechnet dich hab ich lieb,
ausgerechnet du mußt das sein,
sage mir, wie kommt das nu-hu-hur?«

Sobald Manfred sang, fing Günther auch an.

»Kleine Stadt will schlafen gehn,
die Lichter löschen aus . . .«

Eine Weile sangen sie nebeneinander her, dann gaben sie auf.

Genauso war es mit dem Hinundherlaufen. Kaum machte einer seine Runde, dann sprang auch der andere auf.
Man konnte drauf warten.
Wenn sie sich begegneten, mußte einer zur Seite treten und den anderen durchlassen.

Nach dem Essen meditierte Manfred.
Ein Bein hochgezogen, Russenmantel über der Schulter. Das hätte einen Holzschnitt abgegeben. ›*Mann mit Gitter und Krug*‹.

Einmal war er wütend auf mich. Ich hatte ihn vor dem Spion gewarnt.
Ich könne ihm schon glauben, daß ein alter Fuchs wie er ständig mit einem Auge nach dem Spion schiele. Außerdem seien seine Sinne durch die lange Haft so geschärft, wie ich mir das mit meinen zwei Monaten nicht vorstellen könnte.

Im Mai wurde die Zelle frisch geweißt. Alles futsch: Silhouetten, Stuka, Uhrzeitstriche.
»Jetzt wollen wir aber die Wände sauberhalten und nicht gleich wieder alles vollschmieren.«

Kurz darauf wurden wir wieder einmal zum Spaziergang herausgelassen. Es war das zweite Mal.

> »Nun armes Herz vergiß der Qual!
> Nun muß sich alles, alles wenden.«

Manfred wedelte vogelscheuchenartig mit den Armen. Wir sahen ihm zu – der Posten, Günther und ich.
Speckdüfte aus der Küche.
Nach zwanzig Minuten durften wir endlich wieder rein. Wir waren so schwach, daß wir uns am Treppengeländer hochzogen.

In der Nacht wurde ich geholt.
Ein fremder Offizier stellte mir Bratkartoffeln und eine Salzgurke unter die Nase und befragte mich über meine Zellenkameraden.
Ich konnte nicht widerstehen und erzählte ein paar Kleinigkeiten, die den Sowjets schon bekannt waren.

Am nächsten Tag schwammen unverdaute Gurkenstücke im Kübel.

Mitte Mai hatte Manfred Tribunal. Er wusch sich vorher von Kopf bis Fuß und klopfte seine Hose aus.

»Sage mir, wie kommt das nu-hu-hur?«

Alles Gute und auf Wiedersehen.

Ob's im Arbeitslager auch mal dicke Nudeln gäb? wollte Günther wissen. Oder Grieß mit ausgelassener Butter?
Er sah mich an, als müsse er um Verzeihung bitten. Ein solcher Dummerjan wie er mit mir allein auf der Zelle . . .

In der Nacht ging ein starkes Gewitter nieder. Günther stellte sich in die Türnische. Ich machte ihm mit Kugelblitzen angst.
»Die gehen auch durch diese Gitter hier.«

Vom Waschen hielt er nichts. Er nuddelte sich ab. Ich schaute ihm zu. Wenn er das merkte, lachte er. Aber sein Lachen war muffig, das kam von den ungeputzten Zähnen.
(Diese Sorte brachte immer Marmeladenbrot mit in die Schule.)
»Kannst du mir Lateinisch lernen?« fragte er. Radix, die Wurzel. Als Drogist könnte er das gebrauchen.
Ich fing mit amare an, doch er schmiß alles durcheinander.

Um Mitternacht stand plötzlich ein Neuer in der Zelle.
»Bist du ein Geist?« fragte ich ihn.
Er heiße Fritz Schwaan, sagte er, und sei Medizinstudent. Nein, ein Geist sei er nicht.

Am nächsten Morgen stellte ich den Wasserpott zwischen unsere Strohsacksessel und deckte ein Handtuch drüber. Die Sonne schien in die Zelle. Nun fehlte bloß noch eine Vase.

»Ermattet ruhn der Hirt und seine Schafe,
die Ernte träumt im Binsenkraut,
die Ringelnatter sonnt in trägem Schlafe
unregbar ihre Tigerhaut.«

Draußen spielten Kinder. »Ich fahr noch einmal um 'n Block!«

Wenn er bloß was gemacht hätte, jammerte Schwaan vor sich hin.
Zufällig habe er bei seiner Tante gesessen, als Russen kamen und sie verhafteten. Sie hätten ihn da sitzen sehen und gleich mitgenommen.
Seine Tante habe immer so guten Kuchen gebacken. Altdeutschen mit Rosinen. Den schmecke er noch auf der Zunge.

Ob mir schon mal einer abgegangen sei. Er, für sein Teil, habe sich draußen noch ganz schön ausgetobt.
Er gestand mir, daß er mich für verrückt gehalten habe, weil ich ihn gefragt hatte: »Bist du ein Geist . . .«
Mein Gott, hätte er gedacht, auch das noch! Nun sperren sie dich zu einem Verrückten.

Er hielt uns einen Vortrag über Verdauung.
Die Verdauung, sagte er, beginne bereits im Mund. Alle Nahrungsmittel könne man übrigens auch von hinten zu sich nehmen.

Sicher sei, daß wir bei dieser Verpflegung mit bleibenden Schäden zu rechnen hätten. Ihm sei es ein Rätsel, woher wir allein die täglichen sieben Gramm Fett fürs Auge nehmen sollten.

Das Brot genoß er. »Schmeckt es nicht wie Kuchen?«
Mit dem Kauen nahm er es genau. Zweiunddreißigmal und mehr, er ging auf Nummer Sicher.
Den Kaffee trank er im Stehen, wischte sich mit dem Handrücken die Nase.
»So müßte uns hier mal einer sehen.«

Daß ich meinen Kanten in die Suppe brockte, verdroß ihn. »Das muß doch ganz sauer schmecken«, sagte er.
Draußen werde er sich mal ein frisches Schwarzbrot kaufen, der Länge nach durchschneiden und mit Butter bestreichen. Dann würde er sich in eine Ecke setzen und alles in Ruhe verdrücken.

Er war grau vor Sauberkeit. Seine Morgenwäsche war sehenswert.
Auf dem Kübel hatte er lange mit dem Abwischen zu tun. Das Geräusch war schwer zu ertragen.
Bei seiner Tante im Garten hätten die Obstbäume gerade geblüht. Sie hätten ihn einfach mitgenommen. Wenn er wenigstens was gemacht hätte!

Das sei doch ein schönes Gedicht:

»Seltsam im Nebel zu wandern!
Einsam steht jeder Busch und Stein . . .«

Mir gefiel es auch, und ich lernte es.

»Voll von Freunden war mir die Welt,
Als noch mein Leben licht war,
Nun, da der Nebel fällt,
Ist keiner mehr sichtbar.«

Es ärgerte ihn, daß ich immer

»Jetzt, wo der Nebel fällt«,

sagte.

Ob er nicht auch ein Gedicht wüßte, fragten wir Günther.
»Ja«, sagte er, »*›Lütt Matten de Haas‹*«.
»Ja, ja«, sagte Fritz, »der Reuter!«
Das Gedicht sei nicht von Fritz Reuter, sagte ich. Es sei von Klaus Groth.
Das wär ja das Allerneueste! Ihm sei schon längst aufgefallen, daß ich ein Idiot sei. Außerdem sei ihm nicht entgangen, daß ich mit Günther unter einer Decke steckte und ihm immer einen Vogel zeigte.

Über Manfreds Schreiberfindung staunte er. Er habe ja wie im Mittelalter gelebt! Darauf hätte man doch auch selbst kommen können!

Er rieb sich die Schüssel sorgfältig zurecht. Dann saß er nachdenklich davor. Nur wußte er nicht, *was* er schreiben sollte.

Die Nächte waren endlos. Vom vielen Sitzen wurde einem der Hintern taub.

Er könne verstehen, sagte Fritz, daß Häftlinge, deren Fall noch nicht abgeschlossen sei, bis Mitternacht wachen müßten. Aber wir? Uns sollte man doch pennen lassen, das wär doch die reine Schikane.
Wenn er bloß was gemacht hätte!

Der Tiger erwischte ihn beim Schlafen. Er sollte sich eine Stunde in die Tür knien.
»Wie soll ich denn nun merken, wann die Stunde rum ist?« sagte er. Hoffentlich gebe der Posten rechtzeitig Bescheid. Nach zwei Stunden fing er an zu stöhnen und zu ächzen. Ich massierte ihm den Nacken.

Einmal hätten sie ihn fast entlassen. Er stand schon am Tor, den Zettel in der Hand. Machte sich Gedanken, wie er so spät in der Nacht nach Hause kommen könnte.
Aber es war eine Namensverwechslung, er wurde zurückgeschickt.
Wenn er wenigstens was gemacht hätte!

Ende Mai hatten wir wieder einmal Spaziergang. Uns wurde schwarz vor Augen.
Fritz breitete die Arme aus und ließ sich ganz von ultravioletten Strahlen durchdringen.
Von der Küche her Speckdünste. Die Rüben fehlten neuerdings. Dafür wurde Kopfsalat in die Suppe getan.

Am Nachmittag schenkte uns Pockennarbe Brot. Das hatte es noch nie gegeben.
Er kuckte durch den Spion, was wir wohl sagten.
Um ihm eine Freude zu machen, schlugen wir uns auf die Schultern und gingen grinsend auf und ab.

Zwischendurch wurde Fritz mal wieder zum Verhör geholt. »Die wollten noch was wissen«, sagte er.
Am nächsten Tag schwammen Gurkenstückchen im Kübel.

Dann wurde er verlegt. Für ihn kam Seefeldt. Ungleichmäßiges Gesicht, Bartwuchs wie Rinaldo Rinaldini.
Schlesischer Bahnhof, Wohnküche mit Ausblick auf die Stadtbahn, Wäsche überm Herd.
Als Kind schlief er mit Giesche in einem Bett. Das Jüngste

lag bei Muttern.
Wenn er mal einen Groschen hatte, kaufte er sich ein Viertel Jagdwurst auf die Faust. Mit Knoblauch, »weißde«.

Er war Schuhmacher von Beruf. Ich sollte nicht »Schuster« sagen, das gehöre sich nicht. Das wäre genauso, als wenn er zu meinem Vater Dampfschiffskapitän statt Reeder sagte.
Er lobte meine Schuhe. Baujahr 1934, Antilopenleder. »Was hast du für kleine Füße«, sagte er und betastete sie wie Schollen.

Seine Scheiße roch nach Pfefferkuchen. Solche Blöcke hatte ich noch nie gesehen. Ich konnte es zuerst nicht glauben. Als balle sich alles zu Fäusten in ihm.
Schnell zog er die Hose hoch. So wie andere Leute sich unter den Tisch bücken, wenn sie ausschnauben.

Von Zeit zu Zeit repetierte er das im Arbeiter-Bildungsverein erworbene Wissen.
»Südamerika geht in Afrika rein . . .«
Ich war vom Hunger so geschwächt, daß ich nur noch vor mich hindämmerte.

Einmal raffte ich mich auf und sagte, die Erde sei früher einmal ein glühender Gasball gewesen. Da staunte er und sagte: Du wirst bestimmt mal Professor.

Anfang Juli wurde ich verlegt.
Einen alten Mann fand ich vor. Der sah aus wie Sigismund Rüstig.
Zu Hause habe er sich einen Geheimgang mit Waffen und Lebensmitteln angelegt, sagte er und zog die Hose hoch; im Stiefelschaft stets eine Sieben-Komma-Fünf. Erdaufschüttungen bis unters Dach, Schießscharten, Ausschlupf in Richtung Wald.

Plötzlich nahm er mich beim Arm und flüsterte: Seine Zahl sei die Dreizehn. In den Glühfäden der Birne, in den Schmutzflecken des Strohsacks — überall sehe er die Dreizehn. Das müßte doch eigentlich Glück bringen, was? Ich sollte

mal selbst sagen ...
Dann lief er, undeutlich vor sich hin singend und Hände reibend, auf und ab, als ob er sich über irgend etwas freute.

Er sei in Finnland geboren und habe sich dummerweise naturalisieren lassen. Aus Begeisterung. Ob ich das verstünde? Und nun sitze er hier ...
Aber noch einmal kriegten sie ihn nicht, das sollte ich ihm man glauben.

Schon bei den Nazis hatte er gesessen. Er und andere Gefangene hätten in Berlin mit Ketten gefesselt durch die Straßen gehen müssen.
Damit die Richtung auch stimmte, korrigierten sich die Polizisten gegenseitig: »Geh du mal 'n bißchen weiter links!«
Die Bevölkerung habe gelacht: Hähä!

Weshalb er sitze, fragte ich.
»Ach was«, antwortete er, »das ist doch alles egal.«
Wenn ich auf dem Kübel gewesen war, ging er hinterher nachkucken. Unbedingt wollte er wissen, ob ich bei der Vernehmung geschlagen worden sei.
Nach dem Essen erbrach er die Suppe wieder und wieder in den Mund, ein menschlicher Wiederkäuer. Die Zelle roch säuerlich.

Im Mantelsaum verwahrte er Kochrezepte. Die wollte er seiner Frau mitbringen.
Kaum hatte ich ihm was von gebratenen Rübenschnitzeln erzählt, griff er zum Bleistift.
Da wurde es vor der Tür lebendig. Das Schloß ratschte, ein Posten sprang herein: »Was du da machen?«
Der Alte wich zurück und schoß zu seiner Rettung russische Wortsalven ab. Ich stand wie ein Musterknabe daneben.
»Du Karzer«, sagte der Posten und nahm ihn mit.

Nach drei Tagen kam er schlotternd zurück. In mein Plaid gewickelt, lief er auf und ab.
Ah! Diese Kälte! ... Und die Nässe! Er bekomme bestimmt Rheuma.
Sie hätten ihm einen Eimer Wasser über den Kopf geschüttet und das Fenster aufgemacht. Ob's so gut sei, hätten sie

gefragt.
Oh, das sollten sie ihm büßen, diese Schweine. Ich sollte doch mal selbst sagen ...
»Diese Schweine, diese Schweine ...«

Wenn er seinen Untersuchungsrichter mal in die Hand bekäme, würde er ihn kneifen und fragen: Na, tut's weh?

Bald kriegten wir Zuwachs, einen jungen Mann. Kaum war er auf der Zelle, da schlug er seinen langen Militärmantel auseinander und klemmte den Handfeger zwischen die Beine. Ich dachte, er sei vom Hexenwahn besessen. Nein, er hätte Hämorrhoiden, eine Krankheit, von der ich bis dahin nur wußte, daß sie merkwürdig geschrieben wird.
Dann probierte er, ob er besser so sitze oder so.

Er sprach von Reparationsgütern. Schöne Buchenholzkisten ...
Von jeder Nähmaschine, die in Richtung Osten rollte, habe er das Schiffchen entfernt. Die würden sich freuen, die Matkas. Soso, sagte der Alte.
Ja, und ein guter Freund habe Hunderte von Säcken Zucker verdorben. In jeden Sack eine Tasse Benzin. Wir hätten ja keine Ahnung, was draußen los sei!
Wie denn der Freund heiße, wollte der Alte wissen.

Ein Schiff hätten sie mit Farbkanistern beladen. Immer rein, was rein geht. Die untersten seien zerplatzt. Mit Hammer und Meißel hätten die Farbreste entfernt werden müssen. Wir machten uns keine Vorstellungen, nein, wir machten uns keinen Begriff.
In Leningrad würde der geklaute Zement einfach auf einen Haufen geschüttet, das habe ihm ein Kriegsgefangener berichtet. Ein einziger Regen — die Klötze kriegten sie ja nie wieder weg.

Am nächsten Tag schwammen Gurkenstücke im Kübel.

Abends kam ein Familienvater dazu, in Pantoffeln! Hatte nur mal eben schnell einen Brief einstecken wollen.
Was seine Frau wohl gesagt habe, als er nicht wiederkam. Und die Kinder! Anderthalb und drei.

Mich behandelten sie mit Hochachtung. Spion aus dem Westen. »Fünf Monate sitzt du schon, Mensch, wie hast du das bloß ausgehalten . . .!«
Nach meiner Befreiung würde ich gewiß nach Amerika gebracht. Ich hätte es gut.
Der Alte behauptete, ich hätte ihm sogar was von meiner Suppe abgegeben, als er aus dem Karzer kam, was gar nicht stimmte.

Der Mensch mit den Hämorrhoiden wollte wissen, wie er an die CIC-Leute rankommen könnte, wenn er hier wieder rauskäme. Ob ich das vermitteln würde?
Beim Kübeln hielt er seinen Hintern unter den Wasserhahn.

Eine Woche später wurde ich schon wieder verlegt. Ich war so überrascht, daß mir, wie in einem Chaplin-Film, alles dreimal hinfiel. Trotzdem merkte ich, daß es auf die Sonnenseite ging.

Drüben wurde ich freundlich begrüßt.
Sein Name sei Trutschell, sagte der eine. »Trut wie Truthahn, schell wie Schellfisch.«
Der andere verstand es, aus Papirossy-Hülsen Zigaretten zu drehen. Er hieß Richard und war Seemann.

Trutschell war Sonderführer in Rußland gewesen. Diese Weite! . . . Obwohl er auf seiner Rotze herumkaute, fand ich ihn ganz sympathisch.
Morgens bekuckte er seinen Bauch, der in Lappen an ihm herunterhing.
Dann ging er an die Tür, deren Nietenköpfe ihm irgendwie als Kalender dienten. Leise mit den Zähnen ziepschend, betrachtete er sie.

Er konnte nicht begreifen, daß ich mich in der Einzelhaft gelangweilt hätte. Man brauche doch nur die Augen zu schließen, und der Film laufe ab.
Wunderbare Schlachten . . . Wie von Altdorfer . . . Oder Hügel, über die Postkutschen schaukelten.
Als junge Menschen seien sie durch die Lande geschweift, hätten auf Stroh übernachtet und gesungen.

Lange Tage verbrachte er damit, aus Fäden Gleissysteme zu legen. Richard schlich um ihn herum, er hätte gar zu gern einen Anlaß zum Streiten gehabt.

Trommelte morgens Regen an die Blende oder klingelte der Posten vor unserer Tür mit den Schlüsseln, immer sagte er: »Das schmeckt mir schon.«

Manchmal legte sich Trutschell auf den Fußboden und löste mathematische Aufgaben. Die Zahlen schrieb er mit einem Hölzchen, das er in Wasser tauchte. Das Hölzchen war vorne pinselartig zerkaut.

Stundenlang spielten wir Mensch-ärgere-dich-nicht. Ein kariertes Bettlaken diente als Brett. Allerlei Variationen, wie Brükkenbau, doppelte Bahn und Vorwärts- und Rückwärtsschlagen, verlängerten das Spiel.
»Hähä, kleine Fliege!« rief Trutschell, und Richard antwortete, das schmecke ihm aber langsam . . .
Der Würfel war aus Brot, der wurde nachher aufgegessen.

Ich sollte mir man keine Sorgen um die Zukunft machen, meinte Trutschell. Wenn Schlesien wieder deutsch werde, besorgte er mir eine Bahnhofsbuchhandlung in Breslau.
Meine Mutter? Ob sie die noch holten?
Das hielt er für unwahrscheinlich. Was sollten sie mit einer alten Frau? Außerdem sei sie sicher längst abgehauen.

In einem Anflug von Selbstkritik suchte er den Grund für sein Hiersein bei sich selbst. Er säße, sagte er, weil er sich seiner Frau gegenüber nicht immer korrekt verhalten habe.
»Woher sollen das denn die Russen wissen?« fragte Richard.

Frischwassergefäß und Kübel waren aus Steingut. Man konnte sie kaum auseinanderhalten. Richard schlug vor, wir sollten sie täglich tauschen, dann stänke es nicht so.
Das sei ja wohl das letzte, sagte Trutschell.
Doch Richard muschelte in der Kübelzelle mit den beiden Dingern so lange hin und her, bis er sich selbst nicht mehr auskannte.
Wir wuschen uns mit zusammengebissenen Zähnen.

Zum Kübeln marschierte Richard vorneweg, den Barrasch* wie eine Opferschale in Vorhalte.
Ihm folgte Trutschell mit dem Wassertopf und ich mit beiden Deckeln.
Auf dem Rückweg nahmen wir angepeilte Kippen auf.

Einmal warf uns der Tiger eine Kippe hin. Ehe Richard hinstürzen konnte, zertrat Trutschell sie bedächtig. Dann reinigte er seine Schuhe, als sei er in Hundekot getreten.
Das schmecke ihm schon! schrie Richard. Typisch höherer Beamter! Arschgesicht! Sau! Was er wohl für ein Gesicht gemacht hätte, wenn der Tiger ihm in die Fresse geschlagen hätte! Langsam könne er sich die Nazi-Allüren abmachen ... Stolz habe bei ihm ausgeschissen.

Der Tiger rächte sich am nächsten Tag.
Richard hatte wieder einmal Kippen für eine Zigarette beisammen. Sorgfältig zog er das feine Papier von einer Papirossa-Hülse ab und stopfte Kippentabak hinein. Dann klopfte er leise an die Tür.
Ebenso leise öffnete der Tiger. »Was du wollen?«
»*Spitschki jest?*«* fragte Richard mit rührendem Gesicht. Freundlich lächelnd nahm der Tiger ihm die Zigarette aus der Hand und zerkrümelte sie vor seinen Augen.

Wir versahen daraufhin die Spitznamen aller Posten mit einem »Arsch«.
Silberzahn wurde zum Silberarsch, Pockennarbe zum Pokkenarsch, der Koch zum Arschvitaminchen.
Den Tiger ernannten wir zum Arsch schlechthin.

Anfang Juni ging die Ärztin durch. Ich durfte wieder eine Pille grabbeln.
»Sie bekommt ein Kind«, sagte Richard. »Der Natschalnik** hat sie angebufft.«

»So was Dummes
Vor der Hochzeit noch was Junges.«

* Kübel.
* Hast du Feuer?
** Diensthabender.

Er habe mal ein Schiff mit einem weiblichen Steuermann gesehen. Da frage nicht nach Sonnenschein!
Beim Kübeln sahen wir den Koch Geldscheine bekucken. Währungsreform.

Am nächsten Morgen gab der Koch für mich einen Kanten zusätzlich herein. Doppelte Ration wegen Untergewicht. Das hatte ich der Ärztin zu verdanken.
Nachmittags bekam ich noch zwei dazu, nachträglich für die letzten Tage. Suppenschüsseln umstanden mich wie Kesselpauken.

Ich aß alles allein.
Trutschell hatte sich als erster damit abgefunden. Aber der andere konnte es nicht fassen. Er vergrub seinen Kopf in der Decke. Hatte er nicht jede Kippe mit mir geteilt?
Ob ich ihm nicht was leihen könnte, er habe gerade Hochzeitstag.

In den letzten Julitagen hatte ich Protokoll-Abschluß. Es gab ein herzliches Wiedersehen mit Nikolai. »Was machen die Geschäfte?« fragte er mich. So sage man doch in Deutschland, wenn man sich trifft, nicht wahr?
Dann las er mir die Protokolle vor. Da war ich aber doch erstaunt. Das alles sollte ich ausgesagt haben?
Die Protokolle wurden in einen Tresor geschlossen, aus dem Scherkow zuvor eine Blechschachtel mit Eigenbau-Tabak genommen hatte. Von dem durfte ich mir eine drehen.
(Bei den Amis in Wiesbaden hatte ich eine Büchse Nescafé bekommen und 2 Stangen Zigaretten.)

Zum Schluß fragte er mich mit sonderbarer Betonung: »Sie haben doch keinen persönlichen Besitz . . .?«
Ich dachte an mein schönes Zimmer und wollte gerade aufzählen, da schnitt er mir das Wort ab und sagte auf russisch: Nein, er hat nichts.

Dann durfte ich mir noch eine Zigarette drehen. Scherkow wurde freundlich. Es habe keinen Sinn, sagte er, beim Tribunal zu widerrufen. Dann würde alles von vorn beginnen, und das wollte ich doch wohl nicht?

Ich fragte ihn, was aus mir nach der Verurteilung würde.
»Nu, du arbeiten, ein, zwei, auch drei Jahre und dann nach Hause.«
Ob ich nach Rußland käme?
Nein, da hätten sie Verbrecher genug.

Ende August hatte ich Tribunal. Ich putzte mich, wie Manfred es damals getan hatte.
Die beiden knoteten mein Bündel und gaben gute Ratschläge.
Ob ich sicher sei, fünfundzwanzig zu kriegen?
Ich pfiff vor mich hin.
Kurz bevor ich rausging, meinte Richard, es sei doch merkwürdig, ausgerechnet heute hätten seine Eltern die Goldene.
Ob ich ihm nicht noch eine Portion abtreten könnte?

Ich trat vor den roten Tisch.
Links der Beisitzer, ein junger Gefreiter in neuer Uniform.
Er bekuckte sich im Taschenspiegel.
Rechts der Protokollant, ein Unterleutnant namens Grabowski. Weiche, heruntergeschobene Stiefel, pomadisiertes Haar. Affektierte Streckbewegungen der Hand.
In der Mitte übergroß der Richter.

Ich behauptete, ohne Brille nichts sehen zu können.
Ein Posten raste mit mir in den Keller. Regale voller Taschen, Koffer und Kartons. Im Hintergrund eine Tuba.
Ich fischte mir aus einem Karton eine Brille mit schickem Gestell. Leider war sie, wie ich später bemerkte, viel zu scharf.

Der Richter zog um mich Wände hoch.
In meinem Schlußwort wies ich auf meine neunzehn Jahre hin und bat um eine Zigarette.
Als alles ausgestanden war, plauderten wir noch ein Weilchen über das Wetter.

Draußen fragte der Posten schlüsselklirrend: »Nu, wieviel?«
»Fünfundzwanzig.«
»Karascho! Serr gutt! *Jibb twoi*!« rief er und knallte Gittertüren zu.

Fünfundzwanzig Jahre Zwangsarbeit, dazu drei Jahre wegen illegalem Grenzübertritt. Vermögensentzug. (»Junge, ist das nicht gefährlich?« hatte meine Mutter gefragt.)

Ich kam auf eine große Doppelzelle. Sie war nur mit Verurteilten belegt. Zwei liefen im Gleichschritt herum:

»Meier, Müller, Schulze, Schmidt
machen alle Scheiße mit!«

Im Hintergrund drei Bauräte. Einer schoß lautlos auf mich zu.
»Wann hast du Matura gemacht?«
Ich wußte gar nicht, was er damit meinte, den Ausdruck hatte ich noch nie gehört.

Die Posten gaben sich jovial. Silberzahn kam in die Zelle geschlichen und klopfte seine Taschen nach Machorka aus.
Beim Kübeln drehten wir die Jacken um und liefen wie Hunde über den Flur. Wauwau!
Die Bauräte beteiligten sich an solchem Treiben nicht.
Sie saßen, weil irgendein Haus eingestürzt war.

Sie waren empört, daß ihre Gerichtsverhandlung nicht im Saal stattgefunden habe. Man hätte zumindest ein größeres Zimmer nehmen können.
Wir hätten übrigens Glück gehabt. Erst vor einem Jahr sei die Todesstrafe abgeschafft worden.

Abends trampelten wir an die Wand. Nebenan lagen Mädchen, sie hämmerten zurück.
In der Kübelzelle fanden wir Brot auf der Heizung, das hatten sie für uns dort deponiert.

Einer erzählte, er habe seine Frau fernbefruchtet. Sein Sperma habe er in ein Schälchen aus Brot getan und am Faden aus dem Fenster gelassen. Seine Frau lag einen Stock tiefer. Nachts habe sie ihm heiße Sachen über die Heizung zugemorst. Betastete ihren Körper und beschrieb das.

Einer hatte seine Verlobte drüben. Nach dem Tribunal durfte er sie sprechen. »Ich bleib dir treu.« Jetzt klopften sie einander gute Nacht.

In der Nacht flüsterten die Posten nebenan. Die Mädchen kicherten.
Unsere Jungens meinten, da drüben würde wohl gevögelt, was?

Alle kriegten doppelte Ration, wir stapelten die Kanten wie Ziegelsteine.
Mittags Zwiebelsuppe. »Stinkt's bei euch auch?« morsten die Mädchen.

3

Anfang September wurden wir abtransportiert. Früh um vier mußten wir aufstehen.
Unten auf dem Flur standen schon die ersten. Ein seltsames Zusammentreffen: drei Schulkameraden aus Rostock waren dabei.
Ich grüßte herzlich, sie nickten kurz.
Die Mädchen kamen mit klappernden Hacken und breitem Gesäß. Sie waren geschminkt. (Welche hatte geklopft: Stinkt's bei euch auch?)

Auch sie wurden gefilzt. Brüste fleppen, Beine spreizen ... Mit ausgefahrenem Daumen fuhr der Natschalnik die Schenkel in die Höhe.

Nach der Kontrolle deutete der Offizier auf mich. Ein Posten gab mir Bettlaken, Handtücher und eine alte Russenuniform.
Nur wenige wurden auf gleiche Weise ausgestattet. Sollte ich darin ein übles Vorzeichen sehen? Vielleicht Rußland? Oder war ich ein Häftling Erster Klasse?

Die Posten liefen raus und rein, ein Offizier schrieb uns auf. Ältere Männer hörte ich »lebenslänglich« sagen. Hohl tönte es in der Kellerwölbung.
Unter den Gefangenen waren auch Russen und sogar ein Amerikaner. Der Amerikaner hieß Hopkins, angeblich Major.

Der Halbfinne war von uns abgerückt. Mit seinen fünfzehn Jahren wollte er anscheinend seine Karriere als Kapo rechtzeitig beginnen.

»Wollt ihr wohl grade stehen? Hat es der Kapitano nicht gesagt?« krächzte er.

»*Tiesche tam!*«* rief ihm ein Posten zu.

Wir traten von einer Rampe aus auf einen Lkw. Auf dem Führerhaus hockten zwei Posten mit Maschinenpistolen.
»De scheten uns woll noch dot!« sagte ein Pommer.
Wir mußten uns auf den Boden setzen, jeder zwischen die Beine des andern.
Los ging die Fahrt. Persil-Reklame an einer Häuserwand. Ein Mann kuckte aus dem Fenster, er rief seine Frau, deutete auf uns ... Sie wird bedauert haben, daß sie uns nur noch flüchtig sah.

Umsteigen in Güterwaggons. Ich ließ Mr. Hopkins den Vortritt.
Links und rechts Gitter, dahinter enge Pritschen-Regale. Wir quetschten uns hinein, lagen wie Flaschen im Fach.
Uns gegenüber die Frauen. Wir winkten ihnen zu: Immer mit der Ruhe.

Einer war beim Übersteigen ausgerutscht. Den schlugen sie und fesselten ihm die Hände unter den Knien zusammen.
»Bitte nicht!« rief eine alte Frau.

Ich legte alle Sachen unter mich, dann war es nicht so hart.
»Du siehst aus wie ein kleiner Junge«, sagte mein Nebenmann.

Er sah aus wie eine Schöpfkelle, seine Hosen hatte er an den untersten Knopf der Weste geknöpft. Sie standen hinten ab.
Er pfiff Melodien aus dem ›*Zarewitsch*‹.
Er wüßte gar nicht, warum ihm seine Mutter so viele Sachen geschickt hätte. Jetzt müsse er sich damit abschleppen. Und lauter altes Zeug!
Vor meinem Kopf war ein Loch im Waggonboden. Wenn einer sich drüberhockte, gingen wir in Deckung.
Die Mädchen hielten sich ein Laken vor. Das sollten sie eigentlich nicht.

Der andere Nebenmann, ein stinkender Bauer, zwängte mich allmählich immer mehr ein. Rücksichtslos drang er vor.

* Ruhe da!

Da schlossen sie drüben die gefangenen Russen raus und brachten sie auf unsere Seite.
Wir wurden noch weiter zusammengedrückt. Wenn man wenigstens die Beine hätte anziehen können!

»Niex spriächan!« rief der Posten und schlug mit einer Eisenstange nach uns.
Wir riefen: »Schon wieder ein Fünfmärkstück!« wenn er rotzte.
Alle Augenblicke klingelte das Telefon. Sie wollten wissen, ob wir noch da seien.

Ab und zu hielt der Zug. Dann sprangen die Posten raus und schlugen mit Knüppeln gegen die Waggonwände. Mir dröhnte der Schädel.

Mr. Hopkins wies auf die durchgeistigten Züge des Wachtpostens: »*The parts are changed, the beasts are outside.*«
Er lieh sich meinen Hut und fragte: »*What du you think of my age?*«
Er habe ein ganzes Jahr in Einzelhaft gesessen. Bei seiner Verhaftung seien zwei Mann k.o. gegangen.

Ich dachte daran, was die KZ-Häftlinge auszuhalten hatten. Ja, sagte Hopkins, ein deutscher Soldat habe in Belgien eine Frau gezwungen, ihren Mantel über eine Pfütze zu legen, damit er seine Stiefel nicht dreckig mache.

Wir sollten uns man keine Sorgen machen, sagte er. Seine Leute holten uns bestimmt raus. Wir könnten sicher sein, daß die drüben schon längst unsere Spuren verfolgten. Fallschirmjäger-Spezialkommandos zur Befreiung stünden bereit. Und später würden wir hübsche Summen einstreichen.

(Abends las mein Vater immer seine Regimentsgeschichten. Oder er spielte das ›*Frühlingsrauschen*‹ von Sinding.)

Mittags bekamen die Frauen gekochte Kartoffeln in Zeitungspapier. Wir nicht.
Mein Nebenmann hatte sich Brot aufgespart. Das kaute er nun mit Behagen. Der süße Geruch stieg mir in die Nase.

Er hatte Geburtstag. Ich gratulierte ihm. Viel Glück und alles Gute. Die andern hätten ihm fast ein Ständchen gebracht.

Nachts standen blakende Hindenburglichter auf den Gittern. Einmal wurde die Tür aufgeschoben. Ein Eisenbahner wollte wissen, was mit dem Waggon sei. Er starrte uns an und trat entsetzt zurück.

Weiter hinten lag ein Mensch namens Schwarz. Zwanzig Jahre Schrankenwärter in Pritzier. Schon seine Großmutter habe gesagt: »Junge, 's komm beese Zeitn . . .«
Wir fragten ihn, an welcher Strecke denn Pritzier liege. Er wußte es nicht.

Die Rostocker repetierten medizinische Fachausdrücke.
Einer von ihnen sagte: »Wenn ich nur einen Strohhalm hätte, ich würde mir das Wasser selbst abnehmen.«
Wir hatten nämlich allesamt Harnstottern.
Sie bemühten sich um einen alten Mann, der Herzkrämpfe hatte.
Der Posten weigerte sich, den Transportführer zu verständigen. Wir guckten Hopkins triumphierend an.
»Hier muß erst einer sterben, bis sie sich rühren«, sagte mein Nebenmann.

Berlin, Ostkreuz.
Auf dem Bahnsteig liefen kostümierte Leute umher. Die wollten wohl zum Maskenball.

> »Wem Gott will rechte Gunst erweisen,
> den schickt er in die weite Welt . . .«

sangen wir, um uns bemerkbar zu machen. Aber sie achteten nicht darauf. Die Posten schimpften.

Die Mädchen bekamen was zum Rauchen.
Die Verlobte bat, der Posten möge bitte eine Zigarette rübergeben zu den Männern.
Er nahm sie. Während sie in seiner Hand verqualmte, fragte er, was er denn damit sollte.

Am vierten Tag ließ man uns immer noch hungern. Sobald sich ein Offizier zeigte, brüllten wir wie Kühe.

Wie schön war es doch auf der Achtunddreißig mit Manfred gewesen. Oder auf der Verurteiltenzelle. Was hatte man da für einen Spaß gehabt.

In der vierten Nacht kamen die Minderbestraften raus. Auch die Mädchen und die Ausländer.
»Sachsenhausen«, flüsterte mein Nachbar.
Draußen ein gepflügtes Feld, Sterne und ein riesiger Mond.
Die alte Frau weinte.
Wir sahen dem wankenden Trüppchen nach. Die Verlobten winkten sich zu. Noch lange kläfften die Hunde.

Am nächsten Morgen kriegten wir eine Scheibe Brot und frisches Trinkwasser. Es war der fünfte Tag. Wie lange sollte die Fahrt noch dauern?

Eine Stunde später waren wir am Ziel. Bautzen. Alles aussteigen!
Wir schoben uns aus den Schlitzen und reckten die Glieder.
Ein älteres Ehepaar schlenderte vorüber. Er in Knickerbokkern, sie mit Wandertasche.
Sie sahen uns nicht.

4

Vor dem großen gelben Zuchthaus lagerten wir unter Apfelbäumen. Lange warteten wir auf Einlaß.
Die Rostocker fragten sich die Knochen des Schädels ab.

Drüben eine Wand von kleinen Fenstern: der große Zellenbau.
An den Giebeln wilhelminische Zinnen. Die Anstalt sei um die Jahrhundertwende als Militärgefängnis errichtet worden, sagte einer der Bauräte.
Durch die gepflegten Anlagen trotteten wohlgenährte Häftlinge mit Axt und Säge. Würde man hier ein Handwerk erlernen können?

Endlich durften wir hinein. Mann für Mann zwängten wir uns durch die enge Pforte. Wir hockten uns in die äußerste Ecke der Aufnahme.
Ein spitzbärtiger Kalfaktor stieg über uns hinweg. Er verlangte Gold. Kamerad Mohrmann kriegte seinen Ehering nicht ab, er bezog Ohrfeigen und Tritte.
Ein anderer Kalfaktor raunte uns zu, wir sollten ja keine Klamotten verschenken, wenn uns später was fehlte, gäb's Karzer.
»Halt die Fresse!« schrie der Spitzbart.

Ein Arzt nahm uns zwischen die Beine. Befühlte Arme und Gesäß. Forsch fragten die Rostocker, ob's für sie hier nichts zu tun gäbe.
Schwanz heben wegen Läuse.
Nein, hier gebe es nichts zu tun, sagte er.

Das Portal der vorgelagerten Anstaltskirche war gleichzeitig Haupteingang des Verwahrhauses. Schwerfällig schwankten wir hinüber.
Wir dachten: nun stehen wir gleich in der Kirche. Aber die

Kirche war im ersten Stock. Hier unten lagen die Büroräume der Verwaltung.

Wie Schaufensterpuppen standen die Posten an der Zentrale. Grinsende Kalfaktoren daneben.
Ein Blick in den riesigen Westflügel. Ein gußeisernes Kloster?
Über schmale Eisentreppen ging's nach oben. Wir kamen in eine große, völlig leere Zelle.

Die Rostocker wuschen sich den Hintern.
Wann wir endlich was zu essen kriegten, fragten sie die Kalfaktoren.
Wir hätten ja Transportverpflegung bekommen, sagten die, bei ihnen würden wir noch gar nicht geführt.

Dann kamen sechs, acht Russen rein, gingen zwischen uns hin und her und grinsten. Wo wir im Krieg gewesen seien, wollten sie wissen. Die Kalfaktoren an der Tür lachten.
Plötzlich rissen sie sich die Koppel runter und schlugen auf uns ein. Obwohl wir durcheinanderliefen, ging's sehr ruhig zu.
Einen ledernen Bauern, der nicht ganz richtig im Kopf war, nahmen sie sich gesondert vor. Er lag am Boden. Im Takt droschen sie ihn wie eine Garbe aus.
Einer der Posten lutschte am Finger, als er die Zelle verließ.

In dieser großen Zelle lagen wir vierzehn Tage. Wir durften nicht spazierengehen.
Wir seien in Quarantäne, sagten die Kalfaktoren.
Die Rostocker repetierten, die andern stritten sich.

Ungeachtet der Quarantäne wurden wir fortwährend besichtigt und immer wieder aufgeschrieben.
Einer zeichnete unsere Wäsche, ein Spezialkommando stickte die Nummern aus, damit wir unsere Unterhosen nach dem Waschen wiederkriegten.
Mein Nebenmann sagte, er habe die Nummer W 612. Das wäre ein guter Titel für einen Knastbericht.

Ein alter Häftling kam mit einem dicken Buch. »Was habt ihr für eine schöne Zelle«, sagte er.

Ich fragte nach Arbeit. Er schüttelte den Kopf. Nein, Arbeit gäbe es nicht, nur die Internierten dürften arbeiten.
»Und du?«
»Ich helf hier nur ein bisserl aus.«
Am andern Tag erfuhren wir, daß das der Lager-»Kommandant« gewesen war. Er saß schon seit fünfzehn Jahren. Die Russen hatten ihn 45 gleich übernommen.

Dann hieß es: Alle Sachen packen, raus!
Auf der anderen Seite der Etage standen Hunderte von hohlwangigen Häftlingen. Wir mischten uns unter sie.
Anscheinend hatte unser Trupp eine Großverlegung ausgelöst.
Die Rostocker strebten fort. Ich folgte ihnen ein Stück und blieb dann irgendwo stehen.

Drüben beflüsterte sich ein Berliner Junge mit seinen Kumpels. Sie nannten ihn Jonni. Irgendeinen Vorteil wollten sie wahrnehmen.
Unten tänzelten weißbehoste Kalfaktoren.
»Ruhe! Keine Gespräche!«

Wir wurden in einen Fächer offenstehender Zellen getrieben. Abbremsen! Nur nicht mit dem Schrankenwärter aus Pritzier zusammengeraten!

»Ein Mann noch!« rief der Kalfaktor, packte mich und schob mich in eine Zelle. Es war die Nummer einunddreißig.

Gestank von Verwesung und Klo.
Links ein hochklappbares, eisernes Wandbett. Rechts eine dreistöckige Holzpritsche. Der oberste Platz war noch frei, ich schwang mein Bündel hinauf.
»Kehr's!« hörte ich einen sagen. »Erst mal das Fenster auf!«

»Ich heiße Helm«, sagte er und reichte uns die Hand.
»Helm Feghelm.« Deutscher Adler.
Er fand es fein, daß ich aus Mecklenburg sei. Das letzte Land, das dem Rheinbund beitrat.
Auch die andern beiden stellten sich vor. Hermann und Paul.

SS-Mann und Gelegenheitsarbeiter, beide aus Berlin.

Helm stieg auf den Tisch, der unter dem Fenster stand. »Kehr's, wir können die Uhr sehen.«
Er untersuchte die Zellenlappen, warf sie in den Kübel; in dem schwamm alter Kot.
Neben dem Fenster hing ein Wandregal mit Maßen zum Verteilen von »Produkten«, Zucker, Butter oder Marmelade, je nachdem, was es gerade gab.
Wir stellten unsere Schüsseln ins Regal.

Während Helm die Zelle unter Wasser setzte, zog ich ein frisches Laken über den bewichsten Strohsack.
»Siebenundvierzig lagen wir noch auf den blanken Brettern«, sagte Helm, knöpfte seine Hose auf und wies auf braune Stellen an der Hüfte.
Dann ging er an den Kübel und pißte wie ein Pferd.
»Kommt schnell noch mal ran«, sagte er, »gleich geht der Kübel raus. Aber bespritzt mir nicht meine Decke.«

Drei Seiten eines zerrissenen Lexikons lagen in der Ecke: Klopapier. Ich erwischte das Stichwort »Orden«.
». . . Gemeinschaft von Personen, die sich einer weltanschaulich begründeten Lebensform unterworfen haben . . .«
Auf der Rückseite Teile von Mönchskutten.

Helm war Fallschirmjäger gewesen, Paraschütist, wie er sagte.

Erster Einsatz in Kreta: Fallschirme wie Blasen im Krater des Vulkans. Ritterkreuz.
Dann Finnland. Die Scharfschützen schnitten für jeden Abschuß eine Kerbe in den Kolben. Kreuz der weißen Rose.
In Rußland hing ein zerfetztes Gehirn im Baum. Eichenlaub.
Und in Italien, da wurde er bald verrückt. Da hatte er Läuse unterm Gips.
Ob ich pervers sei, weil ich den kleinen Finger beim Trinken so abspreize.

Er schob beim Gehen die Hüfte vor.
Von Hohenschönhausen wußte er Grausiges zu berichten. Karzer in Röhrenform. Die Häftlinge wurden hineingescho-

ben wie in einen Backofen ... Zellen mit schrägem Boden, grell bemalt ... Geräuschzellen: immer dieselbe Melodie, ab und zu ein Ton höher.
Grammophonplatten mit Schreien? Nein, davon habe er noch nichts gehört.

Morgens machte er Freiübungen. Er ging dabei systematisch vor, reckte sich wie ›*Der Wager*‹ von Breker. Zum Schluß arbeitete er die Gesichtsmuskeln durch: Angst vor maskenhaftem Aussehen.
Beim Bettenbauen zeigte er uns kalte Bauern riesigen Ausmaßes.

Aus Deckenstreifen schneiderte er uns Mützen. Alle vier kriegten dieselbe Bommel dran. Wir waren schließlich keine x-beliebige Zelle, wir waren Kameraden.

Die Kalfaktoren waren windige Gesellen, alles Minderbestrafte: drei, fünf, acht oder zehn Jahre.
Einer ging ganz in Weiß, ein anderer in Schwarz. Der hatte es auf mein Ami-Hemd abgesehen. Ich tauschte es gegen drei Kuhlen* Brot.
Helm gab sich ein festes Auftreten und eine markige Stimme, wenn er mit ihnen sprach.
Leider kam er nie so recht zum Zuge, sie hatten es nämlich immer furchtbar eilig, öffneten die Tür kaum einen Spalt und hauten sie gleich wieder zu.

Ich hätte so feingliedrige Finger, sagte er. Ein Kamerad habe ihm mal geschenkt, daß er sich mit dessen Zahnbürste die Zähne putzen durfte.
Durch meine Zahnbürste war ich von besserem Stand.

Vier Mann ein Brot, duftendes Landbrot. Unbequem zu teilen. Wir kippten es über die Tischkante und ritzten es unten an. Helm zersägte es mit einem Draht und wog die einzelnen Kuhlen mit der Hand aus. Dabei berücksichtigte er, daß der linke Arm schwächer als der rechte sei.

* Kuhlen (Rotwelsch) = Brotportionen.

Hermann knetete sein Brot zu Kitt. Er formte Hörnchen und füllte sie mit Zucker.
Marmelade bestreute er mit Salz. Dann schmecke sie süßer, behauptete er.

Paul hatte seinen Zucker in einem Beutel. Wie aus einer Pulle nahm er hin und wieder einen Schluck. Der Rand war dick verkrustet.

Morgens gab es Makkaroniwasser. Wir aßen mit Holzlöffeln, sogenannten Stalin-Kellen. Die rissen einem den Mund auf. Gewiefte Knastrologen hatten Löffelhölzer, mit denen sie die Kellen stundenlang glattrieben.
Holz sei besser als Metall, wurde gesagt. Holz erhitze sich nicht und schmecke neutral. Draußen wolle man nur noch mit Holzlöffeln essen.
Hermann lutschte die Makkaronis ab, zog sie auf Fäden und hängte sie zum Trocknen auf. Ausgewählte Exemplare legte er zum Rösten auf die Lampe.

Die anderen hatten sich Holzmesser geschnitzt. Mit denen strichen sie sich das Brot.
Ich tauschte mir gegen Zucker ein Stück Glas ein, mit dem schabte ich mir auch ein solches Messer zurecht. Wurde man beim Basteln erwischt, war es schlimm. War das Messer erst mal fertig, fragte niemand mehr danach.

Grundlage der Mittagssuppe war Sauerkraut. Obendrauf schwammen Pansen- und Euterfetzen.
Die Kalfaktoren gaben sie mit Konservendosenkellen aus. Sie stellten sich dabei linkisch an, damit sie trotz Acht-Schlagens das Dicke für sich behielten.
Hermann bekam vier Liter für seine Lederhandschuhe. Als Ersatz warfen sie ihm ein Paar von der Ostfront hin, Modell 1944, aus Filz, mit besonderem Finger zum Abdrücken.

Nach der Essenausgabe stellten wir die Schüsseln nebeneinander auf den Tisch. Mit schiefgelegtem Kopf prüfte Helm den Wasserstand. Kleine Unterschiede glich er aus.

Der weiße Kalfaktor — wir nannten ihn den Filmheini — hatte eine besonders ärgerliche Art zu betrügen. Er zog die

Kelle zu früh zurück. Dadurch nahm er immer drei, vier Löffel Suppe mit.
Wenn man sich beschwert hätte, dann hätte er gesagt: Aber was, glaubst du etwa, ich habe das absichtlich getan?
Und in der Nacht hätte er uns die Russen auf den Hals gehetzt.

Hier sei es ja noch Gold, sagte Helm.
In Hohenschönhausen habe er mit fünf Russen auf einer Zelle gelegen. In den ersten Tagen hätten sie ihn dauernd verprügelt. Schließlich habe er sich mal tüchtig gewehrt, und da seien sie etwas ruhiger geworden.
Bei der Brotausgabe habe er immer einen Hechtsprung auf die Tür machen müssen, sonst hätte er nichts abgekriegt.
Und *eine* Schüssel hätten sie nur gehabt. Ein Glück bloß, daß er heiß und schnell essen könnte! Sonst wäre er vor die Hunde gegangen.

Hermann füllte seine Schüssel mit Wasser auf. Er würde dann satter, meinte er.
Das Dünne schöpfte er ab und genoß es separat als Brühe. Aus sortierten Fleischfasern, Gemüse- und Kartoffelteilchen matschte er Pasteten.
Wenn wir schon längst auf dem Sack lagen und verdauten, dann war er immer noch am Manschen.

Fast keine Woche verging, ohne daß ein Transport ankam.
Einmal mußte das Haus doch voll sein?
Vielleicht würden sie uns eines Tages entlassen, weil kein Platz mehr sei.

»Es wird immer wieder Platz«, sagte Helm.
Abends horchten wir, ob wieder der Leichenkarren vorbeiklapperte.
Über zehntausend Häftlinge seien schon gestorben . . .

Er stand mit übergehängtem Mantel unter dem Fenster und beschrieb uns haarklein, wie russische Weiber deutsche Verwundete massakriert hätten.
Er trug es immer noch, das Eichenlaub. Unsichtbar hing es an seinem Hals.

»Das moralische Gesetz in mir,
der gestirnte Himmel über mir
und – WESTFALEN.«

Das war sein Wahlspruch.

Er verfügte über Bildungsreste.
»Mit den Merseburger Zaubersprüchen ging's ja los. *Si si gilimida sin* . . . Und 1410: Schlacht bei Tannenberg.«
Tagelang grübelte er, ob es nun Wessobrunner Gebet oder Wessobrunner Lied heiße.
Wo Antofagasta liege, entziehe sich seiner Kenntnis. Klar sehe, wer von ferne sehe und nebelhaft seinen Anteil nehme.

Abends erzählte er Filme. ›*Die weiße Schwadron*‹. Kamelreiter am Lagerfeuer, Kameradschaft in der Wüste.
Die Gitarren ahmte er mit der Zunge nach.

Er sei ein Mensch, der Wildlederschuhe zum Frack trage. Ob wir verstünden, was er damit sagen wolle?
»Reiten, reiten, reiten und schon so müde geworden« – das sei von Rilke.

Ob er Hitler mal gesehen habe?
Natürlich habe er Hitler gesehen, als Halsträger . . . Fein, väterlich . . . »Kommen Sie, setzen Sie sich«, habe Hitler gesagt, »wir sind eine Familie. Sagen Sie mal alles, was Sie so denken . . .«
Er habe direkt neben ihm auf dem Sofa gesessen. Tee gab's und Gebäck. Natürlich: Stramme Haltung.

Vorher Pistole abgeben und hinterher Urlaub in Berlin.
In Warschau habe er mal 'ne hübsche Nutte gehabt.

Auf seinem Brottuch stand: WESTFALEN.
Paul schlug seine Kuhle in ein rotes Arbeitertaschentuch.
Hermann hielt es mit »Unser täglich Brot gib uns heute«.

Vor dem Schlafengehen befestigte Paul Bindfäden an seiner Decke und leitete sie uns zu.
»Wenn ick schnarche, zieht eenfach an de Strippe.«
Seine Devise: »Auf, auf, sprach der Fuchs zum Hasen, hörst

du nicht die Hasen blasen?«

Er hatte draußen die verschiedensten Berufe ausgeübt. Er hatte geobert oder kellneriert, wie er sagte, Straßen gepflastert, in einer Lackdrahtzieherei gearbeitet.

Einmal mußte er in einem Rohr liegen und glühende Nieten auffangen. Eine hüpfte ihm ins Hemd. Er hielt sich das Zeug vom Leib, bis die Niete rausgebrannt war.

»Ich hab kein Auto,
ich hab kein Motorboot,
das einz'ge was ich hab:
ich bin dir gut.«

Merkwürdigerweise hatte er Ähnlichkeit mit meinem Lateinlehrer. »Ha, Hitla!« Der war in die SA eingetreten, weil er nicht Parteigenosse werden wollte.

Ende September wurden wir geröntgt und ärztlich untersucht. Vorher mußten wir auf weißen Parkbänken, unter riesigen Bäumen warten.
Hermann stopfte sich die Taschen voll Kastanien. Er wollte sehen, ob sie nicht vielleicht doch eßbar seien.
Drüben lag der Kreuzbau, ein ungeheuerer Bienenkorb mit verstopften Fluglöchern.

Neben mir ein Mann aus Güstrow. Er saß schon seit 1946, hatte Tbc.
(In Güstrow lag mein Vater, als er sich freiwillig gemeldet hatte. Neununddreißig. Zuerst wollten sie ihn nicht nehmen, weil er Freimaurer gewesen war.)

Eine Frau ging vorbei. Sie wiegte ein Baby auf dem Arm.

Im Lazarett wimmelte es von Internierten: Zellenleitern, Staatsanwälten und kleinen Pg. Gepflegt und vollgefressen. Sie sietzten uns, wollten mit uns nichts zu tun haben. Wir waren schließlich Verurteilte.
Ich mußte an SA-Mann Hornung denken, der mir SS-Jugendstraflager angedroht hatte, weil ich ein paarmal nicht

zum Dienst gekommen war.

Wir wurden der russischen Ärztin vorgestellt, dem »Engel von Bautzen«.
Angeblich hatte sie geweint, als sie nach Bautzen versetzt wurde. Klopapier führte sie ein und Weißbrot für die Kranken.
Sie stand hinterm Schreibtisch, ein Taschentuch in der Hand. Schirmlose Mütze. Sie erinnerte mich an die Ukrainerin, die bei meinem Onkel arbeitete.

»Ein Dystrophiker bist du nicht gerade«, sagte der Häftlingsarzt und kniff mir in den Hintern.
Ich antwortete: mir ginge es aber gar nicht gut.
Da lachten die Rostocker.

Beim Röntgenarzt versuchten sie wieder einmal ihr Glück. »Physikum?« fragte er und fuhr den Schirm hoch und runter.

Auf dem Rückweg gingen wir an den Sälen des Nordflügels vorbei. Hinter den hohen, unverblendeten Fenstern wimmelte es von Häftlingen. Kopf an Kopf standen sie an den Gittern und starrten uns an.
»Zum Winter möchte ich gern auf einen Saal«, sagte Helm, »da ist es warm.«
Vor dem Krieg habe man auf den Sälen Scherzartikel im Akkord gebaut.

Es sei doch ganz egal, sagten die Rostocker, ob man das Physikum habe oder nicht. Wichtig sei in unserer Lage, in der doch jeder Mann gebraucht werde, ganz allein das Wissen und der Wille zu helfen.

Hermann war Chauffeur eines SS-Sturmbannführers gewesen.

Er schabte die Kastanien und wässerte sie. Tat sie dann in die Suppe. Nein, das schmecke nicht, sagte er und kotzte alles wieder aus.

Der Reichsheini habe ihn enttäuscht.

Spaziergang hatten wir jeden Tag. Massen von Häftlingen fluteten auf den Hof. In Achterreihen wankten sie an der dünnen Mauer vorbei, Runde um Runde, eingehakt, als müßten sie sich stützen.
Alle trugen selbstgemachte kunstvoll bestickte Mützchen auf der Glatze. Das verlieh dem Zug etwas von Mummenschanz. »Brigitte« las man da oder »Heimat«. Mancher hatte seine fünfundzwanzig Jahre mit einem Eichenkranz vorne dran. Man konnte auch »Amen« lesen oder ganz einfach »Scheiße«.
Wir zählten die Häftlinge und errechneten, daß allein im Kreuzbau ungefähr viertausend Häftlinge liegen mußten.

Beim Raustreten suchte man sich rasch einen Partner aus einer anderen Zelle, mit dem tauschte man Nachrichten aus.
Zeitweilig ging ich mit einem verkrachten Ingenieur. Er trug eine Fliegerkappe, deren Bänder runterhingen. »Kommen Sie nicht wieder ohne ein Diplom«, hatte der englische Offizier in Lübeck gesagt, bei dem er sich als Techniker bewarb. Daraufhin war er in die Ostzone gegangen und wegen Spionage verhaftet worden.
»Eine Eisenstange von drei Meter Länge, und ich bin frei . . .!« sagte er. Mit der Eisenstange wollte er wie ein Stabhochspringer die Mauer überwinden. WASSAGRYNN sei unser Kennwort, schärfte er mir ein.

Mit einem Mann in Postuniform kam ich ins Gespräch. Er habe nur ein paar Fotos von Leuten gemacht, die bei Moden-Levi kauften. Und für so was sitze man nun!

Helm hielt sich an Fallschirmjäger oder Kameraden von der Waffen-SS. Denen drückte er die Hand.
Mein Vater sei bei der Division Großdeutschland gewesen? Das sei ja interessant.
Die Parolen, die er unten aufschnappte, pflegte er zu verschleiern. Bald sei es soweit, sagte er; das müsse genügen.

Nach dem Spaziergang wurden die ambulanten Kranken geholt. Auf dem Med-Punkt flüsterte man sich amtliche und hauptamtliche Entlassungsparolen zu.

»Et looft, Kameraden, et looft!«
Ob wir überhaupt noch einmal rasiert würden, sei fraglich.

Die Ausstattung der Ambulanz war bescheiden. In der Mitte des Raumes stand ein großer Tisch. Der bot eine Palette von verschiedenfarbigen Salben und Tinkturen an. Man wußte nie, ob man blau oder grün von der Behandlung zurückkehren würde. Mitunter schillerte man in verschiedenen Farben. »Methylenblau«, sagte ein Kumpel. Der kannte das von Pferden.

Der Zahnarzt hatte neben sich ein rundes Gartentischchen mit Heber, Watte und Spachteln.
»Hier wird nur gezogen«, sagte er freundlich. »Ohne Betäubung natürlich.«
Er betupfte meine Ruine mit Äther und stopfte Watte ins Loch. »Eigentlich müßte er raus.«
Ich ließ ihn drin, ich hatte mich an ihn gewöhnt.

Im Oktober wurde wieder mal vom Krieg geredet. Endlich Krieg. Täglich erwartete man die amerikanischen Fallschirmjäger. Spezialkommandos. »Die lassen uns nicht im Stich.«
Draußen auf dem Feld hoben Männer Gräben aus.
Helm freute sich auf Frau und Kind. Bis Hamburg würden wir am besten zusammenbleiben.
In der Nacht hörten wir Panzer.

Auf der Pritsche fanden wir ein Stück Linoleum. Das hatte uns einer beim Spaziergang reingeschmissen.
»Kameraden«, stand darauf, »laßt euch nicht umlegen! Die Russen werfen in jede Zelle eine Handgranate. Rettet euch! Denkt an Katyn! — Am Freitag beim Spaziergang wird ›Mantua‹ gerufen, dann stürmen wir die Tore. Es lebe die Freiheit!«
Helm wusch die Schrift ab und klackste Marmelade drauf. Das Brettchen komme ihm wie gerufen. Dann erörterten wir den Ernstfall. Wir würden uns am besten in eine Ecke kauern, Decken und Strohsäcke über uns.

Hermann erzählte, ein Kamerad habe mal 'ne Handgranate abgezogen und sie sich auf seinen Stahlhelm gesetzt.
Das hatte ich schon mal gehört.

Der Krieg brach nicht aus, keine Fallschirmjäger landeten, niemand rief »Mantua«. Die Gräbenausheber waren Kartoffelsammler.
»Ein Glück, daß wir einen schlechten Sommer hatten«, sagte Helm. »Ich würd mich ewig ärgern, wenn ich bei gutem Wetter hier drin gesessen hätte.«
Vom Med-Punkt kamen indessen neue Parolen. Manöver in der Wüste Nevada. 82 000 Atombomber.
Und natürlich Verpflegungsaufbesserung.

Anfang November kamen die Frauen fort.
»Vom Fenster weg!« riefen die Kalfaktoren. Wir stiegen sofort auf den Tisch und äugten über die Blende.
An die vierhundert Frauen saßen auf dem Hof. Zwischen den Kartoffelmieten spielten Kinder.

Einige blieben zurück. Unter ihnen die Freifrau von Salza. (1410, Schlacht bei Tannenberg.)
Jeden Morgen stolperte sie zur Effektenkammer. Thronte dort wie in einer ägyptischen Königsgruft und verwaltete unsere Uhren, Schirme, Rosenkränze und meine Brieftasche mit dem einzigen Bild von H.

Ein schwarzes Kalb lief über den Hof.

Letzte Meldung von der Ambulanz: Der Russe hat eine Million Jahre gestrichen.
Mein Spaziergangskamerad war skeptisch. Er erwog, sich bis zum Eintreffen der UN-Truppen in einer Kartoffelmiete zu verstecken.
»Und nicht vergessen: WASSAGRYNN!«
Helm machte Andeutungen; er wußte offenbar mehr.

In der Nacht wurde einer verprügelt. Seine Hilfeschreie gellten durch die Zellenhalle. Dumpf plumpten die Hiebe. Um die Schreie zu ersticken, preßten sie ihm eine Waschschüssel auf seinen Kopf, das konnte man hören.

Paul bewahrte uns vor einem ähnlichen Schicksal. Ein Muschik wollte uns schlagen, weil unsere Glühbirne wieder mal flackerte.

Er dachte, wir hätten daran herumgespielt.
Es war ein unangenehmer Mensch, der wie ein Gorilla von Zelle zu Zelle wuchtete und uns das Brot reinwarf, als müsse er unterfeuern.
Er hatte schon das Koppel abgenommen. Im letzten Augenblick sagte Paul auf russisch: »Draht kaputt!« Das verstand der Posten. Er rief den Kalfaktor und ließ eine neue Birne bringen.

Hermann blickte, beim Hinauspeilen durch eine Türritze, plötzlich ins Auge des Gorillas.
Der riß die Tür auf und packte ihn. Eine Stunde mußte er in der Friseurzelle stehen, dann erschien er wieder bei uns. Glück gehabt.

Einen von der Schneiderzelle sperrten sie ein, weil er einem anderen eine Nadel untergehalten hatte. Sie war bis auf den Knochen durchgedrungen.

Von den andern Posten war nicht viel zu merken. Sie saßen am Pult und dösten.

Mit den Butterjungen vom Brotraum hatten sie ihren Spaß. Die waren erst sechzehn.

Unser Etagenältester war auch Mecklenburger. Den ganzen Tag hörte man ihn brüllen.
Ich sprach in seiner Nähe platt.
Uns gegenüber lag ein Bayer, den hatte er auf'm Strich. Der konnte sich nämlich an den Scheißkübel nicht gewöhnen, wenn er mal mußte, warf er die Fahne. Jeden Tag war was los.

Der Bayer hieß Alfons mit Vornamen, er war Grafiker.
»Hanfstaengel, verstehst?«
Aus Seife modellierte er hochkünstlerische Schachfiguren; die Springer nach Andreas Schlüter.
Wir gaben ihm zwei Stücke und baten ihn um irgend etwas Schönes.
»I mach eich 'ne Diana«, sagte er.
Als sie fertig war, wunderte sich Paul über das nackte Mädchen. Er hatte an einen »Indiana« gedacht.

Wir stellten die Figur auf den Tisch und stickten eine Decke dazu.

»Hab Sonne im Herzen,
ob's stürmt oder schneit ...«

»Wenn wir nur ein bißchen Sonne hätten ...« sagte Helm.

Gold wurde gut bezahlt. Die Russen gaben Tabak und Brot dafür.
Ein alter Mann sprang übers Geländer in die Zellenhalle, vom fünften Stock runter auf den ersten. Er wollte seine Brücken nicht hergeben, wochenlang hatten sie ihm zugesetzt.

Im November wurde es kalt. Ich zog ein Hemd über das andere, saß meistens im Schneidersitz, da blieben die Füße warm.

Mittags wurde kurz Dampf durchgeblasen. Dann trocknete Helm seine Taschentücher.
Paul erzählte Geschichten von all den Buden, in denen er gearbeitet habe. Abgesehen von den glühenden Nieten, war ihm sonst nichts Schlimmes passiert. Ein Kamerad allerdings trat in einen Asphaltkocher. Der wurde vom Rührwerk zermatscht.
Diskussion: Was machten sie mit dem Asphalt. Wurde der auf den Friedhof gekippt?

Wer gute Klamotten hatte, durfte zu Weihnachten in die Kirche. Würde der Bischof die allgemeine Amnestie verkünden? Würde er Andeutungen über welterschütternde Ereignisse machen?
Wir öffneten das Fenster und lauschten. Schwach hörten wir die Männer singen: »Großer Gott, wir loben dich ...«
Hermann murmelte Psalmen.

Paul war zwanzig Jahre lang nicht »in die Kirche« gewesen. Er war katholisch, hatte einen Streit mit seinem Kaplan gehabt. Er werde auch jetzt nicht hingehen, sagte er, selbst wenn er dürfte.
Neu war ihm, daß wir Evangelischen die gleiche Bibel hätten wie sie.

An den Festtagen gab's dieselbe Plürre wie sonst. Von Sonderverpflegung keine Spur.
»Wie unklug von den Russen«, sagte Helm. »Wenn sie uns anständiges Fressen geben würden, dann könnten sie viele Freunde gewinnen.«

Hermann hatte sich Brot und Produkte abgespart. Er bereitete sie auf wunderliche Weise zu.
»Na – Zuckerbäcker?« fragte Helm.

Er könne sich vor Wut in'n Hintern beißen, sagte Hermann, wenn er daran denke, was man draußen alles versäumt hätte.

Ich hatte angenehme Geruchshalluzinationen, schmeckte Vanillepudding mit Himbeersauce oder, öfter noch, frische Brötchen mit Kalbsleberwurst.
Der Bayer schenkte mir einen Stern aus Seife. Den hängten wir ins Fenster. »Gloria in excelsis Deo«, stand drauf.

Beim Spaziergang blendete der Schnee. Von jenseits der Mauer hörte man Posaunen: »Vom Himmel hoch, da komm ich her.« Das trieb uns das Wasser in die Augen.
Wir wünschten uns gegenseitig alles Gute.
»Gebt euch noch einmal die Hand«, spottete der Kalfaktor. »Ihr seht euch *nie* wieder . . .«

Helm erzählte von zu Hause. Vor der Bescherung ging's auf den Friedhof, Ahnen besuchen. Danach: »Kling, Glöckchen, klingelingeling!«
Aber vorher noch Gedichte aufsagen, und jeder hatte seinen Lichterspruch..

Ich dachte an meine Kuckucksuhr. Mein Vater hatte sie mir geschenkt, aber vergessen, das Pendel einzuhängen.
Er saß am Klavier und spielte Weihnachtslieder. Ab und zu ließ er die Hände sinken und sagte: »Erstaunlich, wie schnell die Uhr läuft . . . Man kann es direkt sehen.«

Im ganzen Bau war es totenstill. Hermann und Paul riskierten ein Nickerchen.
Da leckte Helm sein Brotmesser ab und sagte *»Merry Christ-*

mas« zu mir.
Auf dem Tisch lagen zwei Scheiben Brot mit Butter und Marmelade. Die wollte er mir schenken.
Zum Dank bastelte ich ihm ein Paar Ohrenschützer zum Zuknöpfen.

Der Bischof habe so manchem die Hand auf den Kopf gelegt beim Abendmahl. »Wie alt bist du, mein Junge?«
Er ließ Bücher da, Missionsschriften. Das war nach dem Lokuspapier das erste, was wir zu lesen kriegten. Jedes Wort prägte sich ein, sogar das Copyright.
Eines der Hefte hieß *›Gespräche übern Zaun‹*. Kein Zuruf von draußen, nein, Krischan Keil belehrt Paul Klotz, daß es gut und nützlich und obendrein vernünftig sei, an Gott zu glauben.
»Da magst du woll recht haben, Krischan . . .«

Solange *wir* die Hefte hatten, rührte Hermann sie nicht an.
Er sparte sie für später auf, er wollte sie ganz für sich.

> »Ich habe keine Zeit für meine Seele,
> nicht Zeit für Gott und nicht fürs eigene Herz . . .«

Ich entnahm der Schrift *›Unrast und Stille‹*, daß wir uns im Lukas-Jahr befänden.

Der Schnee machte die Zelle hell.
»Putzt mal euer Fenster«, sagte der Filmheini und warf einen Lappen rein. Der war aus Wolle. Einen so guten Lappen hatten wir noch nie gehabt. Hermann zeigte Lust, sich daraus eine Mütze zu häkeln.
Am nächsten Tag war der Lappen weg. Wir suchten überall, fragten sogar den Kalfaktor, nein, er hätte ihn nicht gesehen. Hermann zog sich in seinen Mantel zurück, wippte auf dem ausgekehlten Schemel hin und her. Nur er konnte es gewesen sein, da gab es keinen Zweifel.

Paul sagte beim Spaziergang, wenn er uns gefragt hätte, wären wir doch die Letzten gewesen, die nein gesagt hätten, aber einfach klauen . . .
So stießen wir ihn aus, den Verräter. Ließen ihn sitzen auf seinem Schemel und wippen. Und er guckte in den Ärmel

wie in ein Fernrohr, richtete sein Teleskop auf Inventar und Fußboden.

Im Januar berechneten wir, wieviel Nahrungsmittel ein Mensch brauche, der zehn Jahre lang in einem Bunker leben müsse.
Hermann schrieb auf eine Seifentafel. »Muskatnuß nicht vergessen!« und schob sie uns zu.
Ich roch noch immer frische Brötchen.

Aus Minderbestraften wurde eine Häftlingspolizei zusammengestellt. Der Obermacker hieß Keßler. Wir nannten ihn »Butterklau«. Helm hielt ihn für einen Abkömmling der jüdischen Rasse.
Die Polizisten trugen Wehrmachtsklamotten und am Arm eine Binde mit den russischen Buchstaben PK. Ihre Befehle hallten durch den ganzen Bau.
»Aufhören mit Singen ... Gerade sitzen! ... Hände nach vorn!«
Hätte noch gefehlt, daß sie uns fragten, weshalb wir mit Hermann nicht sprechen.

Der Hof wurde zum Exerzierplatz. Gleichschritt und Seitenrichtung! Zellenweise laufen! Schnauze halten!
Man grüßte seine Freunde von ferne.
»Grüß dich, Vetter!« rief der Ingenieur. »Kennwort WASSAGRYNN!« Drei Tage Karzer hatte er wegen unerlaubten Nadelbesitzes in Hockstellung abgesessen.

Keßler stand auf dem Klärgrubenpodest und nahm die Parade ab. Gar zu gern hätte er ein Abzeichen gehabt, eine Tresse, eine Litze. Dann hätte man ihn doch wenigstens als Polizeigeneral erkennen können.
Paul fühlte sich an die Leute vom Nationalkomitee erinnert, in russischer Gefangenschaft. Die waren mit Eichenknüppeln durchs Lager gelaufen.
Helm blieb öfter mal stehen und machte den Schuh zu. »Wie geht's?« fragte er seine Bekannten.

Hermann wurde beim Brotschneiden ertappt. Er hatte ein an-

geschärftes Schuheisen benutzt.
Der Polizist suchte das Messerchen vergebens. Er konnte ja nicht ahnen, daß es an einem langen Faden in Hermanns Hosenbein hing.
»Die eigenen Deutschen ...« sagten wir und nahmen ihn wieder auf in die Gemeinschaft.

Er wurde gesprächig.
Er machte uns vor, wie seine Tochter *›Schneeflöckchen, Weißröckchen‹* gesungen habe. Machte sogar einen Knicks zur Verdeutlichung und hob den Rock.
Seiner Frau habe er's am liebsten morgens besorgt.

Sonntags hätten sie immer getobt. Er hätte sich auf seine Frau geworfen, aber sie hätte immer einen Fuß oder was gehoben und gesagt: Du hast mich noch nicht besiegt, der Fuß ist ja noch oben.
Seine Tochter habe er leider manchmal verhauen müssen. Aber hinterher habe er sich den kleinen Pöker beguckt, ob's nicht zu doll gewesen sei.

Vor dem Krieg hatte er in Wilmersdorf einen Garagenbetrieb. Wer in seinem Revier unter 'ner Laterne parkte, kriegte eine brennende Kippe aufs Dach.
Mit der Waschschüssel zwischen den Beinen gab er uns Fahrunterricht.
Als wir es satt hatten, spielte er Bernd Rosemeyer, brummend warf er sich von einer Seite auf die andere.

Paul träumte von einem Schrebergarten.
»Haste denn och Dung?« fragte Hermann, der sich damit auskannte.
Er hatte mal zwanzig Pfund Kochsalz auf seine Beete gestreut, versprach sich davon düngende Wirkung.

Nebenan trieben sie Englisch. Wie »Treppengeländer« heiße, wollten sie wissen.
Wir legten sie mit selbstgebastelten Vokabeln rein. *»Suddenstop«* für »Notbremse«.

Wenn ich mehr Seife gehabt hätte, dann hätte ich mir ein Hausmodell gebaut, den Grundriß hatte ich mir schon lange

ausgedacht.
Es hätte auch ein kleines Gefängnis werden können, mit Gittern und Männlein — alles aus Seife.

Helm meinte, wir vergammelten. Ob wir nicht mal einen Gedichtabend veranstalten wollten?

> »Wer wagt es, Rittersmann oder Knapp . . .«

Ich besann mich auf Fritz Schwaan und dessen Hesse-Überlieferung.
Hermann schlug vor, wir sollten zwischendurch Lieder singen:

> »Hört ihr es grollen durch Straßen und Gassen,
> seht ihr die Männer die Sturmfahnen fassen,
> hört ihr den schrillen, gellenden Ton:
> Revolution! Revolution!«

Ein Lernprogramm wurde aufgestellt.
Morgens machten wir Erdkunde: Städte, Flüsse mit A.
Nachmittags Geschichte. Helm referierte über die Entwicklung Preußens.
Abends wurde gesponnen.

Helm dachte ans Auswandern. Peru. Alte Lastwagen kaufen, ein Fuhrunternehmen aufziehen.
Er sah sich schon mit zerknitterten Indios um Centavos feilschen. Seine Frau würde die Buchführung übernehmen.
Erst jetzt bemerkte ich, daß er einen Grützbeutel auf dem Kopf hatte.

Ich plante einen Lesezirkel für D-Züge. Die andern waren skeptisch. Wenn sich das man lohne . . .
Schade, daß Trutschell nicht in der Nähe war, der hätte mich beraten können.

»Wenn ich mal rauskomme«, sagte Helm, »dann kauf ich mir Skier und fahr ins Gebirge.«
»Und mir solln sie alle am Arsch lecken«, sagte Hermann.
»Und wenn ick rauskommen tu«, sagte Paul, ». . . ach, det wird scheen.«

Ende Februar standen unversehens zwei dicke Offiziere in

unserer Zelle, Kaffeemützen auf dem Kopf. Wir waren verwirrt.
»Wie hees?« fragte einer. Ich nannte meinen Namen. Nein, meinen Namen wollte er nicht wissen. »Wie hees??«
»Nicht heiß«, antwortete Helm, »kalt ist es hier.«
Das wollte er auch nicht hören. »Wie geht's?« war gemeint. Gut gehe es uns — das heißt schlecht . . .

5

Im März neunundvierzig war Großverlegung.
Kaum waren die Türen entriegelt, da strebten wir rasch auseinander.
Man sah mich prüfend an: Wollen wir zusammen gehen?
Der Ingenieur ohne Diplom näherte sich mit seiner Fliegerkappe. Ich wich ihm aus, ich hielt mich an Leute mit Brillen.

Mancher kam wieder auf eine Zelle. Ich hatte Glück, ich kam auf einen Saal. 400 Mann waren da zusammengepfercht.
Langsam wurden wir den breiten Pritschengang hinuntergeschoben. Das Gedränge war unbeschreiblich.
Wer nicht in unsere Nähe gelangte, begleitete uns oben auf der gemeinsamen Pritsche, über Strohsäcke und aufgehängte Handtücher steigend.
»Was gibt es Neues?« wurden wir von allen Seiten gefragt.

Überall zerlumpte Menschen. Auf den Pritschen, zwischen den Pritschen, oben, unten.
Ein Leben wie in einem Wartesaal. Alle Schalter geschlossen. Der Zug fährt nicht ab. Man macht es sich notgedrungen bequem.

Mecklenburger kamen gelaufen, freudig bewegt. Sie schüttelten mir die Hand: »Tau mi kannst ›Hinni‹ seggen ...«
Neben uns ein Haufen aufgeregter Sachsen.
Hinten, still, zwei Freunde: Daß du lebst ...

Dann standen wir vorm Kommandanten: stattlicher Mann, jovial, mit Locken und Pausbacken. Die Leute lachten über seine Witze.
Er teilte uns den sechs Blockältesten zu, die sich wütend gegen die Belegung wehrten.

Einer besonders, ein ehemaliger Major der Luftwaffe, des-

sen Kleidung aussah, als sei sie speziell für den Aufenthalt in einem Straflager angefertigt, rechnete dem Kommandanten vor, daß er irgendwann aus irgendwelchen Gründen mal einen zuviel aufgenommen habe. Das müsse ihm jetzt angerechnet werden!
Er schob mich von sich weg. Der Kommandant drückte mich aber wieder an ihn ran und sagte: davon wisse er nichts.

»Ich werd dir einen schönen Platz geben«, sagte der Major schließlich und wies mich neben Hepstedt ein.

Etwa dreißig Menschen begleiteten mich dorthin. Flüsternd warnten sie mich vor ihm. Hepstedt sei ein großer Strolch, und ich sollte mich um Gottes willen vorsehen!
Endlose Debatten waren nötig – andere führten sie für mich –, bis Hepstedt einen winzigen Streifen seines Strohsacks räumte.
Ich glaubte schon, es käme noch zu einer Schlägerei.

Dann besah er meine Sachen, als müsse er nach Läusen suchen. Von der amerikanischen Seife verlangte er die Hälfte. Zum Dank warnte er mich seinerseits vor andern Spitzbuben, die nur darauf warteten, einen so guten und ehrlichen Menschen wie mich abzuschießen.

Beim Bettenmachen wurde es dunkel. Ein Mecklenburger stand vor der Koje. Er lud mich ein, ihn recht bald zu besuchen, E-Block, Fensterseite unten. Ich kroch heraus und dankte ihm.
Neben mir der Hintern meines Übermannes, der grade herunterstieg.

Rechts ein Mann mit selbstgebastelter Holzbrille. Die Hornfassung war bei der Verhaftung zerbrochen. Wenn er aufstieß, roch es nach gekochten Hühnern.
Er drückte an den Beinen herum, zeigte stolz die Dellen, die sein Daumen hinterließ: Wasser.
»Kennste det Schilla-Goethe-Denkma in Weima? ... Haste ma uff'n Sockel jekiekt? Nee? ... Und de Sechsa-Maake mit'n Hitla-Kopp druff? Haste di ma anjekiekt? Nee? Hättste solln machen! ... Und in'n Krieg, de Fimfte? Beethoven un Churchill? Bum-bum-bum. Bum? Nee? ... Allet keen Zufall ...«

Morgens und abends gab er mir die Hand.

Nachts hauchte Hepstedt mir muffigen Brodem ins Gesicht und streckte seine rissigen Füße ohne Umstände unter meine Decke.
Ich gab den Druck nach rechts weiter und rutschte ein wenig nach unten. Aber von dort kamen in regelmäßigen Abständen Furzblasen übelster Sorte.
Stand man auf, um »die Suppe abzugießen« oder nach Flöhen zu suchen, quoll der Platz zu.

Zu Hepstedt kam öfter ein widerlicher Kerl, Kröger, KZ-Kapo von Buchenwald, dort Spezialist im Zerschlagen von Hoden.
Sobald er anrückte, setzte ich mich zu den Schachspielern im Glaskasten.
». . . wenn der da hingeht, dann geht der da hin. Dann geht der *da* hin und der . . . *da* hin. – Mach dich mit deim Scheiß-Halma weg!«

Kröger war ständig von Ganoven umgeben. Wie Lotsenfische umringten sie den Hai. Die älteren trugen das Zeichen der »BVer«* zwischen Daumen und Zeigefinger. Vor denen war ich fortgesetzt auf der Flucht. Wenn ich doch mal einem begegnete, kuckte ich weg.
Einmal riß Kröger mich in seine Koje. Seine Pupenjungen knieten sich auf mich und griffen mir zwischen die Beine. Kröger kicherte mit Fistelstimme.

Der Kommandant residierte in einem separaten Zimmer, der sogenannten Kommandantur.
Er hatte dort ein Eisenbett mit Nachtschrank und Wasserglas.
Auf dem Tisch eine blaukarierte Decke.
Ich sah, wie »Selma« ihm vortanzte. Mit einer Suppenschüssel rutschte »sie« auf den Knien umher. Machte Leckgesten und flehende Gebärden.
Ihr wurde Brot zugeworfen. Das nahm sie zwischen die Pfoten und legte sich.

* Berufsverbrecher.

Wenn der Kommandant mich sah, erkundigte er sich: »Hast du wieder gewichst?«
Von anderer Seite wurde ich gewarnt, wer in der Jugend viel bürste, habe im Alter nichts zu kämmen.

Wer ihm »auffiel«, fand sich MaS auf einer Zelle wieder: »*M*it *a*llen *S*achen«. Aber an Kröger, den er haßte, kam er nicht ran. Den hatten die Russen zu seiner Überwachung eingesetzt.

Posten kamen nur zur Zählung auf den Saal. Manchmal sahen sie beim Schachspiel zu.
»Klor Sicht« oder »Acht Pfund« wurde gerufen, dann war jeder gewarnt.

Die Rostocker verbrachten ihre Zeit beim Saalarzt, der ständig einen verschreckten Eindruck machte.
Der verordnete Kaffeesatz nicht nur gegen Durchfall, sondern auch gegen Verstopfung.
Sie gingen ihm ganz ohne Eigennutz zur Hand, stützten Gebrechliche auf dem Weg zum Klo, öffneten die Oberlichter plangemäß mal hier, mal dort, und scheuten dabei nicht die Beschimpfungen derer, denen es zog. Immer fleißig, immer korrekt.
Abends hingen sie an den Lippen des Praktikers.

Gegenüber wohnte ein baltischer Baron, Besitzer einer »hämischen« Fabrik. Der hatte sich einen Altar gebaut. Obendrauf die Kuhle.
»Lieber Gott, wenn du mir jetzt nicht hilfst, leckst mich aber am Arsch . . .«

Er gab Zuckergutscheine aus. Pro Kuhle ein Zentner, stand der Kurs. Lieferbar sofort *nach* der Entlassung.

Je weiter es auf Mittag zuging, desto mehr belebte sich der breite Mittelgang zum Hungermarsch. Arm in Arm drehten die Leute ihre Runden und sprachen über »Füsch« und »Dorte«.
Gelegentlich kam Helm vorbei. In den ersten Tagen nickten wir uns jedesmal zu.

Die Suppenausgabe war ein sakraler Akt, bei dem absolute Ruhe zu herrschen hatte. Als Erzengel standen die Auskeller hinter den Kübeln. Sie stützten sich auf die Kellen, das Abstreichholz wie ein Kurzschwert in der Faust.
In der Mitte, als lieber Gott, der Kommandant. Neben ihm Kübelwäscher und Anheber mit Wischlappen an Schrubbern — wie Standarten.
Ihnen näherten wir uns in langer Prozession.
Laut gebot der Kommandant: »Fangt an!«

»Vorbeireiten zum Essenempfang«, pflegte Hepstedt zu sagen, wenn es soweit war.

Die Reihenfolge wechselte täglich. Sie war verzwickt wie der Lauf der Gestirne. Niemand sollte sagen können, er bekäme stets einen ausgeschöpften Kübel. Jeder war einmal im Jahr der allererste, ein Tag, der lange im voraus berechnet wurde. Sobald Neue auf den Saal kamen, zückten die Astronomen ihre Täfelchen und rechneten den neuen Kalender aus.

Nicht unwesentlich war die Kübelstellung. Es gab unterschiedliche Auffassungen, ob »angehoben« oder »umgeschüttet« günstiger sei.
Ich zum Beispiel hatte gern die Neige. Unter Umständen wurde die Kelle nicht mehr ganz voll, dann mußte nachgeschöpft werden. Das war vorteilhaft.
Schon als Kinder kauften wir lieber zwei Eis zu fünf als eins zu zehn Pfennig.

Die Auskeller kannten viele Tricks, mit denen sie Suppe gutmachen konnten. So manche Kelle wurde eingebeult. Auf 400 Portionen machte das was aus.
Oft blieb so viel übrig, daß die Kalfaktoren es nicht schafften. Dann bekamen wir Nachschlag.

Als Neuer erhielt ich den Besuch eines Pfarrers. Der hieß Marquart. Er hatte im Weltkrieg einen Arm verloren, eilte von Koje zu Koje, um für eine im Volkston gehaltene Bibel zu werben. Man konnte sich mit einem stattlichen Betrag an dem Projekt beteiligen, draußen — nach der Amnestie, die ja sicherlich bald kommen würde.

Im übrigen verlas er Sinnsprüche und sprach den Scheißhausreinigern Mut zu.

»Ich muß vorsichtig sein«, flüsterte er, »Kröger ist ständig hinter mir her. Schon daß ich mit dir spreche, bringt mich in große Gefahr.«
Auf dem Saal lebte noch ein zweiter Pfarrer. Der stand jedoch abseits, der widmete sich mathematischen Problemen. »Keine zehn Pferde bringen mich je wieder auf die Kanzel«, sagte er.

Die geheimen Bibelstunden fanden gewöhnlich an einem Schachbrett statt. Zeitweilig ging es um die Kommasetzung im Glaubensbekenntnis.
Einmal gab's Schwierigkeiten. Marquart konnte gar nicht Schach spielen. Als Kröger sich näherte, schob er die Figuren auf gut Glück.
»Na«, sagte Hepstedt beim Zubettgehen, »das war wohl eine spannende Partie?«

Im A-Block, Fensterseite unten, lag Jonni mit seinen Jungen. Er begrüßte mich wie einen alten Bekannten, obwohl wir uns auf WEST 5 nur eben gesehen hatten.

»Would you come into my cabin,
would you come into my cage?«

Sein Nebenmann kam gerade mit offener Tbc raus. Ich könnte neben Hepstedt nicht bleiben, sagte Jonni und erwirkte die Verlegungserlaubnis.

»Wo willst du hin?« fragte Hepstedt.
»Auf die Fensterseite. Da liegt man besser«, antwortete ich, wie Jonni es mir geraten hatte.
»Denn muß ick ja wieder neben die Flasche liegen . . .«

Der Bäcker meinte. »Wasch dir nicht so oft die Beene«, sonst komme der Schweiß an den Händen heraus.

Jonnis Vater war Hotelier in Berlin. Wenn Jonni aus der Schule kam, kippte er immer erst mal einen Viertelliter Bra-

tensauce hinter.
In seinem Zimmer hingen Hockey-Kellen an der Wand. Und in der Ecke stand das Saxophon, kurz Phon genannt.
Er freute sich, als ich meine Sachen brachte. »Da kommt Klempimpski. Iss jeloofen, wat?«

Er saß gerade im Abitur, als seine Gruppe platzte.
Der Gruppenführer wurde als erster geschnappt. Der hatte Fotos von NKWD-Offizieren in den Westen geschafft. Ein Jahr spielte er verrückt, wollte seinen Kumpels Gelegenheit zur Flucht geben.

Mit Heinrich Saß und einem Kottbusser namens Müller bildeten wir eine Brotgemeinschaft.

»Der schönste Mann aus Deutschlands Mitte
ist Heinrich Saß aus Tangerhütte.«

Wenn's keiner sah, ging er an den aufgestellten Fenstern entlang und übte Ehrenbezeigungen.

Müller war Dauerschläfer. Er wachte nur zu den Mahlzeiten auf. Ich hatte Mühe, mich ihm vorzustellen.
Von Beruf war er Bankbeamter. Er hatte Westzeitungen weitergegeben. Antisowjetische Propaganda: Fünfundzwanzig Jahre.

Jonni trug Lederherzchen am Revers.
Er hielt mich für einen weltfremden Sonderling. Ich brauchte mich um nichts zu kümmern. Er machte alles.
Abends brachte er auch das Brot zum amtlichen Brotschneider, der es auf dem Mittelgang, von Schaulustigen umringt, mit einem amtlichen Messer amtlich teilte.
Gleich nach dem Mittagessen deponierte Jonni sein Brottuch auf dem Brotschneidetisch. Damit erwarb er das Anrecht, als erster dranzukommen.

»Mußt dia einbilden, dette nich fertig wirst mitte Arbeet. Denn vajeht de Zeit schnella . . .« sagte er.

Er sägte unsere Kuhlen mit Draht in Scheiben. Näherte sich ein Spitzel? Seine Leute lagen auf der Lauer.
Ein Taxichauffeur aus »Petersburg« gehörte dazu. Der

stammte aus guter Familie. Er sprach ein wohlklingendes Russisch.

*»Kak mnje trudno uchoditj watmu . . .«**

Ich hörte das gerne.

Seine eigene Kuhle zerlegte Jonni wie auf einem Operationstisch. Er schnitt sie in fünfundzwanzig hauchdünne Scheiben.
Die Schnittflächen wischte er »sauber«, abfallende Krümel wurden getrocknet und an besonderen Tagen in die Suppe geschüttet.
Den Nagel seines kleinen Fingers ließ er wachsen, um damit besser krümeln zu können.

Seinen Kalender hatte er mit Gedenktagen gepflastert.
»Heut wär mein Alta fuffzig jeworn«, sagte er und warf sein Brottuch hin. Das sollte heißen: Allet ham se mia kaputtjemacht . . .

Seine Produkte steckte er in einen Beutel. Er aß stets die von gestern. Darin war er eigenwillig.
Den Zucker stippte er mit einem Hölzchen kristallweise auf.

Außer dem Brotdraht besaß er zwei Bleistifte, ein gewachstes Skatspiel, ein Messer von 20 cm und eines von 10 cm Länge, Häkelhaken, Nähnadeln, Sticknadeln, Nagelreiniger, kleine Steine, Glasscherben, eine Schiefertafel zum Schreiben und eine zum Messerschleifen, Papiere mit Gedichten, Wolle, aufgerippeltes Trikot, Stickgarn in Docken, Stickereien, Holzbrettchen, Neues Testament, Linoleum, Spachtel und ein selbstgemachtes Eßbesteck aus Holz mit Etui.
Alle diese Illegalien verwahrte er in einem Segeltuchbeutel aus Tarnstoff. Der steckte im Strohsack.

Meine Zahnbürste brachte ihn auf den Gedanken, sich auch eine zu bauen. Dazu zog er Roßhaare aus einem Stück Steifleinen und befestigte sie in einem Hartholzstab.
Bis dahin hatte er sich die Zähne mit Brotkruste blankgerieben.

* »Wie schwer ist es, ins Dunkel zu gehn . . .« (Aus einem Gedicht von Sergej Jessenin, 1895 bis 1925).

Das Stricken war seine Hauptbeschäftigung. Immer wieder ribbelte er seinen Pullover auf. Mit der Wolle zog er von Versteck zu Versteck, der Verlust wäre unersetzlich gewesen.
Wenn der Pullover fertig war, Löwen mit Krone und Kreuz auf der Frontseite oder Burg mit Sternen, schritt er einmal durch den ganzen Saal. Danach machte er ihn wieder auf.

Mein Plaid wurde mürbe. »Italienische Scheiße«, wie Jonni sagte. Immer wieder nahm er es sich vor und setzte einen Flicken neben den andern. Das hielt warm.

Fand ich Eingeweidefetzen in meiner Suppe, dann tat ich sie ihm wortlos in seine Schüssel hinüber. »Is jut«, sagte er.

Abends zog er mir die Schuhe von den Füßen und deckte mich zu.
»Haste wat ze stoppen? Leg mir det morjen raus.«
Ich machte aus dem Häcksel meines Strohsacks ein Hüftpolster und mummelte mich ein. Dann rückten wir zusammen und lauschten dem Kopfnachbarn, der die aufgehängten Handtücher wie einen Vorhang raffte, um uns die neuesten Parolen darzubieten. Fast immer stand Entlassung kurz bevor.

Gegen Flöhe schloß ich mich mit Bettlaken hermetisch ab. Und doch kamen jede Nacht welche durch.

Kurz vorm Einschlafen sagte Jonni manchmal:
»Jib mia ma deine Hand . . . Wa? Du wist mia deine Hand nich jem? . . . Bist 'n Beeser, 'n janz Beeser . . .«
Während die Pritschen vom Onanieren leise knarrten, duselten wir ein.

Einmal träumte ich von Zwergen, die bei fahler Beleuchtung um die Rabatten eines Landhausgartens tanzten.

Es war nicht leicht, neue Bekanntschaften anzuknüpfen. Man konnte die Knastrologen nicht so einfach anhauen: Na, wie geht's?
Die Leute liebten es auch nicht, wenn man vor ihren Kojen herumstand und vielleicht »Koffer absetzte«.

Mich sprach mal einer an: »Merk dir bitte meine Adresse, falls mir was passiert . . .« Ich kannte ihn überhaupt nicht.
Ein anderer sagte: »Du bist für mich 'ne große Matschpflaume.« Auch den hatte ich noch nie gesehn.

Einmal hörte ich beim Herumstromern einen gewissen Jenss, der Reiseführer gewesen war, von Rom schwärmen.
»Der Bus biegt um die Ecke, und was sehen wir: die Kuppel von Sankt Peter, grün von der Patina der Jahrtausende . . .«
Er bemerkte mich und hielt inne. Ich tat unbeteiligt, er aber schwieg beharrlich, bis ich ging.

Den E-Block mied ich. Dort lagen die Mecklenburger, deren Einladung ich noch immer nicht gefolgt war. Nun war es zu spät. Nun waren sie beleidigt.
Aber auch die Rostocker gingen nicht hin. Und denen waren sie nicht böse.

Wenn ich zu lange ausblieb, wurde Jonni ärgerlich.
»Wo biste jewesen? Ick lauer, un du jehst inne Weltjeschichte spaziern . . .«
Auch seine Kumpels machten dann gleich bekümmerte Gesichter.

In schweren Fällen dauerten die Vorwürfe bis spät in die Nacht. Einmal häufte er alle seine Klamotten auf mich.
»So. Un nu stell ick mia in'n Hemde hier ant offne Fensta. Un wenn ick 'ne Lungenentzündung krieg, hast du de Schuld.«

Ihm war es lieb, wenn ich ihm beim Stricken zusah. Dann nannte er mich Klimbimski und machte »Phon«-Musik.

»Jeder Spatz pfeift es vom Dach,
daß ich dich gern leiden mag . . .«

An guten Tagen drehte er mit seinen Kneifzangenfingern an meiner großen Zehe. Oder er drückte mir die Nase rein. Andere durften so was nicht. Einer wollte sich mal mit mir balgen. Den fuhr er wie ein Köter an.

Schlaf-Müller ließ schleichende Fürze. Wenn es zu stark wurde, beugte sich Jonni über ihn und fragte: »Bist du da?«

Gefurzt wurde überall und ständig. Es war wie das Fontäneblasen einer Walfischherde.

Wenn *ich* mal traurig war, mußten Jonnis Kumpels still sein.
Einmal goß er mir versehentlich heißen Kaffee über die bloßen Füße. Da war er nicht zu trösten.

Saß, unser Brotgruppenkamerad, war Segelflieger. Schinkenklopfen in Rossitten. »Ausziehn — laufen — los!«
»Mußt 'n bißken staun, wenn a wat azählt«, sagte Jonni.
Schon im Zug erkannten sie sich an sportlicher Haltung.
»Ihr wollt gewiß auch nach Rossitten?«
»Klar!«
In der Ecke ein Stiller. Der lächelte vor sich hin. Bekloppt? Nein! Der hatte schon die dritte Schwinge.
Auch ein Mädchen war dabei. Dünen, Wind und Kameradschaft. Strandhafer zirpte am Meer.

Zum Essenholen ging er nicht, er flog.
Die Brühe nannte er, zum Gleitflug ansetzend, »Rennfahrersuppe« oder »leichtes Feldflaschengericht«.
Nach der Landung stellte er fachgerecht den Motor ab und tauchte den Löffel wie einen Bagger in die Suppe. Zum Mundöffnen drehte er am Ohr.

Ab und zu tat er den Kopf unter die Decke und popelte. In Potsdam hatten sie ihm das Nasenbein zerschlagen.
Mit den Popelfingern sammelte er die Marmeladenschüsseln ein und flog sie in einer Ju nach vorn.
Seine Frau saß in Sachsenhausen. Als Arbeitsdienstführerin, mit Hut und Brosche habe sie schick ausgesehn.

Um sich fit zu halten, übte er Schattenboxen, Liegestütze: fünfundsechzig pro Tag.

Jedem sagte er die Wahrheit. Auch Kröger und dessen Leuten. Hinterher lag er unter der Decke und hatte daran zu knacken.
»Watt mußte och imma mit'm Kopp durch de Wand?«

Es gab Salzmohrrüben in diesem Jahr. Vorübergehend schmeckten sie nach Maschinenöl, die Kessel wurden repariert.
»Ok dat noch«, sagte ein Pommer und wies anklagend auf seine Hüfte, die er sonst als seinen »Spitzkühler« bezeichnete. »Dat Fleesch is all weg. Nu geiht dat an die Knaken ran.«
Ein Mensch namens Turm hingegen – sie nannten ihn den Hungerturm – freute sich »über jedes grüne Blättchen«.

Anderer Ansicht war Mersky, ein jüdischer Hutfabrikant.
»Nimm die Kartoffeln raus, die Mohrrüben und das Fleisch. Was bleibt übrig? Pisse.«
Vor dem Krieg fuhr er eine Zwölfhunderter. Die Leute drehten sich nach ihm um.

Beim Waschen legte er sich das Handtuch über die Auschwitz-Nummer.
»Hier lebt man wie im Paradies.«
Seinen Löffel fand er leider immer wieder mit Seife beschmiert, und hin und wieder fehlten ihm Schachfiguren.
Rosenthal, ein Fuhrmann mit angeborenem Mundzucken, kein Jude, schiß ihm des Nachts in seine Schuh.

»Ich trage gern kombiniert«, sagte Kohn, der neben Mersky lag. Sein Quetschfaltenjackett kam anscheinend aus der gleichen Werkstatt wie Hermanns.
Er hatte im KZ Pfundnoten drucken müssen, deshalb nannten sie ihn nun den »Falschmünzer«.

Jonni spielte mit den beiden Skat.
»'ne Karte oder 'n Stück Holz.«
Mersky machte sich »in die Röcke«, wenn er verlor.
Und Kohns Lieblingsspruch war: »Ach, du ahnst es nicht, wie Klammern schmecken.«

Für die Zeit der Saalreinigung, wenn alles unter Wasser gesetzt wurde, holten sie sich interessante Leute zum Erzählen. Einen einbeinigen Frontsoldaten zum Beispiel, der berichtete vom Winterkrieg. Er sei ein guter Spatenkämpfer gewesen, hörte ich ihn sagen.

Kreisjägermeister Mantow hatte dreiundvierzig an der Kanalküste eine Möwe geschossen. Das konnte er sein Lebtag nicht vergessen. Vielleicht sei all das Schwere jetzt darauf zurückzuführen?

Er trug einen grünen Anzug und war ein exzessiver Ausleger der Herrenhuter Losungen.
»Der Kämmerer zog seine Straße fröhlich.« Darüber sprach er eine ganze Stunde.

Selma als früherer Ballett-Tänzer, zeigte Fußstellungen und Schritte.
Und die Brüder Ruhme boten Opern. Einer mimte die Handlung, der andere den Dirigent und das Orchester.
Sie gehörten zum Polizeibataillon, das die Engländer 1946 ausgeliefert hatten. (Offiziere durften bleiben.)
Ihr Spieß, der auch auf unserem Saal lag, hatte sich trotz Gasmaskenbrille und Klapperlatschen eine gewisse Würde bewahrt. Hart kam es ihn an, daß er bei der Einkleidung eine Badoglio-Mütze erwischt hatte.

Mich baten sie, über Schiffahrt zu referieren. Jonni, der das mit anhörte, ging vorzeitig.
»Ick stell schon mal die Schüsseln zurecht . . .«

Mein Kopfnachbar sah aus wie ein mittelalterlicher Wasserspeier. Er war ein sogenannter Krümelkacker.
An bestimmten Tagen kam es über ihn. Dann lieh er sich mehrere Kuhlen und vier, fünf Liter Suppe. Das zu besorgen war gar nicht so einfach. Aber immer gab es Leute, die ihm etwas borgten: »Ede hat noch niemals een beschissen.« Das Brot und die Suppe baute er vor sich auf und dann »inhalierte« er alles in wenigen Minuten. »Endlich mal wieder satt.«
Machte man ihm Vorhaltungen, dann sagte er: »Ick bin mia janz richtich, ick will mia jar nich anders ham.«

Er gehörte zu den Stickern. Die ließen sich von Künstlern Kölner Dome und Gletscher in Malbuch-Manier aufzeichnen. Die stickten sie aus.
»Unsere Frauen müßten das sehn«, sagten sie. »Das glaubt ja kein Mensch.«

Ihre ständige Sorge war, eine Amnestie könne die Vollendung eines Kunstwerks verhindern.
Ich kuckte mir gern die Rückseiten an.

Nadeln kosteten drei Portionen Zucker. Sie waren erheblich feiner als Manfreds Erzeugnisse. Die Öhre wurden mit einer Rasierklinge hineingeschnitten. Für ein Eckchen Klinge bezahlte man zwei Portionen.

Zum Vorzeichnen der Stickmuster brauchte man einen Bleistift. Fünf Millimeter Mine kostete eine Portion Zucker. Man faßte sie in Brot.

Ein großer Sticker lag im Berta-Block. Porzellan-Maler von Beruf. Wegrand mit Birke; Vögel, die in den Himmel aufsteigen; zarte Wiesenkräuter.
Seine Künstleraugen, unter Brauen, die wie Katzenschnurrbarthaare nach oben standen, strebten in die Weite. Er blickte über die Fensterblenden und bewunderte Wolkenbildungen.
»Ismusse sind der Tod aller Kunst. Von da an ging's bergab.«
Auf der Akademie lernte er Silber, Zinn und Blech nebeneinander zu malen. Das könne heute keiner mehr. Lenbach, wenn man das bedenke, habe die ›*Frau im gelben Kleid*‹ gemalt ohne eine Spur von Gelb.

In Scheißhausnähe lag ein Sticker eigener Art. Der zog mich ins Vertrauen. Er zeigte mir ein langes, schmales Band, auf das er in gewiß wochenlanger, mühevoller Arbeit die Geschichte seiner Umkehr gestickt hatte.
Vormals sei er ein großer Lügner gewesen, las ich auf der Thora. Unter anderem habe er behauptet, sein Vater sei Reichskonservator gewesen. Das bereue er jetzt. Man müsse den Menschen nicht imponieren wollen.

»Am Ende wird das Schwache doch das Starke sein.«

Seit er die Sprüche des Laotse in der Übersetzung von Rousselles gelesen habe, wisse er, was wirklich wichtig sei.

Seine Ansichten von Poesie faßte er in Verse. Man solle nicht immerfort feilen und bosseln, flüsterte er, um die Augen einen Schimmer der Verzückung. Was frisch hingeworfen werde, was »perle wie Sekt«, möchte er sagen, nur das sei ein Gedicht.

Die Amnestie-Gerüchte erhielten Nahrung durch den Pommern. Der hatte Internierte beim Zeitunglesen beobachtet. Und einer hatte dabei gelacht. Das konnte doch nur Amnestie bedeuten.
An der Pinkelrinne stand er mit gesenktem Kopf. »Das wird das letzte Mal sein«, sagte er, »der Film läuft ab. *So* oder *so*.«

Auch Jonni hatte es eilig. Aus Deckenresten nähte er sich Swingpuschen mit doppelter Steppsohle. Die sollten noch fertig werden. Außer der Reihe machte er Nachtwache, um weiterarbeiten zu können.

Von frisch Eingelieferten lieh er sich ein modisches Jackett, eine sogenannte »Kutte«. Dazu einen breitkrempigen Hut. Einmal wie 'n Mensch aussehen . . .
Ein paarmal ging er damit umher, dann zog er wieder seinen »Arschbetrüger« an.

Unsere Bombe, »Mücke« genannt, empfand er als große Schmach.
Stets ging er als letzter zum Friseur, es hätte ja noch was dazwischenkommen können.
Draußen würde er sich eine »Peitsche« zulegen, das sei klar.

Nach dem Röntgen kamen sechzig raus mit offener Tbc.
Unter den Neuen fiel ein Mann namens Samuel auf. Der sprach gebrochen Deutsch. Unsere Nachbarn, die Juden, wahrten Abstand von ihm.
Zu Mittag, wenn alle Bürger auf der Pritsche ihre Suppe löffelten, ging er schlürfend auf und ab. Ließ wohl auch mal die Schüssel halbausgegessen stehen.
Auf dem Hof redete er auf den Posten ein.

Ein guter Gesellschafter war Jochen Opitz.
Die Menschheit teile sich ihm in zwei Hälften, sagte er. Die eine nenne ihn Jochen, die andere Joachim.
Jonni sah nicht gern, daß ich zu ihm ging.

»Na, wat hat a wieda vazappt?«

Bei meinem ersten Besuch angelte ich nach seiner Hand, um sie nach Saalsitte zu drücken. Ich erwischte nur die Fingerspitzen, und auch die überließ er mir nur widerwillig.

Soso. Ich sei aus Mecklenburg ... Kempinski, der Name komme ihm so bekannt vor, das sei doch ein Lokal in Berlin ...?

Als Kind sei er hübsch gewesen, hätte lange schwarze Wimpern und einen elastischen Gang gehabt. Die Leute wären auf der Straße stehengeblieben.

Beim Sprechen hielt er sich den Mund zu. Keiner sollte seine Goldzähne sehen.
In Dessau, sein Zahnarzt, der habe ihm durch Wurzelresektion den rechten Vorderzahn gerettet. Dem würde er gern noch einmal danken.
Mit der Zunge inspizierte ich meine Ruine. Sie meldete sich nur noch selten. Der Zahnarzt, oben auf der Ambulanz, saß nach wie vor an seinem Gartentisch.

Im Krieg war Opitz Funker in Athen, beim Stab. Er habe das Beste draus gemacht, sagte er.
Aber der Rückzug sei gefährlich gewesen. Einmal seien sie unter direkten Beschuß genommen worden.
An den »Untergang des Abendlandes« glaube er nicht. Solange sich Menschen noch totschießen ließen für eine Idee oder ins Gefängnis gingen, so wie wir, sei noch nicht alles verloren.

Was aus uns werden sollte, war ihm nicht klar.
Es gebe zwei Möglichkeiten. A, sie schmissen uns in Kürze raus, das sei sehr unwahrscheinlich – B, sie schafften uns nach Rußland. Irgendwas würde jedenfalls passieren.
Vielleicht sei Rußland gar nicht mal schlecht. Im Falle eines Falles sei man weit vom Schuß. Und Arbeit gäbe es da bestimmt.

Wie er sich unsere Entlassung vorstellte, fragte ich ihn. Wir gingen eines Tages einfach nach Hause, dächte er, nicht wahr?

Gern habe er im Caféhaus gesessen, Schach gespielt und über vieles nachgedacht. Der Mensch erneuere sich durch das Absterben der Zellen alle sieben Jahre von Kopf bis Fuß und bleibe doch der alte ...
Das sei ein guter Ausgangspunkt für philosophisches Denken.
Schade, daß man die Ideale seiner Jugend so schnell über Bord werfe.

Als Studienrat habe er für praktische Lebenskunde plädiert. Den Primanern sollte man das Rauchen gestatten.
Ob ich eigentlich wüßte, daß die Landsknechte ihren Sack in einem Ledereetui getragen hätten.

Mit ungeeigneter Stimme machte er Sprechgesang vor. Wie das noch heiße, wollte er wissen. Er kam nicht auf die Bezeichnung »Rezitativ«.
»...und da hat man nun früher ganze Nächte hindurch am Klavier gesessen ...«
Manchmal sang er Schlager.

> »Was macht Herr Mayer
> auf dem Himalaja ...«

Das müsse ich verstehen, er sei ja schließlich auch mal guter Laune. Wie der kleine Junge da drüben heiße, ob ich das wüßte?

Ständig hielt er nach Fusseln Ausschau. Er pickte sie auf und zog sie durch den Mund. Er wollte sich ein Kissen damit stopfen.

Ich durfte ihm den Strohsack halten, wenn er die Hose zwecks Bügelfalte drunterlegte.
»Du und ich«, sagte er, »wir beide sind, glaube ich, mausgrau. Wir fallen nicht auf. Sind nicht das, was man Persönlichkeiten nennt.«
Wie es denn den beiden freundlich lächelnden Judenbengeln gehe?

Ob er sich erinnern könne, wo Antofagasta liegt? fragte ich ihn. Oder ob es vielleicht Autofagasta heiße?
Nein, er könne sich nicht erinnern. In Afghanistan? Nein, er

könne sich nicht erinnern.
Und was er von einem Menschen hielte, der Wildlederschuhe zum Frack trüge?
Das wisse er nun wirklich nicht.

Dafür erläuterte er mir den Begriff Anachronismus.
»Das ist Friedrich der Große mit 'ner Armbanduhr.«
Und ich erwähnte, daß Mecklenburg als letzter Staat dem Rheinbund beigetreten sei. Es heiße übrigens Meeklenburg, nicht Mekklenburg.
»Soso.«

Neben ihm lag ein rothaariger Zwerg. »Daniel in der Lehmgrube« wurde er genannt.
Über den machte er sich lustig. Der sammelte nämlich Maschinen. »Gammerot, hoste ze Haus nich noch eene rumstehn?«
Mit diesen Maschinen stellte er Fabriken zusammen und entwarf Produktionsabläufe. Er skizzierte sogar die Briefköpfe mit Telefonnummer und Drahtanschrift. Deutschland wieder aufzubauen, das sollte man ihn nur machen lassen. Das wäre eine Kleinigkeit.

Es amüsierte ihn, daß unsere Firma kein Wappen gehabt habe. Gleich setzte er sich hin und entwarf es. Er wollte auch meine Adresse wissen, er könnte mich später ja mal beraten. Mein Vater hatte mal die Reedereiflagge an die Fenster malen lassen. Nachher ärgerte er sich, weil sie ihm immer vor der Nase war, wenn er rauskucken wollte.

Im Sommer flog ein Vogel durch den Saal.

Wir durften plötzlich nach Hause schreiben. Drei enggeschnürte Offiziere kündigten uns diesen Fortschritt an. Wir schrien vor Freude.
»Liebe Mutter, ich lebe und bin gesund . . .«
Das war die halbe Amnestie. Endlich aufgetaucht! Die beiden Juden sagten, wir hätten nicht so laut schreien sollen. Schreiben sei unser gutes Recht. Wir müßten erst mal abwarten, ob die Briefe auch ankämen.

Zum Schreiben sperrten sie uns trüppchenweise in ein Zimmer. Acht Häftlingspolizisten schielten uns über die Schulter. Sie wollten immerfort aufpassen, wußten aber nicht, auf was. Es war nicht so einfach, auf den rohen Tischen zu schreiben. Der Stift folgte der Maserung.
Ich schrieb, daß es mir »durchaus« gut geht, damit die Mutter es auch glaubte.

Nach vierzehn Tagen traf eine Springflut von Briefen ein. Der Kommandant barg sie in einem Kissenbezug. Sie quollen heraus, rutschten ihm durch die Finger und glitten über den Tisch.
Ein Buchhändler bekam acht Briefe, seine Frau hatte ihm Gedichte eingelegt, Sonette an Orpheus. *›Rühmen, das ist's!‹* Und Mallarmé: *›Zwei Wimpernstriche Schilf‹*.
Die gingen von Hand zu Hand.

Auch Fotos wurden mitgeschickt. Da sah man, wie groß die Kinder geworden waren.
»Ach, *das* ist deine Frau?«
Einer kriegte ein Bild von sich selbst. Als Panzergrenadier, in der Blüte seiner Jahre.
Ein anderer die Hundezucht. Ein Rudel Boxer hinter Maschendraht. Im Hintergrund das barackenartige Eigenheim. Das hielt er mit dem Daumen zu.

Mitteilungen über den Einzug des Vermögens. Zwangsauktionen. Scheidungsklagen wegen böswilligen Verlassens.
Einer bekam einen Steuerbescheid.

Große Freude, wenn es der Frau gelungen war, wertvolle Sachen zu retten oder gar zu flüchten.

Hungerturms Schwester schickte eine Ansichtskarte mit Dünen und Möwen. Büttenrand. Darunter in reinlichem Sütterlin: »Schöne deutsche Heimat.«

Jonni nannte sich in seinen Briefen »Apinutschen«. Als Kind habe er immer Äpfel lutschen wollen, daher: »Apinutschen.«
Sein Schulfreund schrieb, zu Weihnachten wolle er sich mit ihm unter den Lichterbaum der Ewigkeit stellen.

Unser Absender war »Berlin N 4«.
»Was machst du eigentlich in Berlin«, fragten Hamburger Eltern, »komm doch endlich nach Hause!«

Unentwegte Philatelisten begannen sich Briefmarkensammlungen anzulegen.

Ich bekam meinen Brief zurück. »Adressat mit unbekanntem Ziel verzogen.«
Also doch geflüchtet?

»Wenn deine Mutter sitzt«, sagte Saß, »was ich nicht annehmen will, dann trifft sie möglicherweise mit meiner Frau zusammen. Die wissen dann gar nicht, daß wir uns kennen.«
Die Frauen hätten es sicher besser, sie säßen gewiß nicht so untätig herum wie wir.

Dann bekamen wir die *National-Zeitung*, ein Blatt, das sich bürgerlich gab. Zwei Exemplare auf jeden Saal. Eines wurde rumgegeben, das andere vorgelesen.
Der Vorleser lieh sich ein Jackett ohne Kragen und ging beständig als letzter Essen holen. Er führte sich wie ein Rundfunksprecher auf. Sein Pathos drang bei erzwungener Stille bis in den letzten Winkel. Keine Zeile ließ er aus. Anker Wismar gegen Dynamo Potsdam.
Während der Vorleserei war Verständigung nur durch Zeichensprache möglich.

Thomas Mann in Weimar.
»Det is ne Flasche«, sagte Jonni. »Wie kann ma 'n janzet Buch üba 'n Bucklichten schreim? . . . Nachher atrinkt a inna Pfütze.«

Und ein KZ-Gedicht:

> ». . . So hoch war nicht der Lagerzaun . . .«

Er habe in Sachsenhausen nur wohlgenährte und gutgekleidete Häftlinge gesehen, schrieb Propst Grüber. Die Frauen seien sogar geschminkt gewesen, und die Baracken hell und licht . . .
Das gab böses Blut.
Die Kirche sei für ihn nur ein großes Geschäft, schimpfte Saß.

Er erinnerte sich, daß Pfarrer Marquart für Bibelstunden Zucker verlangt habe.
Und Jonni freute sich noch nachträglich, daß seine Mutter eine Frau rausgeschmissen hätte, die für den Aufbau zerstörter Kirchen sammelte.

Im Feuilleton Polemik über einen Goethe-Film. Im Westen gäb's im Goethe-Jahr nicht mal Faust zwo.

Im politischen Teil war viel von titoistischen und zionistischen Umtrieben die Rede. Wir konnten uns kein rechtes Bild machen.
Als die DDR gegründet wurde, gab's Debatten.
»De-De-Errr, De-De-Errr – wie klingt denn das. So 'n verrückter Name. Das hält sich bestimmt nicht lange.«

Jochen Opitz sah tiefer in die Zeitung als wir alle miteinander.
Die Philosophie nehme geradewegs *die* Richtung, die er sich so vorgestellt hatte.

Vor kleinem Kreis verglich er *›Prometheus‹* mit dem *›Hexenmeister‹*. Mit germanistischer Begeisterung fuhr er vom Sturm und Drang zur Klassik und zurück. Er bewies aus Inhalt und Form, daß gerade diese beiden Gedichte repräsentativ für Goethes innere Wandlung seien.
»Laß dia man bloß nich bekaspern«, sagte Jonni.

Allmählich bildete sich ein fester Kreis junger Menschen um Jochen. In stillen Stunden erzählte er das *›Glasperlenspiel‹*. Mit kehliger Stimme beschrieb er die Expertensiedlung und ließ keinen Zweifel daran, daß alles eine tiefe Bedeutung habe. Dabei drieselte er Fäden zusammen, die er der Größe nach auf seinem Strohsack ordnete.

Schmidtzke, ein junger, aufstrebender Mensch, meldete, sein Vetter sei nach dem Krieg zu Hesse gepilgert, um wieder Grund unter die Füße zu kriegen.
Mit ihm stritt ich mich, ob es das Wort launig gebe. Er meinte, nein – launisch, ja.

»... O taumelbunte Welt,
Wie machst du satt,

Wie machst du satt und müd,
Wie machst du trunken!«

Schillers Ode an die Freude kannte er auswendig.

»Wollust ward dem Wurm gegeben . . .«

Es sei schade um die Mühe, sagte Jochen. So was ginge heute nicht mehr.

»Und wer's nie gekonnt, der stehle
Weinend sich aus diesem Bund . . .«

Nein, so was könne man heut nicht mehr sagen.

Er verwarf auch das Spinnrad-Gedicht des Kameraden Schmidtzke. Obwohl rhythmisch gelungen:

». . . mit Tripp und mit Trapp . . .«

In modernen Gedichten müßten Fahrräder vorkommen. *Das* sei unsere Welt.
Mich forderte er auf, einen Vortrag über Humanismus zu halten. Ich erschrak.

Schmidtzke saß seit sechsundvierzig. Ein HJ-Führer hatte Gruppen gebildet, um sie den Russen auszuliefern. Über dreißig Jungen mußten dran glauben. Schmidtzkes Bruder wurde sogar hingerichtet.
Seine ersten Knastjahre waren schwer gewesen. Da traten die Russen noch anders auf. Bei der Zählung zwangen sie alte Männer, auf allen vieren zu kriechen, zwei, drei Jungen auf dem Buckel. Fußtritte von hinten.
Die Feuerzone läge voll Toter.

Auf Schloß Ronneburg hatten die Russen Schmidtzke mit einem Luftgewehr beharkt. Er zeigte uns einen sogenannten »Eierbecher« in seiner Ohrmuschel. Daran zwirbelte er, wenn er verlegen war.

Opitz sammelte Gedichte. Er schrieb sie mit Germanistenhand auf Briefumschläge und Zeitungsränder. Er besaß sogar den Cornet.
Abends setzten wir uns um einen Tisch und steckten die Köpfe zusammen.

»Reiten, reiten, reiten, durch den Tag, durch die
Nacht, durch den Tag.
Reiten, reiten, reiten.
Und der Mut ist so müde geworden . . .«

Leise las er. Stets bereit, beim Herannahen eines Spitzels in unverfängliches Schwatzen überzuwechseln.
Zum Geburtstag schenkten wir ihm eine mit Totenkopf und Eule bestickte Brieftasche, für die er sich bedankte.
Er machte sich Gedanken, daß er sich nicht noch um andere junge Menschen kümmere . . .
Da beruhigte Schmidtzke ihn. Er solle doch mal an den römischen Brunnen von C. F. Meyer denken. Auch hier speise die Fontäne nur indirekt die zweite und die dritte Schale . . .
Ob diese Interpretation von ihm sei?

Ich mühte mich um ein Fahrradgedicht. Es mißlang. Statt dessen ging mir durch den Kopf:

»Freiheit ist doch nur
ein Begriff für Knechte . . .«

Gab es das schon?

Dann wurden die Dystrophiker herausgenommen. Sie verabschiedeten sich überschwenglich, sie dachten, es ginge heim.
Nachmittags wurden sie in den Innenbaracken gesichtet, dort wurden sie mit Vanillepudding und doppelt Brot gepäppelt.
»Dat ham wa nun davon, det wir uns jut jehalten ham . . .« sagte Jonni.

Es tat sich was.
Selbst wir gewöhnlichen Häftlinge bekamen mehr Brot und etwas Suppe dazu. Keine Parole hatte das vorausgesagt.
Sonntags kriegten wir Kartoffelmus mit Gulaschsauce, dazu Rote Rüben und Vorsuppe. Ein paarmal allerfeinstes Kompott. Ab und zu Klöße.
Vorzeichen einer Amnestie?

Die Rostocker zogen auf die Prominentenetage OST 4. Sie wurden Sanitäter, ganz in Weiß.
Das nütze ihnen auch nicht mehr viel, sagte Jonni, wo es doch nun nach Hause gehe . . .

An den Vierteljahrsbriefen wurde lange gefeilt. Die Angehörigen sollten schließlich wissen, wie saumäßig man uns hier behandelte.

»Mir geht es jetzt ein bißchen besser als Onkel Fritz ...« wurde geschrieben. Da besagter Onkel schon seit Jahren unter der Erde lag, konnte sich die Mutti vorstellen, wie's um den Papi bestellt war.
Ich schrieb an einen Onkel in Hamburg.

Das Guckloch in der Saaltür war erheblich größer als der Spion einer gewöhnlichen Zelle. Die Posten konnten jedoch nur den äußersten Rand des Geschehens beobachten. Was im Saal passierte, sickerte aber auch so nach draußen.

Durch das Loch gab der Posten seine Anordnungen. Der Türhüter schrie sie in den Saal: »Vom Fenster weg!«
Seine Stimme war gewaltig.

Ein ehemaliger Akkordeonvirtuose trug sich mit dem Gedanken, eine Oper zu schreiben. In dieser Oper wollte er alle Ausrufe des Türhüters einbauen. Titel: »Mittelgang frei!«

Ende August wurde ich zu vierzehn Tagen Scheißhausdienst verknackt.
Der Natschalnik war durchgegangen, und ich lief hinter ihm her. Plötzlich hatte er sich umgedreht, da rempelte ich ihn an.
Ich hätte Karzer bekommen, wenn der Kommandant nicht gewesen wäre.

Der Scheißhausminister war alter Militärmusiker. Er hatte vorm Weltkrieg Attacken geritten. Bleibende Erinnerung: Die Schwadron zieht auf einen Schlag den Säbel. Blitz vom Strahl der Sonne in den Waffen.
Auf der Zunge hatte er vom vielen Blasen eine Warze.
Im Klo pfiff er grell den ›*Gruß an Kiel*‹. Die Leute auf den Protzen taten mit.

Ob's in seiner Pferdekapelle auch ein Cello gegeben habe, und

was sein Affe macht, wurde er gefragt.
»Was für 'n Affe?«
»Na, der Affe, den du auf'm Leierkasten zu sitzen gehabt hast . . . Ist der nu in Pension?«

Zu seinem Geburtstag spielte ein vollständiger Musikzug *›Alte Kameraden‹*.
Er verscheuchte die Musiker mit einem Besen. Das beeinträchtigte den Zusammenklang erheblich.
Um den Saal beschimpfen zu können, schiß er selbst auf die Brille. Doch Scheinschiffer hatten was gemerkt. Das brachte ihn zu Fall.

Wegen Seuchengefahr hatte ich die Aufgabe, den Stuhl zu begutachten. Ob er teigig, breiig oder flüssig sei. Und ziehen mußte ich auch. Durch den Kettengriff hätten Bazillen übertragen werden können.
Links die geteerte Pißrinne, an der die Knastrologen das Hochpinkeln übten. Rechts fünf Protzen, meist gleichzeitig in Benutzung.

Im Hauptrohr floß der Kot von allen acht Sälen, von dreitausend Mann. Er nahm unterirdisch den Strom der andern Häuser auf, gelangte durch einen vergitterten Kanal nach draußen, versickerte dort auf den Rieselfeldern eines Staatsguts.

Ob Seifenfabrikant, Oberregierungsrat oder Konsul — ein jeder entrichtete sein Opfer. (Arbeiter schissen nicht, denn Arbeiter gab's hier keine.)
Die Beschau war ihnen fast peinlicher als mir.
Ich sei wohl pervers?
Jochen zeigte nach hinten und sagte: »Sieh hier den negativen Ausdruck meines Seins.«

Mancher brachte es schnell hinter sich, andere ließen sich Zeit.
Es gab solche, die sich bückten, und etliche, die aufrecht blieben.
Junge Burschen kamen gern gemeinsam, Sonderlinge taten es nachts in aller Stille ab.
Einer hatte lange zu tun, dann platschte ein Ding ins Bekken, der nicht verformbare Abdruck seines Dickdarms.

Kröger zeigte mir seinen Arsch. Sauber? Und den Schwanz. Auch sauber? Oder vielleicht nicht? Er schwengelte hinter mir her, jagte mich über die Protzen.

Ein rotnasiger Böhme verfuhr anders.
Er schiß nur einmal pro Woche. Immer hatte er Zuschauer, die es nicht glauben wollten: Das Becken ließ sich abstreichen. Mit einmal Spülen war es nicht getan.

In ruhigen Stunden kuckte ich aus dem Klofenster. Unter mir quoll der endlose Strom der Spaziergänger auf den Hof, ganz so, als entleere sich ein Riesendarm.

Jonni leistete mir Gesellschaft. Er hängte Lappen zum Trocknen über das Gitter. »'ne halbe Stunde noch, dann is fuffzehn.«
Andere Freunde erkundigten sich, wie es mir gehe und was die Kunst mache.

Pfarrer Marquart fragte: »Du schmeißt den Laden hier wohl ganz allein?«
Er stopfte den Schwanz ins rechte Hosenbein und tauchte die Finger in Chlor: »Hast du deine Zeit bald rum?«
Dann ließ er einen enormen Koffer stehn und ging.

Anschließend lag ich eine Woche auf dem Sack. Sah nur noch Kacke. Knetete Serpentinen in Kotberge, pflanzte kleine Fahnen drauf.
»Wat, och keen Spazifiziergang willste? — Na denn: Konrad, sprach die Frau Mama, ick jeh weg un du bleibst da.«
Jonni brachte mir Nelken mit, die hielt ich mir unter die Nase.

Das Waschen nahm ich ernster als sonst.
Ich beugte mich tief über die rostige Traufe und ließ mich aus der angebohrten Wasserleitung ausgiebig besprühen.
Saß wusch sich dreimal täglich von oben bis unten. Wegen der Pollutionen. Es konnte geschehen, daß er mitten in der Unterhaltung sein Handtuch griff und zum Waschraum flog. Sie nannten ihn deshalb den »Kohlentrimmer«.

Ältere Leute standen morgens schon eine Stunde früher auf und stellten sich zum Waschen an. Sie wollten unbedingt die ersten sein. Unerträglich war ihnen der Gedanke, womöglich ungewaschen die Suppe essen zu müssen. Es wurden jeden Tag mehr, die so früh aufstanden. Wir ließen uns jedoch nicht stören, wir pennten bis zum letzten Augenblick.

Unter den Frühaufstehern war ein dreiundachtzigjähriger Konsul. Der siezte jeden und trug eine selbstgenähte Krawatte. Im übrigen aber stand die Beschaffenheit seiner Kleidung in auffälligem Gegensatz zu seinem Titel.
Ein Berliner Pferdehändler biederte sich bei ihm an: »Ick har zehn Mille uff de Titte ...«
Immer wieder legte der Konsul die Hand hinters Ohr und fragte: »Wie?«

Beim Baden hatten immer zwei Mann eine Brause. Ich ging meistens mit Jonni. Während er sich einseifte, hockte ich in Spezialstellung unterm warmen Strahl. War er endlich in Schaum gehüllt, dann kam meist schon das kalte Wasser. Wie eine Stahlfeder hüpfte er in der Box hin und her, unersättlich.
Beim Abtrocknen mußte ich mich wundern, wie der seinen Schwanz abrubbelte. Das war mir völlig unverständlich.

Im Bad galt es, die Mecklenburger zu meiden. Warum war ich auch nicht zu ihnen gegangen! Glück: allein zu sein in einer Box. Pech: wenn die Seife wegglitschte. Unter baumelnden Geschlechtsteilen, Hautlappen und geschrumpften Gesäßen herumkriechen und im Dreckwasser nach der Seife grabbeln.
»Gestatte, Kamerad.«

Zum Geburtstag bekam ich von meinen Leuten eine Kuhle.

Helm gratulierte mit kräftigem Händedruck. Er schenkte einen auf Papier geschriebenen Spruch:

»Durch Nacht zum Licht.«

Dazu ein Bild: Sonnenstrahlen brechen durch ein vergittertes Fenster.
Alle Welt bedachte mich mit Segenswünschen. Einer gratu-

lierte mir sogar beim Pinkeln.
Abends mimte Jonni konzertanten Swing.

An meinem Geburtstag hatte ich das Glück, daß ich zur doppelten Portion auch noch Etagennachschlag bekam.

Helm meldete sich mit Vorliebe zur Nachtwache. Da war er mal so ganz für sich allein. Konnte den Großen Wagen betrachten und das Reiterlein.
Meistens übernahm er die letzte Wache. Er weckte uns mit selbstgemachten Sprüchen:

»Jetzt ist es Zeit zum Wecken,
schält euch aus euern Decken!«

Geriet der Spruch zu lang, dann jaulten an allen Ecken Hunde und Katzen.

»Schüttelt ab des Weges Kot,
weiter hilft durch alle Not
nur der starke, lichte Gott.«

In seinen Gedichten, die er unterm Kopfkissen hatte, kamen vorzugsweise die Wörter »Kraft« und »Licht« vor. Er bat mich, sie Jochen zur Beurteilung vorzulegen. Er habe noch 'ne Masse Eindrücke aus Rußland auf Lager, die müsse er noch verarbeiten.

Als ich mal Wache hatte, leistete mir ein alter Mann Gesellschaft.
»Jetzt wird es zehn sein«, sagte ich.
Da antwortete er: »Entweder ist es fünf Minuten *vor* oder fünf Minuten *nach* zehn. Aber zehn ist es bestimmt noch nicht.«

Wieder kamen fünfzig Mann mit Tbc raus. Darunter auch Jochen. Ich half ihm packen. Die Hose unterm Strohsack nicht vergessen! Ungeschickt verbarg er ein paar abgehungerte Kuhlen. Abgelagertes Brot sei besser verdaulich.
Wir bildeten Spalier. »Schnell, schnell!«
»Unser Leben bewegt sich zwischen zwei Extremen«, sagte er, »zwischen völliger Untätigkeit und höchster Eile.«
Ich dachte an den Vortrag über Humanismus und war erleichtert.

Neue kamen, rückten nach. Es war ein fortwährendes Kommen und Gehen. »Was gibt's Neues?«
Hin und wieder kam einer in den Karzer. Bruno Klitzing zum Beispiel, der eine Fensterscheibe zerbrach. »Fluchtversuch« wurde das genannt.

Schmidtzke versuchte den Kreis zusammenzuhalten. »Das sind wir Jochen schuldig.«
Abends las er eigene Gedichte und legte dar, wann und weshalb er übern »spitzen Stein stolpere«. Bei »Frühstück« zum Beispiel und bei »Wurst«. Bei »Steckrüben« hingegen nicht. Die Beteiligung ließ nach.

Auf Saal 6 gab's Kino. Noch einen Tag vorher hätte man eine solche Parole nicht geglaubt.
›*Anton Iwanowitsch ärgert sich*‹ hieß der Film. Ein alternder Komponist mit Lyra überm Flügel versteht die Jugend nicht.
Im Vorfilm: Das Eisenbahner-Jazz-Orchester. Der Dirigent schlägt sich mit einem Taktstock auf die Glatze, zum Zeichen, daß es losgehen soll mit der Musik. Eine Art Csárdás hielt man zu dieser Zeit in Rußland wohl für Jazz.
Als wir rausgingen, fragte der Posten: »Gut, ja?«

In der Zeitung stand viel von Dumping. Wir ließen uns von Dr. Katerkopf belehren.
»Dömping . . .«, sagte er, da müsse er weit ausholen, sonst verstünden wir ihn nicht.
Er begann beim Tauschhandel der Primitiven.

Unser Dauerschläfer erwachte. Ich informierte ihn über die Ereignisse der letzten Monate.

Was in den Westzeitungen gestanden habe, die er den Bankbeamten zu lesen gegeben hatte, wollten wir wissen. Er konnte sich nicht mehr erinnern.
Mich regte auf, daß er »neen« sagte statt »nein«.

Einmal stritten wir uns, ob Dschingis Khan mit ›D‹ oder mit ›T‹ geschrieben wird. Ich riet ihm, er sollte doch mal nach vorn gehen und in die Zeitung gucken, da stehe es drin: »Dschingis Khan«.

»Neen«, sagte er, das sei nicht nötig, er wisse, daß Dschingis Khan mit ›T‹ geschrieben werde.

Der Pommer saß wegen Gefangenenmißhandlung.
»*Ich* soll Gefangene mißhandelt haben«, rief er, »stellt euch das vor!«

»Anner Eck vonner Steenstraat,
da steit 'ne Fru mit Stint.
De hett keen Ahnung,
datt dat Schellfisch sünt!«

Er trug Strümpfe aus Bindegarn.

Jeden Morgen besuchte ihn der rotnasige Böhme. Von seinen Furzen wurden einem, wie man so sagt, die Zähne stumpf.
Tetschen-Bodenbach sei im Frühling »a rosiges Brautjümpfer-lein«.
Ihm solle bloß noch mal einer kommen! »Mü Haus ais mü Kassel.«

Die Jugend sei schlecht dran. Die Alten hätten wenigstens ein angereichertes Unterhautfettgewebe. Da käm's jetzt auf das Hungern nicht so an. Aber die Jugend, die trage sicher bleibende Schäden davon.

Draußen wolle er täglich ein Kilo Dorsch essen.
Die katholische Kirche gleiche einer blumigen Waldwiese, die evangelische dagegen einem strengen Ährenfeld.
Hüttenfendt, ein Anarchist der tagsüber mit Baskenmütze auf der Heizung saß und mit Holzstäbchen und Salz Tätowierungen entfernte, schüttelte dazu den Kopf.

Der Pommer, dessen Zähne alle einzeln standen, rieb sich jeden Tag mit Seife ein. Die Seife enthalte Fett, das käme auf diese Weise dem Körper zugute.
»Ein Pfund Schweinehirn lebend warm in die Pfanne«, das war seine Sehnsucht.
Von mir wollte er wissen, wie man Gotik von Romanik unterscheidet.

Hin und wieder saß ich bei Ferdinand Karari, einem knochi-

gen Studenten mit Schuppen auf der Jacke. Von einfachen Menschen wurde er »Kohlrabi« genannt.
Er hatte vorm Tribunal gesagt: »Wenn sie mich aufhängen, dann bitte mit dem Arsch nach Osten.«

Er hielt mir Vorlesungen über Kernspaltung. Schließlich ermittelte er durch Querfragen, daß ich ihm gar nicht folgte. Da stellte er die Vorlesungen ein. Ich sei zu dumm dafür.
Den größten Teil seiner Tage verwendete er darauf, ein Super-Gesellschaftsspiel zu entwerfen. Beim Popeln hielt er sich die Hand vor, wir sollten denken, er stochere in den Zähnen.

Manchmal beobachtete ich die Spaziergänger unten auf dem Hof.
Schon beim Aufstellen gab es Spaß. Keiner wollte innen gehn, jeder hielt den Außenplatz. Die Kalfaktoren brüllten – nichts zu machen. Da mußten erst Posten kommen. Dann ging es allerdings sehr schnell.

Auf dem Mittelweg schlenderten die Krüppel. Einbeinige, Altersschwache und ein Blinder. Einen schleiften sie wie ein Bündel Flicken hinter sich her. Das war ein flämischer SS-Führer. Der hatte Beine wie Watte, Querschnittlähmung.

Auf dem Mittelweg lief auch der Friseur, der schon seit drei Wochen seine Strafe rum hatte.
Mal sah man ihn auf WEST 5 über das Geländer gucken. Mal hockte er im Kücheneingang. Er durfte überall hin, niemand sagte ihm was.

Auf WEST 4 waren Förster zu sehen, alle mit dem bekannten Hut, Krempe an einer Seite hoch. Wir begrüßten sie mit Waldhornklang.
Gleich dahinter ein Seemann mit Südwester.

»Wo de Nordseewellen trekken an den Strand . . .«

Dann ein Bauer. Der hatte beim Zusammenbruch ein Flakgeschütz in der Scheune geborgen. Vielleicht könnte er's noch mal gebrauchen: Zehn Jahre wegen Waffenbesitz.

Einer im Frack. Den hatten sie von seinem Hochzeitskuchen weggeholt. Durfte ein Stück mitnehmen.

Ich nahm bei Maitre Corbeau Französisch.
Warum ich das lernen wollte, fragte er. Er fange nicht gern was an, um es gleich wieder hinzuwerfen.
Er begann mit *aimer*. Ich schmiß alles durcheinander.
(Mein Vater, früher, am Kaffeetisch, wenn er ins Ei stach, daß ihm das Gelbe über die Finger lief, sprach französisch, sobald er sich mit meiner Mutter stritt.)
Seinen Unterricht suchte er unserer Situation anzupassen.

> *»Les prisonniers dans la cellule*
> *chantent très joli . . .«*

Die französische Sprache habe Wörter, die einfach unübersetzbar seien, zum Beispiel: Ressentiment. Was das heiße? Das sei eben unübersetzbar.
Um nicht aufzufallen, hielten wir Stickereien in der Hand. Die Schiefertafeln lagen unter der Decke.
Ob wir die Grammatik bald durch hätten, fragte Jonni.

Der Meister saß wegen eines Studentenaufruhrs an der Universität Halle. Nach seiner Verhaftung sendete der RIAS ein Hörspiel, darin wurde sein Tod geschildert. Seine Braut wurde ohnmächtig, als sie das hörte.
Die feierliche Wiedereröffnung der Universität 1945 hatte er sich anders vorgestellt. Ein Professor las über hethitische Pferdenamen. Als ob es 1945 nichts Wichtigeres gegeben hätte!

Zuweilen gab er uns Proben seiner Dichtkunst. Ein gutes Gedicht müsse wie eine Münze beschaffen sein, sagte er, mit Bild und Zahl. Nicht wie die Nazis es forderten:

> »Dichter muß wie ein Soldat
> in Reih und Glied marschieren . . .«

Diese Zeit sei Gott sei Dank vorbei.
Seine Produktion orientierte sich an Rilke.

> »Einmal wieder in samtenen Sesseln,
> einmal wieder ohne Fesseln,
> einmal wieder weiße Brote,
> einmal wieder ohne Tote . . .«

Er dichtete auch von Rosen und Perlen und von Elfenbeintürmen, die im Winde schwankten.

An einem allgemeinen Erzählerwettbewerb teilzunehmen, lehnte er ab. Das sei unfair. Viele einfache Menschen würden dadurch entmutigt. Außer der Reihe jederzeit. Gern.
Und bald danach erzählte er den *›Glöckner von Notre Dame‹*. Die Peitschenhiebe, die man Quasimodo verpaßte, beschrieb er alle einzeln.

Ende Oktober wurde der Kreisjägermeister verlegt. Kein Mensch wußte wohin.
Zur selben Zeit starb der Konsul. Ärgernis erregte es, daß die Nachbarn schon am nächsten Tag seine Spachtel benutzten.

Ein kleiner, buckliger Pole schoß unsern Kommandanten ab. Die Russen gaben ihm das Amt. Und was der andere nicht geschafft hatte, dem Kleinen gelang es sogleich: Kröger verließ den Saal.
Der Vortrag über »Dömping« fand sofort sein Ende. Über Salz- und Steingeld war er nicht hinausgelangt. Erzählerwettbewerbe und Sprachkurse wurden eingestellt.
Die Luft war »eisenhaltig«. Wir lagen in Deckung. »Mia jeht die Muffe eins zu hunderttausend . . .« sagte Jonni.

Man nannte den Polen »Vorgartenzwerg«, »Kuckucksei«, »Vogelscheuche«, »Schwein« oder »432«. Das war die Nummer, unter der er auf den Saal gekommen war.
Helm wurde seltsamerweise Führer des Arbeitskommandos. Ob er sich da nicht besser raushalte, fragte ich ihn.
»Kehr«, sagte er, »einer muß sich doch opfern . . .« und schob die Hüften vor.

Der Luftwaffenmajor freute sich. Nun würden endlich wieder geordnete Zeiten anbrechen, sagte er. Der alte Kommandant habe ja gar nicht mehr durchgegriffen

Wie Quasimodo trollte der Kommandant durch alle Gänge und scheuchte Schläfer hoch.
»Komm raus aus deine Koje!«

Sobald er die Kommandantur verließ, verriet er sich durch lautes Rotzen. Nahm er Kurs auf unsern Block, dann gaben uns die Kopfnachbarn Bescheid. Gleich kamen wir hoch. Drehte er ab, dann fielen wir um.
Manchmal wurde ihm das zu bunt. Dann erteilte er Pritschenverbot. Das hieß: stundenlang umherirren oder auf der Heizung sitzen und sich anöden.
Zeitweilig stellte er das Arbeitskommando zu unserer Bewachung auf. Aber die Kerle wollten selber gerne Kalorien ansetzen.

Aufs Pfeifen war er scharf. Sobald jemand die Lippen spitzte, rief er: »Wo is Nachtigall? Ich will nich habben Nachtigall auf meine Sall! Fimf Tagge Scheißedienst.«
Schließlich protestierte der Scheißhausminister. Er hatte keine Ahnung, wie er all die Missetäter beschäftigen sollte.

Früher hatte man sich »auf morgen bei der Zählung« verabredet. Da konnte man so gut debattieren. Nun lief der Kommandant die Reihen ab. »Quatscha keine Opper!« Wer sprach, kriegte »Scheißedienst«.

Auch das Schachspielen wollte er verbieten.
»Dat letzte, wat wa noch haben . . .« sagte Jonni.
Einer haute den Posten an, und der erlaubte es wieder.

Hintenrum hörte ich, daß er sich nach mir erkundigte. Tagelang verließ ich meine Koje nicht.

Bei Mersky fand er ein Schuhmesser. Wie einen seltenen Käfer zog er es ans Tageslicht.
Von allen Seiten strömten Zuschauer herbei. Die Handtuchvorhänge wurden beiseite gerafft, vom ersten Stock erschienen umgedrehte Köpfe.
»Du wirst dich doch wegen solcher Scheiße nicht aufregen«, sagte Mersky und hatte damit Erfolg. Quasimodo verzichtete auf eine Meldung. Mersky mußte »nach'm Frischtick« Pritschenholme scheuern.

»Soweit isses jekomm«, sagte Jonni. »In meine Bude hing 'ne Jermania, die saß uff'n Steen un weente. Daran muß ick imma denken.«

Beliebtes Lied in dieser Zeit:

»Und wir tragen unsere Leiden mit Geduld
an die ganze Scheiße ham wa keine Schuld.«

Der Außenflur wurde von einem ehemaligen Zahlmeister gefegt. Der lieferte den zusammengekehrten Dreck bei Quasimodo ab. Mit Holzspänen wurde nach Machorkakrümeln gesucht.
Dabei kratzte sich Quasimodo vor Aufregung am Hintern. Und wenn er rotzte, riß er sich die Hose hoch.

In die Kellen kamen doppelte Böden. Massenhaft blieb Suppe übrig. Die Kalfaktoren schafften es nicht; im Klo fanden sich Mohrrüben.
Ich hatte mal ein Stück Zunge in der Kelle. Es hing über den Rand. Der Auskeller zögerte, wackelte, damit es zurückschwappe . . .
»Na, wat is?« sagte Jonni. Da klatschte die Zunge in meine Schüssel.

Weniger Glück hatte Schmidtzke. Der monierte die »halbvolle« Kelle. Da schlug ihm der Kalfaktor das tropfende Abstreichholz knackend ins Gesicht.
Abends holten sie ihn in die Kommandantur und würgten ihn. Laut schrie er um Hilfe.
Am nächstenTag verschwand er »MaS« auf einer Zelle.
»Die Suppe is doch keine Wurscht nich!« rief der Kleine ihm nach.

Hermann verbreitete das Gerücht, ich kriegte von Helm im Scheißhaus Suppe extra. Das trugen mir die Juden zu. Jonni machte ihn fertig.

Ende Oktober flüchteten drei Mann aus Saal 4. Sie seilten sich mit Bettlaken ab. Das angesägte Gitter hatten sie zuvor mit feuchten Handtüchern auseinandergebogen.
Über den Stacheldraht der Feuerzone legten sie Decken. Ein alter Zaun diente zum Übersteigen der Mauer.
Es hieß, der Posten habe geschlafen: Als er aufwachte, sei er gleich mit getürmt.

Wir fürchteten schon um die alten Bäume. Aber die ließen sie stehn. Nur eine Pappel wurde umgehaun. Neulingen zeigte man später die Stelle: »Da stand mal 'ne Pappel.«
In der Feuerzone wurde elektrischer Draht gezogen, und wir kriegten eine frische Glatze.

Einige Tage später wurde gefilzt. Sie warfen alles durcheinander. Auf dem Hof mußten wir uns nackt ausziehen, damit sie uns besser inspizieren konnten. Beim Reingehen lief Hermann vor mir her. Sein Messer hing ihm aus der Hose. Er merkte es nicht. Die Russen auch nicht.
Oben sah es wüst aus. Sie hatten sogar Strohsäcke ausgeschüttet. Aber angefangene Schachpartien standen unberührt auf den Fensterbänken.

Rechtsanwalt Harnak war übel dran. Seine Frau hatte ihm eine Art Aussteuer geschickt. Sechs Kissenbezüge, zehn Handtücher – der Schrecken seiner Nachbarn. Unter seiner riesigen Steppdecke begrub er die ganze Koje.
Nun irrte er umher und suchte seine Kissenbezüge. Er mußte sie wiederfinden – für den nächsten Appell.

Jonni tastete nach seinem Utensilienbeutel.
»Is okee.«
Und Mersky ließ sein Skatblatt durch die Finger schnippen.
Ja, es ging.

Während Quasimodo seine eigenen Sachen zusammensuchte, wurde im Saal emsig gearbeitet. Alles Verlorene mußte ersetzt werden. Krachend wurden Pritschenbretter abgebrochen für neue Spachtel.
Beim Abreißen von Bettlakenstreifen, was natürlich auch verboten war, hustete man, dann fiel das nicht so auf. Aus dem Leinen wurden die Beutel genäht, die jeder Knastologe brauchte.

In der Nacht wurde ich krank. Die Nachtwache holte den Saalarzt.
»Macht nichts, Kamerad, das ist ja meine Pflicht.«
Er fühlte mir den Puls. Dann ließ er mich eine Schüssel Kaffeesatz essen und erzählte mir, wie er seinen Kindern das Rauchen abgewöhnt hätte.

Dabei kuckte er sich fortwährend scheu um, als sei es verboten, über Familiäres zu sprechen.

Jonni machte mir Kompressen. Vierzig zwo. Und auf dem Klo deckte er mir die kalte Brille mit einem Handtuch ab.
Von einem zum andern lief er: »Soweit hamse's jetrieben.«
Und seine Freunde raunten: »Nun hat es *ihn* erwischt.«
Ein Baptist schenkte mir Zucker. Das wurde ihm übel angekreidet. Er habe wohl zuviel von dem Zeug?
Quasimodo ließ fragen, wie's mir gehe.

Jonni gab den Besuchern Verhaltensmaßregeln und brachte sie durch Winke zum Schweigen. Auch bedeutete er ihnen, daß es Zeit sei, zu verschwinden.
Abends zählte er an den Fingern her, wer mich noch nicht besucht hätte. Helm zum Beispiel.

Mich störte es, daß er auf den Zoddeln und Sehnen, die er in seiner Suppe fand, herumkaute. Die übelriechenden Gesprächsfetzen aus Speisebrei brachten mich um meinen Appetit.

»Warum hast du mich damals eigentlich hergeholt?« fragte ich.
»Dein spectacle is knorke. Dett fällt sofort uff.«

Beim Antreten durfte ich liegen bleiben. Wohltuend diese Stille.

Der Posten kam extra meinetwegen um den Block herum. Ich machte ein leidendes Gesicht, wenn er mich ansah.

Bevor der Saal zum Spaziergang ausrückte, packte Jonni mich warm ein. Die Fenster wurden auf beiden Seiten geöffnet, das gab eine frische Brise.
Ich lag und döste vor mich hin. Draußen Marschtritt der Kolonnen.

Auf dem Med-Punkt wurde ich gewogen. 44 Kilo ohne Hemd.
»Was von deiner Mutter gehört?« fragte mich einer der Rostocker.
Der Arzt schrieb eine Überweisung für das Lazarett. Er wies

mit dem Holzarm nach drüben: »Da kommst du wieder auf die Beine.«

Ich wäre lieber bei Jonni geblieben.
»Komm balle wieda«, sagte er und drückte mich mit seinen Kneifzangenfingern an die Brust.
Ich schenkte ihm den Rest der »Ivory« und sagte: »WASSAGRYNN.«

»Ein Abgang!« rief der Türposten und machte aus der 432 eine 431.
Meinen Kram trug man mir nach.

6

Im Lazarett stellten sie mir einen Eimer Fleischsauce hin. Ich polkte die Kartoffeln raus. Das Fett rann mir in den Ärmel. Dann setzte ich an und trank, bis ich nicht mehr konnte.

In Unterhosen ging's zur Aufnahme. Ein Sani in grauer Kletterweste zapfte mir Blut ab. Er nahm mich in den Arm, ich sollte nicht sehen, wie er zustach.
In der Veranda standen aufgestapelte Kanister.
Ein Arzt beugte sich über mich. Wollte er mich streicheln? Er verordnete Lebertran.

Ich kam in eine umgebaute Tobsuchtszelle. Vor dem Fenster dicke Blindglasscheiben.
Die Fensterecke bewohnte Heumann, ein Schlosserlehrling aus Dessau. Ich kannte ihn vom Saal her, da hatte er Nadeln gemacht. – Hier drückte er sich Mitesser raus oder legte an den Knien eingewachsene Haare frei.
Über ihm lag ein Schmied und im Einzelbett ein junger Mensch mit gesträubtem Haar. Der hieß Kaßdorf.

Sein Vater sei Großkaufmann, behauptete er. Vor der Garageneinfahrt Kies, Sportzimmer mit Sprossenwand und Punchingball. Segelboot, Ruderboot, Motorboot.
Frau Mutter trug pfundschweren Goldschmuck.
Der Diener boxte mit der ganzen Familie.

Das Gretchen, sein »Schwesterlein«, sei wie der Teufel geritten. Goldblondes Haar.
Auch mit ihr boxte der Diener.
Am Amazonas schrie sie die Indios an: *»Banana pinta diña!«*
Das heiße: Du gesprenkelte Banane!

»War's warm?« fragte Heumann und beschnitt einen Fußnagel.

Im Krieg habe er am Geheimunternehmen »Moskau« teilgenommen.
Nach fünfundvierzig gewaltsamer Durchbruch in den Westen. Nahkampf mit sowjetischen Panzern.
Jetzt sei er Privatgefangener der NKWD, habe Spezialurteil Moskau, mit Unterschrift, die selbst für den Staatsanwalt sensationell gewesen sei.
Nur aus Krankheitsgründen habe man ihn mit gewöhnlichen Häftlingen zusammengetan.

»Sieh mal hier«, sagte er morgens, »meine Beine. Muskelschwund dritten Grades.«
Dann quengelte er nach dem Pfleger, bekam die ersten Herzanfälle und sprach letzte Worte. Der Schmied machte ihm inzwischen die Brote, eins mit Butter, eins mit Marmelade, eins mit Leberwurst.

Meinen Namen konnte er sich nicht merken. »Scheißkowski, was?«
Ich sei wohl Pole. Er habe mal sonne dreckige Sau gekannt ...

Haben die Nazis den Krieg angefangen? wurde gefragt. Das sei doch wohl jedem klar, meinte ich.
Ob ich mich nicht schämte, so was zu sagen? Die Frontkämpfer seien doch nicht umsonst verreckt. Und die 56 000 ermordeten Volksdeutschen, die seien wohl ein Witz?

Heumann rieb sich morgens den Schinn vom Kopf. In einem Tuch fing er ihn auf. Dann zeigte er uns das mehr oder minder gute Ergebnis.
Zwischen seine Zehen legte er Läppchen zum Schweißaufsaugen.

Das Fiebern und Pulsen besorgte ein Internierter namens Bernhard Lietz. Fabrikbesitzer aus Gera.

»Dumm und gut«, sagte er, »das ist schlimm. Dumm, gut und fromm, das ist entsetzlich.«
Gern erzählte er von seiner schattigen Villa, vom stillen, dunklen Park. Im Arbeitszimmer – die Fenster reichten bis auf den Boden – befand sich die Bibliothek: Ibsen, Storm und Keller.

Es sei sicher, daß ich Tbc habe. Der Arzt wisse nur noch nicht wo.
Abends nahm er sich Zeit. Da raunte er mir Gedichte ins Ohr:

»Nur manchmal schiebt der Vorhang der Pupille
sich lautlos auf. – Dann geht ein Bild hinein . . .«

Eines Tages reichte er mir eine selbstverfaßte Novelle: *›Claudia‹*. Eine besondere Rolle spielte darin das Bildnis eines Mädchens im Samtkleid am Kamin. Die Gebärde des Mädchens sei zugleich ablehnend und ermunternd gewesen.
Ich las die Geschichte unter der Decke.

Eine zweite Novelle handelte von deutschen Forschern, die auf Sumatra interniert sind.
Das Erlebnis »Stacheldraht« sei ihm vortrefflich gelungen, sagte ich.
»Klumpowski, was hast du da?« fragte Kaßdorf. »Zeig doch mal her!«

Er höre so gerne platt, sagte Bernhard. Ob ich ihm nicht mal was vorsprechen könnte?
Mir fiel das Lied des Pommern ein:

»Anne Eck vonne Steenstraat,
da steit ne Fru mit Stint . . .«

Das gefiel ihm.

Der Arzt, Leibarzt von Goebbels, verschrieb mir Wunschkost. Nur sieben von achttausend erhielten diese Vergünstigung.
Jeden Abend erkundigte sich der Oberpfleger, was der Herr zu essen beliebe. Ob es Butternudeln, dicker Grieß oder Klöße sein dürften?
»Nimm Brühnudeln«, riet der Schmied.

Der Schmied schob grundsätzlich drei Portionen ein. Drei Liter Suppe, drei Kuhlen, dreimal Kaffee. Die drei Liter Suppe schaffte er aber nur, wenn er auch Brot dazu aß.
Im Hinblick auf die Verluste in Stalingrad hatte er ein drittes Kind gezeugt.

Um zehn Uhr gab es Zwischenkost, dicken Grieß in Milch. Auf der Heizung neben Heumanns Schweißläppchen standen stets Schüsseln in Reserve. Abends wurden sie weggekippt.
Zum Abendbrot bekamen wir einen Viertelliter Milch, Weiß- und Graubrot. Jeder hatte einen Brotkasten, der war immer gefüllt.

Beim Baden hoben zwei Pfleger Kaßdorf – »Vorsicht! Vorsicht!« – in die Wanne. Da! Hatten wir uns so was nicht gedacht? – Anfall mit epileptischen Symptomen.

Am Heiligabend stellte uns der Pfleger ein Bäumchen mit zwei Kerzen rein. Jeder kriegte einen Keks mit Schokoladentupfern.
Nach der Zählung ließ Kaßdorf sich aufrichten, holte Luft und begann: »Im Osten war es . . . Das Vorfeld lag weiß wie unter einem Leichentuch . . .«
Ich drehte mich geräuschvoll auf die andere Seite.
Kaßdorf sank zurück. »Ihr seht«, sagte er, »solange dieses Schwein hier bei uns ist, gibt's keinen Frieden.«
Ich hatte ihnen den Weihnachtsabend verdorben.

Am 1. Feiertag standen junge Mädchen auf dem Flur. BdM-Führerinnen? Söckchen und Dutt. Sie sangen

»Hohe Nacht der klaren Sterne . . .«

»Deutsche Weihnacht«, sagte ich. Da riß es den Schmied aus seiner Buchte. Er hielt mir die Faust unter die Nase und schrie: »Ein Wort noch, dann kracht's!«
Ich sprang auf den Flur und rief nach dem Pfleger. Die Mädchen sahen sich um.
»Pack deine Sachen«, sagte der Pfleger und verlegte mich auf eine große Doppelzelle.

Am Abend spielte die Lagerkapelle. Geigen, Cello und Harmonium. Mit dem *›Ave Maria‹* ging's los. Dann folgte *›O Marie, vergiß mich nie‹*. Danach erklangen Melodien aus italienischen Opern.
Man mußte ziemlich laut sprechen, um dagegen anzukom-

men. Vorsichtig zogen wir die Tür zu.
Beim ›*Largo*‹ von Händel öffneten wir sie wieder.
Hinterher fragte einer der Musiker, wie es uns gefallen habe.

Auf der Doppelzelle lagen fünfzehn Mann. Gelbsucht, Ulcus, Magenkrebs. Einer war so herzkrank, daß er kaum gehen konnte. Den nannten sie den »Eintänzer vom Pferdelazarett«.
Einem andern hatten sie alle Zähne herausgerissen.

Unterm Fenster lag ein Blinder.
»Merkwürdig«, sagte er, »wenn mir mal einer die Zeitung vorlesen soll, dann heißt es immer: da steht nichts Besonderes drin.«
In jungen Jahren hatte er in Japan gelebt. Dort machte er ein Erdbeben mit. Er wollte davon erzählen, doch die andern verhinderten das. Sie hatten's schon zu oft gehört.

Der mit dem Magenkrebs hieß Städler. Seine größte Sorge war der Stuhlgang. »Warum habe ich keinen Stuhlgang?«
»Wenn man nichts ißt, kann man auch nicht scheißen«, sagte der Blinde.
Conny Wartex, ein schwammiger Reporter, riet ihm, er solle seinen Leib massieren, von rechts nach links. Ja nicht umgekehrt, sonst schiebe er den Kotstrang wieder zurück.

Wenn Städler einen Einlauf bekam, erkundigte er sich, ob das Wasser auch angewärmt sei.
»Wir geben unsern Patienten grundsätzlich nur eiskaltes Wasser an den Darm«, antwortete der Pfleger.

Conny Wartex erzählte beeindruckende Erlebnisse. Studienfahrten durch Puffs. Die berühmte Feder im Hintern.
Ein Staatsanwalt läßt sich, als Schuljunge verkleidet, von Nutten am Ohr ziehen.
»Ja, ja, das Leipzig der zwanziger Jahre.«
Warum ihn das so sehr interessiert habe, wollte der Krebskranke wissen.
Imponierend war es, wenn er vormachte, wie Paul Wegener mit Schwert über die Bühne gegangen sei. Damals, im Leipzig der zwanziger Jahre.

Mein Kopfnachbar war ein Dippel-Ing. Also einer *mit* Diplom. Schmisse im Gesicht. Zuckmechanismus in Spezialsituationen. Angeblich Knochen-Tbc im Rückgrat. Wenn ihn der Arzt abklopfte, fuhr er zusammen. Jeden Abend bat er um Pillen, sonst könne er nicht schlafen.
Eines Tages fiel ihm was runter. Flehend sah er sich nach mir um. Ich tauchte und fand ein Röhrchen voll Schlaftabletten.
Knast will gelernt sein.

Er hatte zwei Kinder.
»Ich zeige ihnen jeden Tag Dein Bild«, schrieb seine Frau. »Immer wieder fragen sie nach Dir.«
Wenn ich die Wunschkost in Empfang nahm, betätigte er seinen Zuckmechanismus und sagte: »Das schmeckt sicher gut.«
Für die Internierten schneiderte er aus Leinenflicken feine Hemdkragen. Von allen Stationen kamen sie zu ihm.

Was die moderne Malerei beträfe ... Vincent van Gogh habe schließlich nicht umsonst auf dem Sterbebett bereut, daß er so abstrakt gemalt habe.

Am Neujahrsmorgen verkündete er: »Fünfzig Jahre weiter, dann sitzt hier keiner mehr.«
In der Zeitung stand, der Papst habe das Jahr 1950 zum heiligen Jahr erklärt.
»Lukas-Jahr, Goethe-Jahr, heiliget Jahr ... det wird ja imma scheener!« sagte der Ulcus.

Abends, wenn es still war, hörte man's vom Kreuzbau murmeln. Da erzählten sich die Tausende ihre alten Geschichten.

Ich wurde Einseifer beim Friseur. Er trug einen Spitzbart. Im Zivilberuf war er Staatsanwalt.
Ein Pfleger, den ich einseifte, lobte mich: »Da merkt man doch gleich den Fachmann.«
Das schmeichelte mir.
Ein anderer Pfleger, ein dicker, starker Kerl, wurde unter meiner Hand unruhig und fing an zu schnaufen. Ihm ging einer ab. Er entschuldigte sich. Er arbeite in der Küche.

Manchmal linste ich in die Irrenzellen. Sie saßen hinter Extragittern, merkten, daß gekuckt wurde. Einer zerriß Matratzen und Decken und flocht sie ins Gitter.
Die letzte Zelle am Ende des Ganges war abgedunkelt. Dort lagen die Toten in Regalen. Wir wurden eingeschlossen, wenn sie wieder einen brachten.

Eines Tages hastete ein Irrer ruckartig über den Flur. Bei der Essenausgabe war er am Pfleger vorbeigelaufen.
Auf dem Hof sprang er auf eine beschneite Kartoffelmiete.
»Es brennt!« schrie er. — Sein Glück, daß er nicht gegen den Zaun lief, der Posten hätte ihn erschossen.
Sie brachten ihn zurück. Fünf Stunden später kam ein Rollkommando und schlug ihn zusammen. Wir hörten ihn noch lange wimmern.

Im Januar gab's günstige Parolen. In der Verwaltung brenne »Tag und Nacht« Licht, hieß es.
Der Dippel-Ing. wurde wegen der Hemdkragen zur Eile gedrängt.
»Ich möchte so gern nach Hause«, weinte Bernhard an meinem Bett.
Seine Frau . . . man habe sich so auseinandergelebt. Und sein Junge — Herrgott, wie's dem wohl gehe.
Der Junge sei übrigens keine Schönheit. Lang und knochig, mit Warzen an den Händen.

Ich bekam einen Brief aus Hamburg. Ich sollte nicht mehr nach Rostock schreiben, meine Mutter sei wegen Mitwisserschaft zu zehn Jahren Zuchthaus verurteilt worden.
(»Ist das nicht gefährlich?« hatte sie gefragt.)

Von Mitte Januar an wurde die Anstalt allmählich den Deutschen übergeben. Die Internierten gingen nach Hause.
Hohlwangige Häftlinge rückten als Ersatz aus dem Kreuzbau an. Auch den Rostockern gelang der Sprung.

Bernhard schenkte mir zum Abschied Bleistift und Papier.

Ich wurde gesund geschrieben. Beim Kuhlensammeln traf ich einen von Jonnis Leuten. Er bot mir einen Posten im Labor an. Ich lehnte ab, ich wollte wieder in den Kreuzbau.

Ich badete noch einmal gründlich und zog mit neun schwarzen und fünf weißen Kuhlen hinüber in den Kreuzbau.
Am Nordflügel sah ich die ersten Deutschen in dunkler Uniform: Vorposten der Volkspolizei; die sollte uns übernehmen.
Vorm Lazarett flanierten die letzten, nicht amnestierten Internierten. Sie warteten auf ihren Transport nach Rußland.
Der Goebbels-Arzt winkte mir zu.

7

Am Glaskasten mußte ich warten. Ich freute mich schon auf die alten Bekannten, da hieß es zu meinem Schrecken: »Ab in den Westflügel.«
Ich sagte, ich sei von Saal 3 gekommen. Das nützte mir nichts, ich wurde auf eine Doppelzelle im Westflügel gesteckt.

Auf der Doppelzelle saßen elf Burschen aus Aue. Der Stubenälteste pöbelte mich an. Er dachte, ich wollte ihm seinen Posten streitig machen.
Ich schenkte ihm eine Kuhle, da hatte ich Ruhe.
Die Jungen schwärmten von der FDJ. Das Zeltlager habe am Fluß gelegen, morgens seien sie immer gleich ins Wasser gesprungen.
Ich erzählte in Fortsetzungen den ›*Glöckner von Notre Dame*‹.

Drei Tage später kam ich auf eine andere Zelle. Hier wohnte ich mit einem Potsdamer zusammen und zweien, die aussahen wie Mann und Frau.

»Ausgerechnet du bist mein Typ,
ausgerechnet dich hab ich lieb . . .«

Das Brot ließ sich nicht mehr länger aufbewahren, ich verteilte es. Eigentlich war es ja für Jonni und seine Leute bestimmt gewesen.
»Na, so was hab ich ja noch nie erlebt«, sagte einer der beiden Alten, ein »VgMer«*, »in Ketschendorf nicht und auch nicht in Buchenwald.« Brot habe ihm noch keiner geschenkt.
In der Folgezeit grinsten mich die beiden an und gaben mir in allem recht.

»Zähl nicht die Tage, zähl nicht Wochen,
zähle immer nur die Knochen.«

* Verbrechen gegen die Menschlichkeit.

Das war die Devise des einen. Wenn er sie hersagte, was öfter am Tag geschah, fiel ihm sein Freund mit einem andern Sprüchlein bei:

»Hand weg von Wasser, Salz und Stange,
dann wirst im Knast du leben lange.«

Der Potsdamer keilte unentwegt die deutschen Wachtmeister an, die noch etwas linkisch waren. Das war einem schon fast peinlich.

Sie sollten sich mal die Scheiß-Strohsäcke ansehen, widerlich! ... Und den Scheiß-Spaziergang! ... Und die Scheiße von Fraß! ... Er sei unschuldig und verlange Überprüfung seines Scheiß-Falles, Einsicht in die Scheiß-Akten, ein ordentliches Verfahren und so weiter. Verdammte Scheiße! Fünfundzwanzig Jahre, das sollte man sich mal vorstellen!
Er saß wegen »Wirtschaftsvergehen«, er hatte in einem russischen Warenhaus eingebrochen.

Dauernd wurde nach Handwerkern gefragt.
»Wer hat Ahnung von Elektrisch?«
Der Potsdamer meldete sich jedesmal, kam aber immer wieder zurück.

Erste Amtshandlung der VP war das Anlegen einer Kartei. Die Verteilung von Zeitungen wurde eingestellt, das Sitzen auf den Pritschen verboten. Und dann wurde akkurater Bettenbau verlangt.
Da wir zu viert nur zwei Schemel hatten, mußte sich einer immer auf den Kübel setzen. Der vierte lief herum.
Das Tragen von Mänteln auf der Zelle wurde als Kritik an der Verwaltung empfunden: Zu Hause laufe man ja auch nicht mit'm Mantel in der Wohnstube herum.
Und: »Nähmse de Hände ausse Tasche.«

Der erste Häftling, der von den Deutschen zu Karzer verurteilt wurde, hatte seinen Löffel arglos »Stalin-Kelle« genannt. Das sei eine Respektlosigkeit.

Und sauber, sauber, sauber. Wir sollten mal richtig saubermachen. Auf allen Etagen wurden Schrubber verteilt und Fässer mit Bohnerwachs.

Jeder Häftling mußte sich als »Strafgefangener« bezeichnen und vor den Wachtmeistern Männchen machen. Das sei wohl das mindeste, was man verlangen könne.

»Strafgefangener Kempowski bittet, seiner Mutter schreiben zu dürfen«, sagte ich. »Die sitzt nämlich auch.«
»Wieviel Jahre hat sie denn?«
»Zehn, Herr Hauptwachtmeister.«
»Und Sie, wieviel ham Sie?«
»Fünfundzwanzig.«
»Dass sinn zesamm fimundreißsch«, sagte er und schloß die Tür.

Bei der Übernahme durch die deutsche Verwaltung traten wir an einen langen Tisch. Dort wurden uns die »Akten« vorgelegt, ein Schnellhefter mit Zettel. Auf dem Zettel standen Personalien und Strafmaß. Ich unterschrieb und war »durch«.
Anschließend wurde ich auf Saal 6 verlegt. Irgend jemand hatte das gedreht.
Der Potsdamer tauchte kurze Zeit später in der Küche auf. Die beiden Alten liefen noch monatelang auf dem Westflügel herum.

Auf dem Saal hatte sich manches verändert. Man »saß« nicht mehr, man »saß ein«. Aus »Kuhle« war »Kanten« und aus »Kommandant« »Saalältester« geworden.
Der Saalälteste amtierte im »Saalbüro«, dort wohnte er statt mit einem Dolmetscher, den er nun nicht mehr brauchte, mit dem Arzt und dem Kulturminister zusammen.

Die Spitzel waren fürchterlich verprügelt worden. Quasimodo kam auf den Ostflügel.
Die neuen Saalältesten hatte man demokratisch gewählt. Unserer war Sachse. Er hielt sich einen Professor als Hundchen, lief mit ihm um die Blöcke und spielte Fangen.
Die Saalarbeiter waren höflich. Keiner wollte seine Beschäftigung verlieren. Am Wasserkübel übten sie Essenausgeben. Die Kellen wurden regelmäßig kontrolliert.

Die VP kürzte die Verpflegungssätze. Morgens gab's statt Nährmittel geschrotene Pferdebohnen: Zwei Löffel Dickes.
Wir seien hier nicht im Sanatorium.
Die Auskeller beschwerten sich über das andauernde Gemecker. Sie könnten doch nichts dafür, daß es solche Plörre gibt.

Auf den Sälen richteten die VPer zunächst nichts aus. An Pritschenverbot und Bettenbau war wegen der Überbelegung nicht zu denken.
Aber beim Spaziergang faßten sie zu: Stramme Haltung, Gleichschritt, Seitenrichtung. Ein Vorturner ließ uns Kniebeugen machen.
Im Außenlager befahl ein VP »Hinlegen-auf!« weil der Gleichschritt nicht klappte.

Ein Mann in Wehrmachtsuniform sprach mich an, ein ehemaliger Oberst. An seiner Mütze hing eine Quaste, die baumelte ihm vor der Nase.
»Wenn Ihr Herr Vater noch lebte, dann säße er jetzt auch . . .«
Er sei dabei gewesen, in Rußland, als er fiel. Er habe ihn begraben.
»Ist die Welt nicht ein Dorf?«
Dritte Schneise links, Papiere in einer Seltersflasche.

Ich lag im Mittelgang oben, baute mir einen Sessel und kuckte die Leute an. Zinnfigurenkollektionen: Gefangener sitzend, Gefangener stehend, Gefangener sich die Fußnägel beschneidend. Kommission kommend, Kommission gehend. Polizist mit Schlüssel.

Mein Nachbar war Schiffseigner. Vor dem Krieg wog er drei Zentner. Er saß wegen Sabotage, sein Schiff hatte havariert.
Der andere war Bauer. Verbrechen gegen die Menschlichkeit. »*Tout la même chose*«, sagte er bei jeder Gelegenheit. Furze ließ er von ein Kubikmeter und mehr.
Bei der Verhaftung floh er durch den Milchkeller. An einem Weidezaun holten sie ihn ein. Die Dolmetscherin kniete auf dem Schreibtisch, als sie ihn brachten.

Mir gegenüber lag ein unscheinbarer Mensch. Er verschwand eines Tages auf Nimmerwiedersehen. Ein Wachtmeister hatte ihn als seinen KZ-Bewacher identifiziert.

An der Ecke wohnte ein Volksschullehrer. Er schrieb jeden Morgen mit Kreide ein neues Rätsel auf das Seitenbrett seiner Pritsche.

»Das erste mit ›R‹ sticht,
das zweite mit ›D‹ nicht,
das dritte mit ›H‹ riecht.«

Abends wurde das abgelöscht.
Er beklagte, daß das Brett nicht größer sei, sonst hätte er auch noch Witze herausgegeben oder »Wissenswertes aus aller Welt«.

Durch Eckstein, einen sächsischen Studienrat, bekam ich einen Platz am Eßtisch. Obenan saß ein Oberstudiendirektor, links und rechts »Kollegen«.
Ich winkelte die Ellbogen an. Wie schön, daß ich das von meinen Eltern gelernt hatte.
Im Jahre siebenundzwanzig, »wissen Sie noch, Herr Kollege«, da hatte man beim Bau des Gymnasiums auf »Kupferbedachung« bestanden.
Nach dem Essen leckten sie die Schüsseln aus.

Während auf den Pritschen die Decken für die Nachtruhe zurechtgeschüttelt wurden, ging ich mit Eckstein im Mittelgang auf und ab.

»Füllest wieder Busch und Tal
Still mit Nebelglanz,
Lösest endlich auch einmal
Meine Seele ganz . . .«

Ob ich an seiner *›Faust‹*-Interpretation teilzunehmen wünschte? Ich lehnte ab. Von ferne hatte ich gehört, daß er immer von »unserm« Gretchen sprach.

An Sonntagen weckte uns ein Sängerchor.
Man lag noch im Halbschlaf, die Sonne schien quer über die Blenden. Da sangen sie sacht und verhalten:

»Leise, leise,
fromme Weise!«

Das hatte mein Vater immer gepfiffen, wenn er aus dem Geschäft kam und seinen Hut an den Haken hängte.

Den Chorleiter nannten sie »Bertla«. Mit braunem Schal stand er im Waschraum und gurgelte. Er war »Heringsbändiger« von Beruf.
Ob ich mich nicht auch einreihen wollte?
Mittels kreisender Armbewegungen und einer hölzernen Stricknadel hielt er den Chor in Gang. Wenn's losgehen sollte, rief er: »Jetzt!« Manchmal wollte es auch dann nicht klappen. Dann zählte er »drei, vier« oder machte Boxbewegungen.
Wo immer er sich sehen ließ, beim Essenempfang oder auf dem Klo, stets riefen Witzbolde: »Jetzt!«

Am Sonntag war Rilke-Matinee. Die Alten setzten sich schon Stunden vorher in die erste Reihe, eine Hand hinterm Ohr.
Der Chor sang: *›Prinz Eugen, der edle Ritter‹*. Danach wurde wieder einmal der *›Cornet‹* rezitiert.

»Reiten, reiten, reiten durch den Tag
durch die Nacht durch den Tag.«

Alles aus dem Kopf. Man dachte dauernd: Wird er steckenbleiben?
Zum Schluß sang der Chor »Drei Lilien, drei Lilien, die pflanzt ich auf mein Grab (tärrättättä!)« und der Schiffseigner fragte sich, warum er draußen nicht öfter ins Theater gegangen sei.

Alle vierzehn Tage war Morgenandacht. *›Ich bete an die Macht der Liebe‹*. Ein Schulmeister ersetzte den fehlenden Priester mit ekstatischer Kraft. Den Segen sprach er in abgeänderter Form:

». . . und gebe *uns* seinen Frieden.«

Aus der Anstaltsbibliothek, die bis dahin zu Lokuspapier verarbeitet wurde, schmuggelten Wäscheträger ab und zu ein Buch auf den Saal.
Ein Buchhändler, der merkwürdigerweise den Buddhisten

alles Elend in der Welt zuschrieb, wurde eingesetzt, die restlichen Bestände zu sichten.

Ich las: *›De Reis' na Belligen‹*.

Fußballfreunde trugen mit selbstgeschnitzten Tischfiguren Turniere aus. Die Vereine gaben sich sozialistische Namen.
»Rote Lokomotive« und »Dynamo«.
Der Schiedsrichter pfiff auf einem Tablettenröhrchen.
Einmal wurde so übermäßig laut »Tor« gebrüllt, daß unten auf dem Hof sofort sämtliche Spaziergänger einrücken mußten.

Unter den veränderten Verhältnissen ließen sich die Leute Bärtchen stehen. Den Friseuren war's recht und der VP egal.

Reschke, der Anstaltsleiter, hatte lange im KZ gesessen. Er hielt uns für seine damaligen Bewacher.
»Speckdeckel runter! Sonst fahr ich mit euch Schlitten!«
Nicht erbaut war er, daß sich einer als Kumpel aus Buchenwald zu erkennen gab.
Die Männer seines Gefolges neigten zur Leutseligkeit. Einer sagte im Vorübergehen, man habe ihm in Dachau einen Ziegelstein als Kopfkissen gegeben. Er hieß Schulze und ließ sich gern mit einem Hund sehen. Deshalb nannten sie ihn »Hunde-Schulze«.

Im Saalbüro tagte der Vertrauensrat, er entwarf Resolutionen, in denen auf das Rechtswidrige unserer Haft hingewiesen wurde. Er verlangte Wiederaufnahme der Verfahren, Besuch, Pakete, Bücher.
Zur Behebung des Verpflegungsnotstands wurde Anbau von Kohl in der Feuerzone empfohlen.

Der Vorsitzende des Vertrauensrats hieß Langentwiet. Er habe draußen ungeheuere Reichtümer besessen, sagte er. Ob wir glaubten, daß er sich sonst ein so wertvolles Lederjakkett hätte leisten können?

Nach der Zählung stieg er auf die Pritsche, analysierte die

gegenwärtige Übergangssituation und empfahl wohldurchdachte taktische Regeln für unser Verhalten gegenüber der VP.
Unter starkem Applaus forderte er uns auf, für die Freiheit zu kämpfen mit »was immer für Mitteln«, »wo immer es geboten sei«. Wenn wir das täten, dann, »so hoffe und wünsche er«, fänden wir schließlich und endlich den Weg zu unsern Lieben daheim, noch ehe dieses Jahr ins Land gehe.
Da die Freiheit sich aber leider nicht erzwingen lasse, müßten wir sie uns erschleichen. Zum äußeren Zeichen, beispielsweise, daß wir uns gebessert hätten, täten wir gut daran, diszipliniert aufzutreten, das sei unabdingbar erforderlich. Jeder einfache Wachtmeister könnte sich dann selbst davon überzeugen, daß wir keine Verbrecher seien.

Um den Polizisten vor Augen zu führen, daß wir deutsche Menschen seien wie sie, mit Frau und Kind, Mutter und Vater, wurden unsere Fotos auf ein Laken geheftet und ausgehängt. Mancher Polizist blieb stehn und fragte: »Nu, wer is 'n dis?«

Sobald sich ein Polizist sehen ließ, mußte Schröder, ein junger Mensch mit zittrigem Kopf, der ganz auf der Langentwietschen Linie lag, ein selbstverfaßtes Gedicht rezitieren.

»Wir bluten aus seelischen Wunden,
weil man uns noch nicht versteht.
Man läßt uns die Hände gebunden,
wo es um Höheres geht! . . .«

Die Polizisten reagierten unterschiedlich. Meistens fragten sie: »Hamse dat selber jemacht?«
Manchmal trat Schröder mehrmals täglich in Aktion.

Alte Männer hoben das Hemd und zeigten, wie mager sie waren.
Ein ehemaliger Besitzer von Tongruben drängte nach vorn und erzählte Gruselgeschichten aus der Russenzeit.
»Mir wollten sie ein Schachbrett auf den Rücken brennen!«
»Ja, hamse's denn gemacht?«

Im Anschluß an die Fotoausstellung wurden Stickereien ausgehängt. Mein Nachbar lieferte einen gelben Vogel mit stili-

siertem Gitter. Ein Spruchband hing ihm aus dem Schnabel: »Freiheit, die ich meine.«
Ein Kollektiv projektierte einen Friedensteppich für Pieck. Auf dem Entwurf war eine Friedenstaube zu sehen, umgeben von Emblemen schaffender Stände.

Altkommunist Garmeister wurde zu den Besprechungen des Vertrauensrats hinzugezogen.
»Das ist ja meine Tragik«, sagte er, »sie halten mich hier gefangen, obwohl ich doch einer der ihren bin!«
»So geht es doch uns allen«, sagte Langentwiet und sah ihm in die Augen.

Unter Garmeisters Schirmherrschaft sammelte sich eine FDJ-Gruppe »Bautzen«.
»Oh, das ist gut. Das wird sie überzeugen«, sagte Langentwiet, der sich gerade einen Lederknopf an seine Jacke nähte. »Das werden sie nach Berlin melden, und ihr, Jungens, ihr werdet als erste nach Hause gehen.«
Die Mitgliederliste ging an die VP, obwohl ein Wachtmeister meinte: »Soweit isses, glaube ich, noch nicht.«

Die Resolution des Vertrauensrats umfaßte 48 Punkte. Sie wurde von allen Saalinsassen unterzeichnet. Nur der Altkommunist hielt sich zurück. Aus taktischen Gründen, wie er sagte.
Von den Wäscheträgern hörten wir, daß auch in andern Sälen Resolutionen entstanden. Sie wurden der Verwaltung unterbreitet.
Ganz allgemein war man der Ansicht, daß bald eine große Kommission der Staatsanwaltschaft mit Vertretern des Roten Kreuzes und Abgesandten neutraler Staaten aufkreuzen würde. Der RIAS, so hieß es, gebe täglich hundert Namen von politischen Häftlingen durch. Das mache der Russe nicht mehr lange mit. Er bereite todsicher schon längst eine Amnestie vor.

Die Verwaltung gab Fragebogen aus. Ob wir uns schuldig fühlten. Alle schrieben »nein«.

Aus Sparsamkeitsgründen löschte die VP nachts das Licht. Die Scheinwerfer der Feuerzone warfen die Gitterschatten

vervielfacht an die Decke.
Ich lag oft lange wach. Besonders wenn ich verpaßte, vor den Schnarchern einzuschlafen.

An Stelle guter Russenbutter wurde Darmfett mit Borsten und Schwarten ausgegeben. Ich dachte an die sieben Gramm Fett für meine Augen und bildete mir sofort ein, schlechter sehen zu können.
Hartnäckig hielt sich das Gerücht, die Anstaltsleitung habe sieben Säcke Post verbrannt. Die Sanitäter behaupteten, drei.

Langentwiet hatte es schwer, an seinem Schleichstandpunkt festzuhalten. Radikale Elemente, die auf Recht und Gerechtigkeit pochten, gewannen die Oberhand.

Die Resolutionen blieben ohne Antwort. Keiner der 48 Punkte wurde erfüllt.
Die Feuerzone grub man um, doch nicht um Kohl dort anzubauen. Das mannshohe Unkraut sollte verschwinden. Dabei geschah es, daß man Skelett-Teile zutage förderte.
Eine Wagenladung wurde fortgeschafft, dann warf man das Loch wieder zu.
»Mörder!« riefen die Knastrologen aus dem Fenster.

Die Verpflegung wurde gekürzt, Sonderkost für Kranke abgeschafft. Obwohl ich vom Lazarett her noch ausgefuttert war, kehrten meine Geruchshalluzinationen von frischen Brötchen und Leberwurst wieder.
Wir sollten uns nicht provozieren lassen, sagte Langentwiet. Der Erfolg unserer Politik könne sich nur einstellen, wenn wir auch in schlechten Zeiten unverbrüchlich an unserer Idee festhielten.
Die Radikalen liefen mit angeblich vertauschter Wäsche von Saal zu Saal. Sie bereiteten einen Hungerstreik vor. Sie verlangten eine Beantwortung der Resolution.

Vergebens erflehte der Saalälteste von Anstaltsleiter Reschke kleine Gesten.
Unterstanden wir dem deutschen Strafvollzug, dann mußten wir auch wie gewöhnliche deutsche Häftlinge behandelt werden, und dazu gehörten Besuche und Pakete.

Falls der Russe jedoch noch über uns verfügte, dann war nicht einzusehen, weshalb man uns die Rationen kürzte.
Allmählich breitete sich Haß gegen die VP aus. Man hatte geglaubt, die Russen seien um vieles schlechter als die eigenen Landsleute.

Am 13. März verweigerten die Häftlinge aller Säle das Essen. Die Mehlsuppe wurde in den Gully gegossen, der Wachtmeister ausgepfiffen.
»Aber wat denn! Ick bin doch human! Ich hare doch imma de Fußballerjebnisse durchjejehm!« rief unser Wachtmeister empört. Dann legte er draußen die »Beruhigungsschiene« vor.
Langentwiet war außer sich. Wie konnten wir uns so hinreißen lassen!

Die Krümelkacker holten gesparte Kanten heraus. Der Hungermarsch wurde eingestellt.
Kurz nach eins riß einer das Fenster auf. Von Haus II hörten wir Sprechchöre:

»Hunger, Hunger, Tbc!«

Sekunden später standen wir an den Gittern und schrien. Handtücher und Strümpfe flatterten wie Fahnen. Jeder brüllte, was ihm einfiel.

Dann ordneten wir uns. Eine Arbeitertype taktierte mit Fäusten: »Jetzt!«
Selbst Langentwiet wurde mitgerissen. »Die Zellen, seht doch, die Zellen!« rief er uns zu. (Dort wippten weiße Tücher.)
Im A-Block lag ein alter Mann mit verbundenem Kopf. Er konnte den Einpeitscher nicht sehen. Dünn und zittrig rief er ganz einfach um Hilfe.
Der Altkommunist lief von einem zum andern. »Ach, ist das erschütternd!« Doch die Männer schoben ihn beiseite.

Hin und wieder ebbte das Gebrüll ab. Dann hörten wir es von drüben. Polizisten waren nicht zu sehen. Gegen zwei drohte ein einzelner sowjetischer Offizier mit der Pistole.

Eine Stunde später lagen wir erschöpft und heiser in den Kojen.

Abends wurde der Saalälteste nach unten geholt. »Mit dem Hintern können Sie keine Nuß knacken!« habe Reschke gerufen. »*Sie* nicht!« So was dürfe nicht wieder passieren, sonst ginge es uns dreckig. Aber wir sollten uns beruhigen, bald würde ein Beschwerdebuch eingeführt, in das könnten dann ja alle Beanstandungen eingetragen werden.

Erst jetzt erfuhren wir, daß es beinahe zu einer Katastrophe gekommen wäre. Ein Übereifriger hatte das Zuchthaus in Brand stecken wollen. Wir wären alle erledigt gewesen, denn die Feuertüren hatten schon die Russen zugeschweißt.

In der Stadt waren Leute auf die Dächer geklettert und hatten mit Bettlaken gewinkt.

In den nächsten Tagen herrschte Ruhe. Die Polizei hielt sich zurück.
In unserm Saal wurde einer verhaftet, der hatte die Unruhen dazu benutzt, im Klo die Gitter mit einer Ampullen-Säge anzusägen.
In allen Sälen wurden Thermometer aufgehängt. Bei der Zählung mußten wir die Temperatur ansagen. Doch eine Antwort auf die Resolutionen erhielten wir nicht.

Zwei Wochen später ging das Schreien wieder los. Es war ein sonniger Tag, am Waldrand zeigten sich Ausflügler.
»Wir rufen das Rote Kreuz.«
In unserem Saal waren die Vertrauensleute sofort zur Stelle. Sie besetzten die Fenster. Wer sie zu öffnen versuchte, wurde in Dispute verwickelt: die Schreierei sei illegal, von keinem Komitee beschlossen. Wer jetzt schreie, stelle sich außerhalb der Gemeinschaft und gefährde die Entlassung.

Einzelnen gelang es, ein Fenster zu stürmen und »Schweinepack« oder sonst was rauszurufen.
Im Saalbüro konnte man die Sprechchöre der anderen Säle gut verstehen. Es war, als brüllten mehrere Fußballstadien gegeneinander an.
Auf dem Scheißhaus saß einer und weinte.

Eine Hundertschaft VP rückte an, Karabiner im Anschlag. Der Offizier wies auf die Fenster. Sie legten an.

Vom Außenlager kam die Feuerwehr angejagt. Häftlinge zogen sie im Laufschritt. Nach langem, von höhnischen Rufen begleitetem Gefummel wurde endlich das Anschlußstück aufgesetzt. Doch der Druck war zu schwach, das Wasser reichte kaum bis zum zweiten Stock.
Unterdessen hackten die Sprechchöre Kommentare in die Luft: »Man spritzt uns mit Wasser!« — »Wir rufen den Bischof von Bautzen!«
Gelächter gab's, als ein Polizist über den Schlauch stolperte.
Von draußen stürmte eine weitere Hundertschaft in den Hof. Sie rückten die Mütze gerade und zogen in den Saalflügel ein.

Über uns hörten wir bald dumpfes Rollen und Poltern. Da holzten sie die Knastrologen zusammen. Es war, als habe man Schnellpressen aufgestellt.
Blutende Häftlinge wurden über den Hof geprügelt. Das waren »Rädelsführer«. Einer stürzte. Sie schlugen ihn wie eine Matratze, und immer auf den Kopf.
Für alle Fälle zog ich doppeltes Unterzeug an und legte die Brille ab. Der Schiffseigner, der schon so manches mitgemacht hatte, legte seinen Arm um mich und erzählte von Jamaika.

Ein Mann mit Spitzbart wurde gesucht. Der wurde für den Anführer der Meuterei gehalten.
Sofort drängten alle Bartträger zum Friseur.

Aktivisten sammelten Schüsseln ein. Die sollten als Wurfgeschosse verwendet werden, wenn die Polizei doch noch käme.

Allmählich kehrte Ruhe ein. Wir waren verschont geblieben. Am Abend erkundigte sich der Posten, wie jeden Tag, nach der Temperatur.
»Fuffzehn Grad, Herr Wachtmeesta.«
»Oben ist es wärmer«, sagte er und lachte.

Nach und nach erfuhren wir, was vorgegangen war. Die Häftlinge hatten Spießrutenlaufen müssen. Die Jungen vorweg. »Schlagt sie auf die Köpfe!« hätten die Polizisten gerufen, Schaum vor dem Mund.

Es habe aber auch welche gegeben, die absichtlich vorbeihauten.

Ein langer SS-Mann mit blonden Haaren, großen Zähnen und blauen Augen mußte zweimal durch. Er war stolz auf seine Wunden. Hätte sie auf keinen Fall missen mögen.
»Ich habe mir die Jacke über den Kopf gezogen«, erzählte er, »und bin losgerannt. Hab mich immer links gehalten. Da konnten die von rechts mich nicht erreichen, und die Linken konnten nicht richtig ausholen. Das ging ganz gut, bis mir einer ein Bein stellte. Da flog ich über einen andern und kriegte gehörig was ab.«
In Haus III wurde auf Liegekranke eingeschlagen.

Jetzt wurden wir kurzgehalten. »Bis zur Fesselung«, so lautete die neue Hausordnung. Ständig mußten wir uns als »Strafgefangene« bezeichnen und jedem Wachtmeister Ehrenbezeigung erweisen.
Irgend jemand verriet den Mann, der am 13. März so schön »Jetzt!« geschrien hatte. Er wurde von einem Trupp Polizisten abgeholt. Kalfaktoren erzählten, er habe stundenlang im Stehkarzer stehen müssen. Urin sei aus der Tür gesickert.

Ein Oberschnäpser trat beim Rundgang dem letzten in den Hintern. Die Empörung war groß. Besonders, als man erfuhr, daß dieser Mensch erst kürzlich aus dem Westen gekommen war.
Sein Kind hieß: »Sohn des Volkes.«

Auch der Posten auf dem Starenkasten beteiligte sich an der Aufsicht. Ihm war es da oben wohl zu langweilig. »He, Sie da, Sie! Sie Frosch! Kommen Sie raus, Sie haben gequatscht.«
Das hatte es bei den Russen nicht gegeben.

Kein Russe hatte sein Frühstück in unserer Gegenwart gegessen. Bei den Deutschen stand auf jedem Pult 'ne Thermosflasche.

Auch den Sälen wurde Bettenbau befohlen.
»Endlich«, sagten Kommißköppe. Mit Kübelstangen und

Besen machten sie sich an die Arbeit.
Zum Pritschenverbot kam es nicht. Wo hätten sich auch die Leute den ganzen Tag aufhalten sollen.

Die Verbindung zu andern Unterkünften riß ab.
Ambulanzkranke wurden auf dem Saal abgefertigt. Alle Pillen mußten sofort geschluckt werden. Auch die Schlafmittel. Ein Sanitätswachtmeister, der in seinem weißen Kittel wie ein Friseur aussah, schaute jedem auf den Mund.

Alles wurde scharf kontrolliert. Hunde-Schule behauptete, er halte interessante Kassiber vom »Braunen Ring« in Händen. Wir hörten durch ihn zum erstenmal von diesem Klub. Er trug übrigens, wie ich zufällig bemerkte, das Zeichen der »BVer« zwischen Daumen und Zeigefinger.

8

Beim Spaziergang sahen wir Neue durchs Torhaus kommen. Optimisten hielten sie für Kriminelle. Es sei gänzlich ausgeschlossen, daß der Russe jetzt noch Deutsche verurteile.
Krieg in Korea, »Gesetz zum Schutz des Friedens«, die Russen hatten die Atombombe – lauter schlechte Nachrichten.
Die Stimmung war gereizt. Zwei alte Herren stritten sich und forderten sich zum Duell.

Schlosser montierten die Blenden ab. Es wurde hell im Saal.
Nun konnten die Posten auf den Starenkästen bei günstigem Sonnenstand mit Ferngläsern in die Säle linsen. So mancher Skatspieler mußte dran glauben.

Nicht weit von mir lag ein kurioser Bursche. Er trug eine dunkle Brille. Meist hielt er das Gesicht unter einem Taschentuch verdeckt. Wenn man ihn ansprach, fragte er: »Merkst du nicht, daß du mich langweilst?«
Seine Freunde nannte er »Zelt im Regen« oder »Brosche im Staub«. Ich war für ihn ein Stück Beton, aus dem rostiges Eisen herausragt.
Neben ihm der »Sohn des Sohnes«. Angeblich Enkel eines Prominenten.

Ich legte mit Fäden Landschaften auf mein Kissen.
Von Jonni hörte ich wenig. Manchmal verkehrte ich mit ihm per Gesichtsalphabet. Tippte er sich an die Backe, dann bedeutete das ›B‹, ans Ohr, dann ›O‹. Ganze Sätze konnte man auf diese Weise durchgeben.
Er hatte große Fertigkeiten im Geben und Nehmen, er verwendete sogar Kürzel. Das sah aus, als litte er unter Schüttelkrampf, ich konnte ihm meist gar nicht folgen.
Die Wachtmeister kamen nie dahinter.

Ein gewisser Zallach steckte unserm Wachtmeister eine Mel-

dung zu. Anstatt sie in die Polit-Abteilung zu tragen, gab der sie unserm Saalältesten. Das Datum fehle, meinte er augenzwinkernd.
Der Saalälteste stellte sich auf die Pritsche und las vor:

»Zum Zwecke bedeutsamer Mitteilungen
bitte ich vorgelassen zu werden.«

Allen war sofort klar, daß Zallach zinken wollte. Schon zur Russenzeit hatte er Frikadellen in der Tasche gehabt. Sie zerrten ihn aus der Koje. Der Schiffseigner haute ihm als erster eine runter.
»Ihr armen Menschen!« rief Zallach. »Ihr wißt nicht, was ihr tut! Jahrelang habe ich draußen für euch gekämpft!«
Ein Einarmiger schlug ihm mit seiner Prothese ins Gesicht. Das knackte. Dann trampelten allerhand Leute auf ihm herum. Zum Schluß legten sie ihn in die Pißrinne.

Während er stöhnend auf der Pritsche lag und die ausgeschlagenen Zähne wieder reinzuschieben suchte, fiel plötzlich der Name »Langentwiet«. Der habe mit dem Zallach musche-musche gemacht. Sogar Dauerschläfer erhoben sich.
»Ich kenne den Zacher nicht!« rief Langentwiet. »Welcher ist der Zacher?«
Schon zerrten junge Burschen an seiner Lederjacke. Doch der Saalälteste beschwichtigte sie. Sie sollten noch einen Moment warten. Inzwischen gelang es, ihn in Arbeit zu bringen. Beim Hinausgehen trafen ihn einzelne Faustschläge, denen er jedoch durch geschickte Drehungen die Wirkung nahm.

Das Essen wurde merklich besser. Es gab sogar Brechbohnen. Aber in der Morgensuppe fanden sich undefinierbare Klumpen.
Von der Schweinezucht, die auf dem Wirtschaftshof angelegt wurde, hatten wir nichts. Dort regierte Willi Kwiatkowski. Die Sauen liefen ihm wie Hunde nach. Immer wieder kamen Polizisten von auswärts, um das zu sehen.
Jeden Morgen wurde das Essen für Hunde-Schulzes Hund vorbeigetragen. Das sah nicht übel aus.

Nach dem Röntgen packten über dreißig Mann die Sachen. Die mit Verschattungen mußten bleiben, drüben war kein Platz.

Aus dem Zellenflügel kamen Neue. Der Saalälteste vergatterte sie: »Gezinkt wird hier nicht.«
Einem hatten sie die Uhr gelassen. Der wurde dauernd gefragt, wie spät es sei. Er hatte eine Feindschaft gegen seinen Bruder, beschimpfte ihn mit groben Worten, was dieser gutmütig ertrug.

Auch ein Vater mit Sohn war dabei. Der Vater lag im A-Block, der Sohn im C-Block. Man sah sie nur selten beisammen.
Ich suchte mir einen Platz an der Fensterseite oben. Dort hatte ich einen weiten Blick über die Stadt. Am Horizont bewaldete Berge und zu meinen Füßen die Marschkolonnen des Rundgangs.

Leider konnten wir das Geläut des Doms nicht hören. Das wäre sonntags schön gewesen, fand mein Kamerad.
Manchmal wünschte er sich Kirchenglocken, gesungen von den Don-Kosaken. Beten täte er am liebsten im grünen Dom des Waldes.
»Nimm doch mal die Zungenspitze zwischen die Lippen, das sieht so lausbübisch aus.«

Nachts machte er rasche Vorstöße unter meine Decke, krabbelte mir auf der Brust. Um sich daran zu hindern, wickelte er sich stramm in seine Decke und bat mich, eine Schnur um ihn zu schlingen.
Als Mädchen müßte ich Evelyn heißen, meinte er. Ob wir nicht mal im Mittelgang auf- und abgehen wollten?

Unter mir wohnte ein Tätowierter. Er war von Kopf bis Fuß mit Bildern bedeckt. Millionen Stiche!
Um Arme und Beine rankten sich groteske Knorpel. Herz mit Messer, Anker und nackte Frauen. Am Handgelenk eine Uhr, die auf halb zwölf zeigte, und an den Füßen Sandaletten griechischen Zuschnitts.
Prachtstücke trug er auf Rücken und Brust: Die Erschießung der Schillschen Offiziere und die Freiheitsstatue von New York, zweifarbig.

Neben ihm ein verkniffener Schlosser, Angehöriger der Pfingstgemeinde. Der redete dauernd was vom »Söller«.

Neben dem lag Klüßendorff, der einzige »VgMer«, der offen zugab, Juden erschossen zu haben. Das ging ihm noch nach, das merkte man ihm an.

Jeden Sonnabend legte der Saalälteste Rechenschaft ab. Warum er Kübelwäscher Kossow entlassen mußte und was sich bei ihm so alles angefunden habe. Die Schuhe möchten bitte beim Reinigungsdienst hochgestellt werden, darum habe er doch schon vorige Woche gebeten.
Er gab auch die neuesten Parolen durch: Amnestie sei drin. Er hoffe und wünsche, daß wir bald wieder bei unsern Lieben daheim wären.

Für den Kulturplan war Eckstein verantwortlich. Morgens Zirkel, nachmittags Vorträge, abends Filme und Romane.
In den ersten Wochen lief ich mit meinem Kissen von einer Ecke in die andere und hörte mir alles an: Herstellung von Seife, Gepäckabfertigung, »Geist der Goethezeit« und »Erlebnisse eines Bankfachmannes in Persien«. . .
Den Strickern wurde sogar eine Geschichte des Strickens geboten.

Ein Schulmeister trug volkstümliche Himmelskunde vor. Er nannte das: »Die Sonne als Kletterspecht.« Beim Auf- und Untergehen klettere sie im Baum scheinbar von Ast zu Ast.

Ein Schauspieler aus Borna erzählte von Statisten, die stundenlang in Agenturen warten und für ein geringes Entgelt, wenn sie Glück haben, angeworben werden.
Der Schiffseigner beschrieb, wie er mal schiffbrüchig im Wasser getrieben sei. Da sei die Patronentasche länger als die Flinte gewesen.
Ein Vortrag über Freimaurerei kam nicht zustande. Gewisse Kreise verwahrten sich dagegen.

Damit wir verstünden, was Schall sei, wurde im Physikzirkel ein Löffel hingeworfen.
Ob Ingenieur und Inschenschör dasselbe sei? fragte einer. Ersterer bekomme doch besser bezahlt?

Mitunter kamen seltsame Menschen zu Wort. Ein Landstreicher zum Beispiel. Der erzählte, daß er mal auf einem Bauernhof Holz hacken mußte. Da habe er den Mägden in die Schürze gegriffen.

Ein katholischer Priester führte sich mit der nüchternen Beschreibung des Kreuzestodes ein. Jedes Detail erklärte er liebevoll und genau.
Die Verwaltung gab ihm eine Bibel rein. Die durfte er aber nicht verleihen.
In Morgenandachten sprach er vom »Schiff des Glaubens«.

Mein Nachbar erkundigte sich, wie man ans Katholische rankommen könne.
Draußen wolle er zu Fuß nach Rom pilgern und vor dem Papst persönlich konvertieren.
Er müsse erst mal ein paar Mariengebete lernen. Über alles weitere könne man später sprechen . . . sagte der Priester.

Oft waren die Darbietungen lästig. Man konnte in der Vortragsstunde nichts anderes machen, als zuhören oder schlafen. Im allgemeinen zeigte sich das Publikum geduldig. Selbst größter Quatsch wurde ohne Murren hingenommen.
Als aber Egon Tietz im Plauderton familiäre Döntjes vortrug, »das Umkippen einer Badewanne« und anderes, wurde von hinten »Scheiße« gerufen.

Die Referenten waren sonst hoch geachtet.
Volkstümlichkeit konnte aber auch lästig werden. Ein Schiffsmakler zum Beispiel, der über Leben und Treiben im Hafen gesprochen hatte, wurde immer wieder gefragt: »Na, wann werden wir wieder Schiffe makeln?«

Abends krochen die Film- und Büchererzähler aus ihren Buchten. Ihr Vortrag war meist übertrieben, pathetisch, auf Bühnensprache bedacht.
Mitunter erweiterten sie ihre Vorlagen beträchtlich, aber mit wenig Geschick.

Ein rothaariger Spezi schien geradezu von seinem Erzählbedürfnis zu leben. In penetrantem Weanerisch brachte er pro

Tag einen Film. Und jeder Film dauerte genauso lange wie im Kino: eins Komma fünf Zeitstunden.

Eines Abends erzählte Gert Seger die ›*Neunte Sinfonie*‹ von Beethoven.
Als er fertig war, rief einer: »*Da capo!*«

Eckstein besaß eine beachtliche Gedichtsammlung.

Für die Chorstunde suchte er besonders schöne Verse aus. Er sprach sie mit klangvoller Stimme.

> »Melde mir die Nachtgeräusche, Muse,
> Die ans Ohr des Schlummerlosen fluten! . . .«

Bertla gab derweil die Noten aus.

Zu seinem Kummer war Eckstein »klein von Wuchs«. Sonst wäre er, wie er sagte, in den diplomatischen Dienst getreten. Von vielen bedeutenden Menschen wußte er Körpergröße und Kinderzahl anzugeben. Er selbst war 1,65 m und hatte fünf.
Wichtig am Menschen sei das Dämonische. Große Dichter sprächen immer vom Daimon in uns . . .
Und die Heiterkeit.

> »Heiterkeit, güldene, komm!
> Du, des Todes
> heimlichster, süßester Vorgenuß!«

Das sollten wir nicht vergessen.

Frauen hätten bislang in der Dichtkunst nichts Beachtliches geleistet, denen fehle das Pulver von unten, erklärte er.
Von Johanna Spyri behauptete er, sie sei eine Schwester von Conrad Ferdinand Meyer, was lebhafte Diskussionen auslöste.

Vor Geibel sollte ich mich in acht nahmen, das sei ein Goldschnittlyriker.
Zum Genietum gehöre auch Zucht und eine ganze Menge Technisches. Grabbe habe da versagt.

Es gebe da einen Dichter namens Joyce, der habe ein *so* dickes

Buch über einen einzigen Tag geschrieben. Sehr beachtlich, aber sonst könne er mit den modernen Dichtern nicht viel anfangen. Dichtung fände da ihr Ende, wo ihr Material zerschlagen würde: die Sprache. Und das täten die Modernen, die zerschlügen ihre Sprache.

Zuweilen beschrieb er Gedichte, deren Titel ihm entfallen waren. Auch auf den Inhalt konnte er sich nicht mehr recht besinnen. Aber, wir sollten ihm das glauben, sehr schöne Gedichte seien das, an die er da gerade denke.

Wir jungen Leute seien ja zu bedauern. Was uns alles entgangen sei! Wenn er zum Beispiel an Kästner denke:

»Laß mich die Oktaven deines Leibes greifen . . .
Und beim Crescendo bitte mehr Pedal . . .«

Das könnten wir gar nicht mehr nachholen.
Eine Zeitlang umwarb er mich, weil ich einige Galgenlieder von Morgenstern auswendig wußte.

»Die Leute fragen mich oft: ›Herr Eckstein, wann haben Sie bloß all die schrecklich vielen Bücher gelesen?‹«
Er müsse offen und ehrlich antworten: als Zwanzigjähriger. Wer diese Zeit nicht nutze, könne die für einen geistigen Beruf unerläßliche Belesenheit niemals mehr erreichen.
Wie alt *ich* eigentlich sei?

In kleinerem Kreis interpretierte er Laotse:

»Walle wie die *Wege*, ruhelos wankend . . .«

Dabei trippelte er von einem Fuß auf den andern. Als sich herausstellte, daß es nicht »Wege«, sondern »Woge« heißt, hob er sich ruckartig auf die Zehenspitzen.
Er habe sich in der Tat schon so etwas gedacht. Immerhin, es hätte mit einer gewissen Berechtigung auch »Wege« heißen können.

»Wie eigenartig«, sagte er, nachdem er längere Zeit auf meinen Mund gestarrt hatte; du sprichst das ›W‹ ganz falsch. Das ist gar kein ›W‹, was du da sprichst, sieh her: w—w—w . . .

»*W*eh, *w*eh!
Du hast sie zerstört,

die schöne Welt,
sie stürzt, sie zerfällt . . .«

Und immer wieder machte er mir vor, wie unsinnig es sei, das ›W‹ so zu sprechen, wie ich es täte.

An seinem Waschlappen hatte er Riemen befestigt. Wie mit einer Bügelsäge schrubbte er sich damit den Rücken.

Ob ich Salzknabe ihm das Wasser trüben wollte, fragte er an der Waschrinne.

Zum Geburtstag schenkte mein Nachbar mir ein mit Unterhosentrikot umnähtes Pappbrillenetui. Es war so geräumig, daß ich neben Papier und Bleistift auch den Löffel darin unterbringen konnte. Für die Brille brauchte ich es nicht, da ich sie ständig trug.
Er reichte es mir mit den Worten: »Ich wünsch dir was.«
Am Abend wollte er mir das Buch *›Zwei Menschen‹* erzählen. Nur mit Mühe entging ich dem.

Im Mittelgang links unten, lag Alfred Linka, die »Taiga-Eule«. Ein Vertreter der Hohlwelt-Theorie.
Er erzählte in kleinem Kreis eine lange Geschichte aus Rußland, eine Liebesgeschichte wie von Puschkin. Er hatte sie selbst erlebt . . .
Es fing damit an, daß er ihr Brot und Zucker gab. Ihr ging's schlecht, die Familie hatte man erschossen. Auf dem Rückzug nahm er sie mit. Packte sie irgendwo unter. Sie wurde entdeckt und mußte zurückbleiben.
»Gott, wie konntest du das zulassen!« schrie er jäh und schüttelte sich im Weinkrampf.
Er verstand es übrigens, mit Wasserfarben fein zu malen. Russische Bauernkaten mit Bretterzaun und Sonnenblumen, ganz so, wie man sich das vorstellt.

Die deutsche Verwaltung gab vorgedruckte Briefbogen aus.

> »Untersuchungs- und Strafgefangene dürfen innerhalb von vier Wochen nur einmal Post empfangen, die in deutlicher Blockschrift geschrieben sein muß und

> nicht mehr als fünfzehn Zeilen umfassen darf. Fotos, Bilder und dgl. sind nicht beizulegen. Bei Nichtbeachtung der Anordnung wird Post nicht ausgehändigt . . .«

Während wir die Texte zirkelten, kam eine großartige Nachricht. Ab sofort durften Pakete empfangen werden. Pro Monat drei Kilo netto.
Man beglückwünschte sich: nun könne man es noch jahrelang aushalten.

Arbeitskreise wurden gebildet, die den »optimal günstigsten« Paketinhalt ersannen.
Prof. Säbel empfahl Kartoffelwalzmehl. Das habe einen hohen Kaloriengehalt und quelle in der Suppe auf.
Andere Fachleute waren für eine Milchpulver-Schmalz-Kombination.
Dazu entschloß ich mich. Ich schrieb an meine Schwester in Kopenhagen, sie solle auch noch Zucker dazulegen.

Die Jugendlichen wurden auf Saal 2 verlegt. Sie sollten der Beeinflussung durch die ältere Generation entzogen werden. Ehemalige Offiziere schaffte man in den Zentralkeller. Der Oberst brachte zum Abschied die Hoffnung zum Ausdruck, daß ich mich auch weiterhin meines »Herrn Vaters« würdig erwiese.
Der habe übrigens, das falle ihm jetzt erst ein, immer Tabak in seiner Pistolentasche gehabt. Und diese unmöglichen Ledergamaschen . . .

Ein Teil des Chors machte sich selbständig.

> »Wochenend und Sonnenschein
> und dann mit dir im Wald allein . . .«

Man prophezeite ihnen ein baldiges Ende, doch das war nicht der Fall. Als dann noch ein Mann auf den Saal kam, der wegen illegaler Herstellung eines Xylophons vierzehn Tage im Karzer gesessen hatte, entstand dem großen Chor eine lästige Konkurrenz. Der Xylophonbauer nämlich übernahm den Verein, nannte ihn den »Jocker-Klub« und warb mit zum Teil selbstgeschriebenen Schlagern zahlreiche gute Sänger ab.

Bester Sänger unseres Chors war Detlef Brunnée. Er stand in der letzten Reihe und gab mittels eines Zinkbechers den Ton an.
Auf Pappe hatte er Klavieroktaven gemalt. Darauf übte er Brahms.

Er mühte sich, mir theoretisch das Bratschespiel beizubringen. Er demonstrierte an einer Zeichnung, was Ober-, Mittel- und Unterbügel seien, wo Wirbel und Zargen säßen und was man unter dem Sattel zu verstehen habe.
Geiger gäb's wie Sand am Meer. Bratsche sollte ich lernen.

Abends beobachteten wir die Dohlen, die vom Dach des Kreuzbaues in die Kastanien zum Schlafen einsegelten. Die Plätze in den höchsten Zweigen waren die begehrtesten.
Manchmal schlugen Polizisten mit dem Gummiknüppel gegen den Stamm. Dann fuhren sie auf und begannen den Einflug von neuem.
Einmal sah ich eine Dohle aus dem auffliegenden Schwarm tot zu Boden fallen.

Detlefs Gesicht wies aristokratische Züge auf. Einfache Leute mochten ihn.
In der Nazizeit avancierte er zum Bannfahnenträger. Das sei die größte »Fahrne« Europas gewesen, sagte er.
Im Juli 44 pinselte er alle Bürgersteige mit Parolen voll. »Volk ans Gewehr.« Bis zum Schluß glaubte er an den Endsieg. Seine Eltern erschossen sich.
Ich zeichnete ihn. Mein Nachbar meinte, ich hätte ihn zu sehr idealisiert.

Auf der Zelle sei er zeitweilig wie ein Kleinkind gewesen. Da habe er mit drei Intelligenzbestien zusammengelegen. Sie hätten ihn füttern und zu Bett bringen müssen.
»Nu muß unser Lieb-klein-Baby aber snell slafen.«

Von fünfundvierzig bis achtundvierzig hatte er schon einmal gesessen. In der U-Haft fand er Nazibücher unter seiner Pritsche. Hitler in den Bergen, Hitler als Naturfreund, Hitler mit Kindern. — Er zerfetzte sie und warf sie nach und nach in den Kübel, dauernd in Angst, man könnte ihn erwischen.

Beim Verhör zogen sie ihm die Hosen stramm.
In der Nebenzelle lag ein junges Mädchen. Sie sang melancholische Lieder. Er versuchte sie aufzuheitern, aber vergeblich. Eines Nachts erdrosselte sie sich.
Draußen gingen die Leute zur Kirche, das konnte er von seinem Fenster aus beobachten.
Als Internierter arbeitete er in der Küche. Hin und wieder fuhr er mit dem Becher über die Suppe. Das war die reinste Fleischbrühe. Oder er fischte Margarinewürfel, die der Koch eben reingeworfen hatte, wieder raus. Aber das durfte keiner sehen.
Draußen warteten die Kameraden. Denen sollte er was zustecken.

Achtundvierzig wurde er entlassen. Die Bahnhofshalle war voll Menschen. Die hatten von den Entlassungen erfahren und erwarteten Angehörige.
Ein Mädchen, das er nur flüchtig kannte, schenkte ihm einen silbernen Löffel.
Sein Bruder wunderte sich, daß er ihn so braun gebrannt und wohlgenährt in die Arme schließen konnte. Er hatte schon Stärkungsmittel auf dem schwarzen Markt besorgt. Die konnte er nun selbst essen.

Das eine Jahr der Freiheit — sein »Urlaub« wie er es nannte — war unerschöpfliches Gesprächsthema.
Freunde, die *semper idem* mit einer brennenden Kerze an die Zimmerdecke schrieben, beiseite gingen und in die Nacht hinausstarrten ... Christina mit den ungleichen Augen ... im Hintergrund Musik.

An besonderen Tagen schrieben wir Gedichte und warfen sie uns in einer Mütze zu:

> »Sie blühen nicht in den Gassen
> und nicht an des Weges Rand,
> sie wollen sich suchen lassen
> von gleich-empfindender Hand:
> Mimosen.«

Drüben, hinter der Mauer, stand eine weiße Villa. Ein kleines Fenster, oben im Giebel, war oftmals erleuchtet. Somnia. Vielleicht wohnte dort ein Mensch wie wir?

Er schrieb nette, zweistimmige Lieder.
Zu seinem Kummer sang ich etwas unsauber. Ob ich das nicht hörte, ob ich taub sei?
Sonntags sang er mir Mozart-Sonaten vor.

Einmal wurde ich beim Rundgang rausgestellt. Ein Knopf meiner Jacke hatte offengestanden.
Ich rieb die Nase am Granit. Bei den Schlossern dudelte ein Grammophon:

> *»Anita, you lovely,*
> *the blue sky above me . . .«*

(Warnemünde 1940. Damals hielten wir ständig zwei Grammophone in Gang.)
Ich sei der Typ fürs Rausstellen, sagte Detlef. Er habe mich beobachtet, wie ich gelaufen sei, als mich der Polizist reinschickte. Wenn *er* Polizist wäre, würde er mich auch rausstellen.

Ab und zu balgten wir uns. »Die küssen sich immer«, sagte Klüßendorff zum Sektenmann.
Der Sektenmann war böse. Der Strohsackstaub rieselte ihm auf den Kopf. Er spannte sich einen Bettlakenhimmel. Der hielt allen Dreck ab.
Detlef war stark. Aber am Oberarm hatte er eine schmerzhafte Stelle. Dort lag angeblich ein Nerv »bloß«.
Manchmal schrie er gellend auf. Das tue er, um die Leute zu schockieren, sagte er.

Er spielte gut Schach.
Im Turnier machte er meistens den Zweiten. Das freute mich.
Auf der Ambulanz hatte er einen Freund. Mit dem sprach er Lateinisch. Zum Geburtstag flüsterte er ihm über den Medikamentenkasten gebeugt: »Gratulor tibi« zu.

Im Gegensatz zum aristokratischen Benehmen standen seine schmutzigen Füße. Schon zu Nazizeiten war ihm kraftvolles Waschen unter der Pumpe zuwider. Seine Taschentücher waren sehenswert.

Dann kamen die Pakete. Sie veränderten unser Leben.
Der Schiffseigner hatte es fertiggebracht, zwei Pakete auf einmal zu bekommen. Eine Woche später traf ein drittes ein. Er schichtete Schmalzpäckchen zu einem Turm.
Mein Nachbar klackste mir Talg in die Suppe. Wir beugten uns über die Schüssel und beobachteten das Zerschmelzen.
Die Morgensuppe mixte er mit Milchpulver, Zucker und Zimt. Zwei Wochen später gestand er, auf die Dauer könne er das nicht aushalten.
Detlef bekam Ostzonenpakete: Äpfel, Knäckebrot und Margarine. Sein Bruder war im Physikum.

Butter in Silberpapier, durchsichtige Seife, weiße Kunststoffbüchsen, Geheimratskäse und Lachsschinken: die Westpaketempfänger standen in hohem Ansehen.
Aus der DDR kam Magermilchpulver, das aussah wie gequollenes Packpapier. Die Wachtmeister konnten neidische Bemerkungen nicht immer unterdrücken. Mit Messern stachen sie überall rein. Der »MoH« machte es besonders gründlich.

»MoH« bedeutete »Mann ohne Herz«. Er sollte mal von sich gesagt haben: »Wenn ich durchs Torhaus gehe, lasse ich mein Herz draußen.«
Zuweilen vertrieb er sich die Zeit mit Privatfilzungen. Er wühlte systematisch. Hinterher ließ er es nicht an Bemühungen fehlen, die Plätze wieder in Ordnung zu bringen.

Kartoffelwalzmehl hatte sich niemand schicken lassen. Dafür angebissene Äpfel und benutzte Seife: kleine Grüße der Ehefrauen.

Im Westflügel kriegte einer 'ne ganze Kiste Palmin. Ob er damit einverstanden sei, daß man es nicht zurückschicke, sondern in der Lazarettküche verwende?
Der Jüngling mit der dunklen Brille, der mich ein Stück Beton genannt hatte, straffte sich zusehends. Er bekam von seiner Mutter Sportlermalz mit -zigtausend Kalorien.
»Das nehmen Weltrekordler ein«, sagte er.

Mein Auslandsbrief war zurückgehalten worden, deshalb kriegte ich keine Pakete. Bevor ich mich an einen Onkel in

Hamburg wenden konnte, mußte ich monatelang warten. Das Briefeschreiben wurde nämlich wegen Überlastung der Poststelle vorübergehend eingestellt.

Den Nicht-Paketempfängern bewilligte man einen Suppennachschlag.
Endlich erbarmte man sich auch Kossowskis. Mit seinen zwei Metern sammelte er bislang, von Koje zu Koje streichend, Kartoffelschalen ein. Der Volksmund nannte ihn deswegen »NSV-Schwein«.
Nun bekam er alles doppelt.
Ein Steinhauer protestierte. Er sei 1,96 Meter, wo da die Gerechtigkeit bleibe.

Eckstein ließ sich eine Dreiecksbadehose schicken, Kamm, Bürste und eine neue Brille. In der Hose machte er morgens Freiübungen. Die Leute sahen ihm zu.

Er überlegte die ganze Zeit, was der Unterschied zwischen »sympathisch« und »sympathetisch« sei. Aber da könne ich ihm natürlich auch nicht helfen. Bei »egoistisch« und »egotistisch« sei das einfacher.

Eines Tages stand Jonni vor der Tür und reichte mir eine halbe Speckseite. Das nachgewachsene Haar bauschte sich in riesiger Welle über seiner Stirn.
»Machen Sie's kurz«, sagte der Wachtmeister, der ihn aus Freundlichkeit rübergebracht hatte.
Ich solle die Ohren steifhalten und mich nicht unterkriegen lassen, riet Jonni und drückte mir die Hand.

Als meine Pakete endlich anrollten, bekam ich zunächst wie gewollt, dann in unerwünschter Regelmäßigkeit, Milchpulver, Zucker und Schmalz.
Ich konnte den Inhalt nicht umbestellen, weil das inzwischen verboten war. Und auf Andeutungen reagierten die Hamburger nicht.

Bertlas »Haferflöckchen« spurte. Er schrieb:

»Was macht Bert Camem?«

und prompt lag in seinem nächsten Paket eine Schachtel Ca-

membert.
In Backpflaumen empfing er Kautabak. Er hatte geschrieben: »Grüße H. NEWAK. ER arbeitet bei der Post.

Unser Zeug mußten wir abgeben. Dafür wurde graue Häftlingskleidung ausgeteilt, mit grünen Streifen an Hosenbeinen und Ärmeln.
Für die Antilopenschuhe meines Großvaters erhielt ich unförmige Holzpantinen.

Der Kammerbulle, ein kleiner SA-Mann, der stets ein Katzenfell gegen Rheuma trug, warf immer wieder seinen Bleistift hin: »Was kann ich denn dafür, denkste, mir macht's Spaß?«

Seit er in der Kleiderkammer residierte, brauchte man keine Angst mehr vor Kleiderappellen zu haben.

Der Spaziergang wurde zur Truppenparade. Bekannte fand man nicht mehr heraus.

Die Hosen hatten nur eine Tasche. Der Stoff war grob. Er roch nach Appretur.
Mein Nachbar ärgerte sich, weil die Streifen schief angenäht waren.
Nur eine Garnitur Unterwäsche behielten wir. Die trugen wir Tag und Nacht.

Kurz darauf wurden uns die Haare wieder geschoren.
Detlef war sehr unglücklich darüber. Er habe so eine seltsame Schädelform, sagte er.
Jonni signalisierte: »Scheiße!«

(In Wiesbaden hatte ich mir damals das Haar im Liegen schneiden lassen. Und hinterher gab's 'ne Gesichtsmassage mit Dampfkompressen und rotierender Gummischeibe.)

Dann bekamen wir einen richtigen Anstaltspfarrer. Er hieß Wolfgang Schubert und kam aus Berlin. Nicht-Paketempfänger setzten besondere Hoffnungen auf ihn.
Befremden lösten seine Manchesterhosen aus. So was kannte man bislang nur von Zimmerleuten.

Steckte er mit der VP unter einer Decke? Wie hätte er sonst unter vier Augen mit uns sprechen können?
Anfangs wollte keiner zu ihm gehen. Dann war der Andrang groß.

Mein Nachbar kam begeistert zurück. Was für ein Mann! Diese Augen! Und diese Ruhe ... Endlich mal einer, der einem zuhört.
Vom Konvertieren kam er ab. Jetzt wollte er Theologie studieren. Im Testament strich er bedeutsame Stellen an.
Die Hauptschwierigkeiten des Studiums lägen im Sprachlichen, sagte der Pfarrer zu ihm.

Ich sah im Traum ein Bild von Christus. Wie Hieronymus saß er in einem Holzschnitt-Kabäuschen. An den Wänden hingen Regale mit Kupferplatten.
Drunter stand in altertümlicher Schrift: *Christus als Kupferstecher.*
Der Priester, dem ich von diesem Traum erzählte, sagte: »Was man nicht alles träumt!«
Ein Diakon vermutete, es sei Christus, der in unsere Seelen schreibe wie mit einem Stichel.

Der Anstaltspfarrer gab mir über den Schreibtisch lächelnd die Hand und ließ mich in einem kalten Sessel Platz nehmen. Auf dem Tisch stand ein Aschenbecher mit einem gußeisernen Müller, der einen Mehlsack trug.
Man habe ihm die Gefangenenseelsorge an *allen* Strafanstalten übertragen. Er müsse sehen, wie er's schaffe. – Die Häftlinge lägen ihm in den Ohren, sie seien unschuldig. Das könne er nicht begreifen. Ob ich auch unschuldig sei?

Während unserer Unterhaltung klingelte das Telefon. Er nannte mich Klempowski.
Meine Wünsche trug er in ein Buch ein. Nach meiner Mutter wolle er gerne forschen. Ob das mit dem Paketinhalt so wichtig sei?
Dann reichte er mir die Hand. Am Finger trug er einen Amethyst. Er zog mich ein wenig zu sich hinüber, lächelte und ließ mich gehn.

Die Kirche wurde renoviert. Maurer dichteten einen Artille-

rie-Treffer ab, und Glaser besserten die Bleifenster mit bunten Scherben aus.
Von der Zahnambulanz aus konnte man Geigenspiel und Orgel hören. »Ich denke immer an Weißwein, wenn ich das höre«, sagte Detlef.

Beim Zahnarzt mußte man auf der Hut sein. Der eine der beiden Ärzte, der am linken Stuhl arbeitete, war in Ordnung. Der andere nicht. Der kuckte beim Bohren zum Fenster hinaus. Einem stach er mal die Injektionsnadel durch die Backe.
Der links, der sich Mühe gab, konservierte meine Ruine. Er wunderte sich, was er aus dem Loch alles herausholte.

Pfarrer Schubert entfaltete eine rege Tätigkeit. Er machte unsern Chor zum Kirchenchor. Der Verwaltung genehmigte feste Übungszeiten und hin und wieder eine Kirchenprobe.
Bertla vervielfältigte auf Lokuspapier Sätze aus dem ›*Kaiserliederbuch*‹.

> ». . . wer trägt der Himmel unzählbare Sterne,
> wer führt die Sonn' aus ihrem Zelt?«

»Ja, ja, der Gellert«, erinnerte sich Eckstein, »der hat dem Goethe immer die Seminararbeiten mit roter Tinte korrigiert.«

Dienstags und freitags war Probe im Saalbüro.
»Laßt euch nicht stören«, sagte der Saalälteste, wenn er Seife oder Aufwischlappen holte.
Ich stellte mich zum 1. Baß. Neben mir Manfred Knoke, dem Haare aus den Ohren sprossen. Als Knabe hatte er im St.-Hedwigs-Chor gesungen.

Vom ›*Ave verum*‹ konnte er alle Stimmen auswendig. Wenn er mal wieder auf einer Zelle landete, wollte er es den Kameraden beibringen.
In der Pause sagte er: »Du singst aber recht kräftig.«

Für illegale Meßfeiern stellte er aus Rosinen Abendmahlwein her.

Bertlas Anweisungen waren einfach. »Vorne singen wir

leise«, sagte er, »und hinten laut.«
In den Pausen erzählte er vom Sängerfest in Breslau. Tausende hätten das *›Ännchen von Tharau‹* gesungen. Der Dirigent habe auf einem hölzernen Turm gestanden.
Eckstein wußte zu melden, daß das Lied ursprünglich *›Anke von Tharau‹* geheißen und kein Geringerer als Gottfried Herder es ins Hochdeutsche übertragen habe.

Die Bässe waren schwerfällig. Wenn eben Bertla die Stricknadel zum Einsatz hob, fragten sie:
»Wo ist es, bitte? Wie? Was sollen wir singen?«
Anders die Tenöre. Die waren immer im Bilde. Die wollten am liebsten gar keine Pause haben, drängelten, daß es weitergehe. Von zu Haus ließen sie sich Schals schicken, und die Noten nahmen sie mit auf die Pritsche.
In die Mittelstimmen kam der Schrott. Die waren's gewesen, wenn etwas nicht klappte.

Bertlas Einsatzgeben war immer nur vorläufig. Stets brach er nach wenigen Takten ab. So gehe es nicht! Das müßten wir einsehen.
Dann hob er die Stricknadel, und nun ging's ohne Unterbrechung fort.

Zum Weihnachtsfest übten wir *›Heilge Nacht, o gieße du . . .‹*, eine für Männerchor arrangierte Stelle aus einer Beethoven-Sonate.

> »Harfentöne lind und süß
> weh'n mir zarte Lüfte her . . .«

Während der Stimmproben bastelte der Saalschreiber, der sonst mit Wäschelisten beschäftigt war, aus Kartons und Buntpapier Transparente mit Maria und Josef.
Er führte die Saalkartei. Mich machte er zum Musikstudenten und Detlef zum Mediziner.
»Vielleicht sollte ich wirklich Medizin studieren«, sagte Detlef.

Kurz vorm Fest wischte das Arbeitskommando die Pritschen mit Desinfektionslösung ab. Das gab ein widerwärtiges Durcheinander. Man schob sich durch die Gänge und wußte nicht wohin. Überall Staub und Dreck.
Der Sinn dieser Aktion schien fragwürdig. Vor Weihnachten rechnete jedermann mit einer Großamnestie bisher nicht gekannten Ausmaßes.

Tagelang liefen Vorbereitungen für eine allgemeine Fresserei. Ein Konditor, Maria mit Vornamen, stellte Torten aus Schwarzbrotkrümeln, Marmelade und Buttercreme her. Die Schaulustigen unterhielt er auf drollige Weise.
»Fünftausend Stollen hab ich jedes Jahr gebacken. Und meine Frau klitschte sich immer selbst was zusammen.«
Um Puderzucker zu gewinnen, hatte er zwei Mann angestellt, die Kristallzucker zwischen Schüsseln zerquetschten. Das quietschte.
Die fertige Creme wurde auf verschiedene Art gewürzt. Vanille, Zimt und Zitronen hatte man sich rechtzeitig schicken lassen.
Obendrauf spritzt er mit einer Tüte Verzierungen.

Jeder Saal kriegte einen Weihnachtsbaum.

»O Schutzgeist, alles Schönen,
steig hernieder!«

Erzgebirglern war es überlassen, ihn auf heimatgerechte Weise auszuschmücken.
Der Saalälteste probierte den günstigsten Platz fürs Redehalten aus, und der Schreiber hängte seine Ampel unter die Lampe.

Am Dreiundzwanzigsten war letzte Paketausgabe. Die Polizisten piekten mit Honigmessern in die Wurst und fetzten Tannenzweige fort.
Überall wurde geschrubbt und gewischt. Mein Nachbar las in der Bibel.

Der Kaffee kam früh. Jeder kriegte einen halben Stollen. Für den ersten Feiertag war Kasseler mit Rotkohl angesagt.
Bevor sich die Leute über ihre Leckereien hermachten, hielt

der Saalälteste seine Rede. Die Zeit sei Mahnung und Verpflichtung ... einmal komme auch für uns der Tag ... im übrigen hoffe und wünsche er ...
Dazu sang der Chor. Er sang in Unterhosen, denn die Oberbekleidung war bereits abgegeben worden. Bertla trug eine Hemdhose mit langen Armen und Beinen. Hinten hatte sie einen Schlitz.
Von andern Sälen hörten wir es wie ein Echo auf unseren Gesang:

»... Christ, der Retter, ist da.«

Ein ehemaliger Exportkaufmann, dessen Tochter nun Blechnerin war, machte den Weihnachtsmann. Er verteilte Julklappgeschenke:

»... teurer Arthur, komm mal her,
dieses hier, das schickt dir wer ...«

Wenig später platschte es: jemand kotzte an die Lokustür.

Von Detlef bekam ich Wurstwürfel. Wir verzehrten sie gemeinsam. Er hatte sich eine Stimmgabel, eine *forca stimmicum*, wie er sagte, schicken lassen. Die probierte er aus. Jedem, der vorbeikam, hielt er sie ans Ohr. Daneben zum Vergleich eine zweite, die 432 Schwingungen hatte. Nur wenige fanden den Unterschied heraus.

Das frühe Zubettgehen ärgerte ihn. Er würde so gern mal eine ganze Nacht aufbleiben ...
Was man draußen nicht alles in einer halben Stunde erledige! Einen Brief schreiben, zur Post laufen, den Hund ausführen, Blumen kaufen, mit Bekannten sprechen ...
Und hier? Was sei schon eine halbe Stunde!
Zwei Stunden vor der Essenausgabe besuchte man niemand mehr. Da lohnte es nicht, noch ein Gespräch anzufangen.

Am ersten Feiertag wurden vormittags drei und nachmittags zwei Gottesdienste gehalten. VP-Meister Bitterlich schrie: »Nähmse de Hände von'n Orsche!«
Neben dem Altar zwei große Weihnachtsbäume. Polizisten daneben, den Gummiknüppel in der Faust. Darüber, auf Balkonen, Offiziere, in wichtigen Gesprächen.
Wir hockten voneinander getrennt, ein jeder für sich in einem

Käfterchen. Wenn man sich auf den Klappsitz setzte, zog man eine Tür hinter sich zu.

Der erste Gottesdienst war heilige Messe. Ein Priester, 1,90 m groß und über siebzig, war aus der Stadt gekommen. Die Gefangenen erhoben sich, als er in die Kirche trat, die Sitze knallten.

> »Hier liegt vor deiner Majestät
> im Staub die Christenschar ...«

Rauh schleppend entfaltete sich der Männergesang. Der alte Priester schlug das Kreuz, als müsse er etwas beiseite schieben.

Die nächsten beiden Gottesdienste hielt unser Anstaltspfarrer. Er rückte sein Bäffchen zurecht und nickte uns zu.
Der Chor sang, als müsse er um Hilfe schreien. »Stimmen schonen!« riet Bertla und ließ die Stricknadel kreisen.
Noch nie habe er so viel Haß gesehen wie in dieser Anstalt, sagte der Pfarrer. Er bäte uns, auch im Wachtmeister den Nächsten zu sehen.
Nach dem Segen stellte er sich neben die Tür und sprach mit den Gefangenen, die die Kirche durch ein schmiedeeisernes Gitter verließen, hinter sich die Orgel, auf der Franz Reik, der Organist, Phantasien über ›*Tannhäuser*‹ spielte.

Erschöpft und heiser kehrten wir auf den Saal zurück. Mein Nachbar hatte das Essen warm gestellt, eine Scheibe Kasseler mit Grünkohl.
Die Knastrologen schimpften auf den Pfarrer. »Wir solln uns wohl noch bedanken, daß wir hier sitzen?«
Uns nannten sie »Niemöller-Knechte«.

Für die Nachmittags-Gottesdienste kam ein anderer Pfarrer, ein Sachse. Während wir sangen, blätterte er in seinen Notizen.
Mehrmals rezitierte er lange Gedichte. Die habe ein kranker Junge auf dem Totenbett geschrieben. In der Christnacht.

Den bunten Abend belebte ein Berliner Drogist mit Chansons aus den zwanziger Jahren.

»Auf der Chaiselongue
so bon . . .«

Von Pleureusen kam da was drin vor.
Weil er »Span« hieß und sich ungern wusch, wurde er das »Spanferkel« genannt. In früheren Jahren tauschte er sein Brot gegen Salz. Er wollte Wasser kriegen.

Größte Attraktion war ein Witzeerzähler.
Was ein Buckliger zum Stotterer sagt, wie junge Väter aufs Kinderkriegen reagieren, Besoffene an der Litfaßsäule und immer zwischendurch:
»Nee, paßt mal auf, kommt gleich . . .«

Danach sangen die Jockers:

»Es war an einem Frühlingstag
im sonnigen Sorrent
ein junges Mädchen und ein junger Mann.«

Einer hatte einen Pappschlagbaß in der Hand und zupfte: dum-dum-dum an Bindfadensaiten.
Hin und wieder entnahm er seinem Instrument eine Flasche und tat so, als genehmige er sich einen kräftigen Schluck.

Der Tätowierte machte nicht mit.
»Ich bin doch kein Kloon«, sagte er. »Ich mach mir doch nich lächerlich.«
Aber Eckstein. Der gab mit verkehrtrum aufgesetzter Gefangenenmütze Selbstgespräche eines angeheiterten Häftlings zum besten. Allerdings kam die Sache nicht in Fluß. Vielleicht hatte er angenommen, ihm würde schon das rechte einfallen, wenn er erst mal da oben stünde.

Verzückt betrachtete Dr. Klaas den Weihnachtsbaum. Er bedauerte, daß man die Papiersterne, die er für unersetzliche Kunstwerke hielt, nicht würde mit hinausnehmen können.

Detlef hatte Tabak besorgt. Wir schlichen uns mit dem Arbeitskommando hinaus. Ich hatte die ganze Zeit Angst, entdeckt zu werden.
Hinterher war die Peristaltik angeregt.

Im Waschraum sackte einer tot zusammen.
Medizinstudent Riedel stellte Wiederbelebungsversuche an. Das Herz funktioniere nach dem Alles-oder-nichts-Gesetz, sagte er, da sei nichts zu machen. Nun habe er ihn wohl zu Tode gequält, sagte VP-Meister Bitterlich zu ihm.
Mein Nachbar war aufgeregt. Er wußte nicht, wer da eigentlich gestorben war, konnte sich das Gesicht nicht vorstellen.
Die Träger kamen. Einer schrie »Achtung!« Wir sprangen von den Pritschen und sahen ihm schweigend nach.

Am Neujahrstag schüttelten sich 400 Mann die Hand. Jeder wünschte dem andern ein glückliches, gesegnetes und vor allem gesundes neues Jahr. Beileibe kein »frohes«, denn: »Froh kann mer hier drinne ja nicht sein.«
Eifrige gingen um null Uhr von Pritsche zu Pritsche und sagten »Prost Neujahr!«

Medizinstudent Riedel gab auf Wunsch Schnalzlaute von sich. Das nannte er »Suaheli«. Verlangte man Kisuaheli, rülpste er dazu.

9

Im Januar einundfünfzig bereicherte Eckstein das Kulturleben durch Aufhängen eines Fragekastens. Was eine Untiefe sei oder eine Binsenwahrheit? Jeder habe doch sicher etwas auf dem Herzen und: Wer gebe nicht gern Auskunft?
Einmal die Woche verlasen Oberschüler oder Studenten die Fragezettel. Sie riefen zur Beantwortung auf und ordneten das darauffolgende Palaver.
In Zweifelsfällen sprang Eckstein ihnen bei. Er wußte, wie man Chodowiecki ausspricht und daß »Karat« was mit den Früchten des Johannisbrotbaumes zu tun hat.
Zuweilen unterliefen ihm jedoch arge Schnitzer. »Margarine« hänge mit »Marginalien« zusammen, mit Dingen also, die mehr am Rande lägen, meinte er.
Und »verballhornen« bedeute, jemandem sozusagen verbal Hörner aufzusetzen.

Nach Musen und Weltwundern wurde immer wieder geforscht. Desgleichen nach den Staaten von Nordamerika.
Einer fragte mal, wer von zweien nervöser sei: derjenige, der auf einem Karton trommle, oder der, der's nicht aushalten könne.
Ich erkundigte mich nach Antofagasta. Oder heiße es Autofagasta?

Eckstein betrieb Expansion. Das Fensterbrett vor seiner Koje und die Heizung belegte er mit Beschlag.
Der »Sohn des Sohnes«, der mit ihm einen Streit hatte, behauptete, Eckstein selbst werfe mitunter Fragen in den Kasten, um am nächsten Tag mit Spezialwissen zu glänzen.
Zu denen, die beim Beantworten der Fragen nimmermüden Eifer zeigten, gehörte Neulehrer Föthes.

Da er einen überlangen Penis hatte, nannten sie ihn »Riemenschneider«.

Mimosen, nach denen gefragt wurde, kenne er zwar nicht, sagte er, aber Aaronstäbe, die kenne er. Die habe er vor dem Krieg im Riesengebirge gefunden, in großer Zahl.
Das Zitat »Ruhe ist die erste Bürgerpflicht« hielt er für einen Paragraphen des BGB. Wenn die Wiedervereinigung komme, werde er sicher Schulrat.

Lebhaft wurde Auskunft über Intimes erbeten. Ob es eine Penisfraktur gebe zum Beispiel, und was ein spanischer Kragen sei.
Hier ließ sich Medizinstudent Riedel hören. Der Uterus habe die Form einer Birne, sagte er und formte ihn mit den Händen nach. Wenn man seine Frau so recht von Herzen lieb habe, dürfe man auch mal ein bißchen pervers sein. Die folgenden Spielarten sexuell abnormen Verhaltens gälte es zu beachten ...
Ob man Nahrungsmittel auch von hinten zu sich nehmen könne? Das sei ihm nicht bekannt.

Das Vortragswesen krankte an Nachwuchsmangel. Immer häufiger kamen Leute zu Wort, die eigentlich nichts zu bieten hatten.
Zum Beispiel kritisierte Oberschüler Willkowski Fingernägel kauend eine Buchkritik, die er draußen mal gelesen hatte. Da wir weder Buch noch Kritik kannten, fiel es uns schwer, dem Vortrag zu folgen.

Gern lauschte ich dem »Grafen de la Sierra«, der mit fremdländischem Akzent von einer Weltreise berichtete, auf der er von goldenen Tellern diniert haben wollte.
Zuzeiten, da man noch Zivil trug, fiel er durch eine vollständige Ami-Uniform auf. Ein KZ-Häftling im Haus II schwor, von ihm in Dachau befreit worden zu sein.
Über seine Geschichten mußte ich immer wieder lachen. Das nahm er mir übel — zu meinem Schaden, wie sich später herausstellte.

»Caruso ölte seine Stimme mit Ei ...« so begann ein Drehbleistiftvertreter seinen Vortrag. Dann kam er irgendwie auf die Unwirtschaftlichkeit gewöhnlicher Bleistifte: Kaum halb verbraucht, werfe man sie fort. Ob ihm jemand einen Gegenstand nennen könne, der ähnlich unrentabel wie ein Blei-

stift sei? Dem wollte er sein Frühstück vermachen.
Als Vertreter reiste er mit einer Zigarrenkiste voll Bleistiftstummel durch das Land.

Seine Frau reichte ein Gnadengesuch ein. Als Sonderführer habe er sich in Rußland doch immer so gut betragen ...
Was sie nicht ahnen konnte: Seine Tätigkeit als Sonderführer war der Verwaltung bis dato unbekannt geblieben. Nun wurde er nachverurteilt, nun kriegte er »Lebenslänglich«.

Anregend waren Diskussionen. Ob Jazz Kunst sei? Ob der Schlager als Volkslied unserer Zeit bezeichnet werden könne? Ob Jugendliteratur nach K. May überhaupt noch möglich sei?
»Ich bin nicht für die Nazis!« ereiferte sich Föthes. »Aber wenn man uns schon eine Weltanschauung nimmt, dann soll man uns dafür auch eine wiedergeben.«

Ein erzgebirglerischer Kantor, der sich selbst einen Bauch- und Schwanzmenschen nannte, veranstaltete einen Harmonielehre-Kursus.
»Fritz aß Citronen-Eis.«
Ganze Noten bezeichnete er als einen Kuchen, den man halbieren und vierteln könne.
Im Traum schrie er mal derartig laut um Hilfe, daß sich sein Nachbar sofort in die Hosen machte. Anschließend ging der halbe Saal pinkeln.

Die Hörerzahl schrumpfte rasch. Von 60 überlebten sieben. Ich gehörte zu den letzten. Er ließ nicht ab von mir. Wo ich mich auch verbarg, er spürte mich auf.

Detlef machte das Gelernte dem unter Notenmangel leidenden Chor nutzbar. Er vertonte ein Gedicht von Oberschüler Willkowski, das mit den Worten »Gürtet die Lenden ...« begann.
Bertla gab auf den Notenblättern Beethoven als Komponisten und Hölderlin als Dichter an.
Eckstein schüttelte den Kopf; der Verfasser dieses Gedichts habe mit Hölderlin zweifellos nur die geistige Umnachtung gemein.
Darauf verhüllte Willkowski sein Haupt und stieg wochenlang nicht mehr von seiner Pritsche herunter.

Unter der Leitung des Kantors fand sich ein erzgebirglerischer Heimatchor zusammen. Heiterkeit erregte das Schwammerllied:

»Jo die Schwammerl, Schwammerl, Schwammerl, die [sein gut!
Iß mehr Schwammerl und du sparst das teire Brut!«

Dazu machten sie Bewegungen, als hantierten sie mit Spinnrädern.
Diese Erzgebirgler – man hatte das Gefühl, sie seien doch bessere Menschen.

Der einzige Bayer des Saals sang auf einem rasch organisierten Heimatabend ein Lied, von dem ich immer nur »Wildsau« verstand.
Die Fremdartigkeit seiner Darbietung sicherte ihm starken Applaus. Man bedauerte nur, daß er als Westdeutscher im popeligen Osten sitzen müsse.
Willkowski rezitierte eine Ballade seiner Landsmännin Agnes Miegel, und Eckstein hielt einen Vortrag über den deutschen Sprachleib, der ohne Dialekte ein Leichnam sei.

Günther, mein Nachbar, machte sich Gedanken über seine Zukunft. An schlechten Tagen war er fest entschlossen, als Leuchtturmwärter auf eine Insel zu gehen. Weitab vom Getriebe der Menschen.
Vom Theologiestudium war er inzwischen abgekommen.

Er bedauerte es, daß im Knast ein klösterlich-gemeinsames Leben nicht möglich sei. Es könnte doch alles so schön sein . . .
Zu seinem Geburtstag gab er ein Kränzchen für Kriegskameraden. Sie brachten Kekse mit. Als alte Landser kurvten sie mit den Händen durch die Luft und ahmten – »tack-tack-tack« – Luftkämpfe nach.
Einer ließ uns an seiner herausgefallenen Zahnkrone riechen.

Sie mißbilligten, daß ich draußen nur noch Weißbrot essen wollte. Und als ich dann gar äußerte, ich würde meiner Frau auf keinen Fall beim Abwasch helfen, schnitten sie mich tagelang.

»Da wirst du dich noch ganz schön umstellen müssen«, sagten sie.

Mein Kopfnachbar beschäftigte sich mit dem Sezieren von Insekten. Flügel und Beine ordnete er auf weißen Tüchern, so als wollte er sie nachher wieder zusammensetzen.
Manchmal legte er sich Zuckerstückchen auf den Schwanz. Hatte er einen kleinen Vorrat beisammen, verschenkte er sie an Vorübergehende, die sich verwundert bedankten.

Es ging eine widerliche Wärme von ihm aus. Nachts legte er seinen Arm um mich.
Ab und zu riß er mir mein zur Nachtruhe sorgsam vorbereitetes Bett ein, wenn ich eben noch mal zum Klo lief. Das ärgerte mich, denn die Minuten bis zum Einsetzen des allgemeinen Schnarchens waren kostbar.

Ein Architekt veranstaltete mit uns den Warschegg-Zeichen-Test. Föthes stellte die Zeichnungen unter das Thema: Hoch auf dem gelben Wagen. Mal sah er die Peitsche des Schwagers und mal das Horn.
»Aber der Wagen, der rollt!« schrieb er in tadelloser Normschrift drunter.

Willkowskis Deutungen waren finster. Er sähe etwas Dunkles, dem er nicht entrinnen könne, sagte er.

Mit der Zeit kam der »humane demokratische Strafvollzug« in Gang. Die Belegschaft wurde von acht- auf sechstausend herabgesetzt, die strenge Aufsicht gemildert.
Alle Vierteljahr durfte sogar Besuch empfangen werden. Die Angehörigen brachten Pakete mit. Blumensträuße mußten sie jedoch wieder einpacken.

Einer schrie in der ersten Minute alles heraus, kaum daß seine Frau – sie war 300 km gefahren, um ihn eine halbe Stunde sprechen zu können – ihm guten Tag gesagt hatte. »Tbc!« rief er. »Tbc! Alles voll Tbc! Und keine Arbeit, das hält ja kein Mensch aus!« Sie solle der Welt sagen, daß wir litten.
Frau und Wachtmeister bemühten sich gemeinsam um den Rasenden. Dann ging's ab in den Karzer.

Gegenüber den ersten, die Besuch bekamen, waren die Knastrologen noch zurückhaltend.
Das änderte sich schnell. Bald bestürmten sie jeden, der vom Besuchsempfang zurückkam, und verlangten sofort neueste Amnestieparolen.

In Restaurants und Zügen machten sich die Angehörigen miteinander bekannt. Immer häufiger waren in Briefen eigenartige Grußformeln zu lesen. Häftlinge schlossen sich in die Arme: ihre Frauen hatten sich gefunden.
Von Zeit zu Zeit zeigten sich sommerliche Kleider am fernen Waldrand, drüben, in der Nähe der gesprengten Autobahnbrücke. Es wurde mit Tüchern gewinkt.
Dort mußte auch der Karnickelberg liegen, von dem alle Knastrologen raunten, es sei der Berg, auf dem Tausende von Toten lägen.

Sonderbare Geschäfte wurden mit Nicht-Paketempfängern gemacht. Wohlhabende Häftlinge vermittelten Pakete gegen halbe-halbe.
Aus den Paketen suchten sie sich dann das Beste heraus und sagten: »Das hat meine Frau natürlich *mir* geschickt.«

Der Architekt ritzte auf einen Blechknopf geheime Nachrichten. Den drückte er seinem Vater in die Hand.
Im nächsten Paket hatte er Würfelzucker in gefälschter Pakkung. Statt einer Gebrauchsanweisung waren Mitteilungen über Amnestieaussichten draufgedruckt. Von Westdeutschland hieß es, die Uneinigkeit wachse.

An Stelle sehnlichst erwarteter Ehefrauen kamen leider auch Scheidungsanwälte.
»Meiner lieben Frau zum zehnjährigen Hochzeitstag.« Dieser Spruch wurde nur halb ausgestickt. Die Scheidung kam dazwischen.

Vollmer, ein zahnloser Jurist, setzte gegen Naturalien amtliche Schriftstücke auf.
Er hatte eine Tante in Dänemark. Dauernd drängte er mich, wir müßten unsere Leute draußen mal zusammenbringen.

Er war umlagert von jungen Leuten. Denen gab er den Glau-

ben an Deutschland wieder.
Wenn er rauskomme, wolle er jedes Jahr an die dänische Grenze fahren und seinem Jungen Deutschlands Schande zeigen.
»Da sieh hinüber, Junge«, würde er sagen, »das ist deutsches Land, das holen wir uns noch mal wieder.«

Für Saaldichter war der Besuchsempfang eine gute Anregung: Die Tür, die sich zunächst einen kleinen Spalt öffnet, die in Tränen erstickte Mutter, ihre verhärmten Hände und so weiter.

Zum angesehensten Dichter des Saales reifte Willkowski heran.
Seitdem er dichtete, nahmen Freunde an ihm zunehmende Gleichgültigkeit gegen sein Äußeres wahr. Sein Blick glitt in die Ferne. Nachts saß er am offenen Fenster und lauschte den Geräuschen der Siedlung.
Seine Gedichte, die er mit Blumen, Schmetterlingen und Vögeln anreicherte, registrierte er unter »Opus«. Dr. Klaas erbot sich, sie auswendig zu lernen, um sie für die Nachwelt zu retten.

»Opus 43

Durch Sonnenglut der Sommerstille
wehn zarte Spinnenschleier her.
Am Rain der bunten Blumen Fülle,
mein blutend Herz ist schwer.

Mein Herz ist schwer, es leidet lange,
weil es der trauten Heimat mißt.
O Welt, mir ist um dich sehr bange,
da du der Menschlichkeit vergißt.«

Manches seiner Werke schrieb er nach Hause. Beim Spaziergang sah man ihn am Pult stehen und mit dem Wachtmeister, einem ehemaligen Steinbrucharbeiter, diskutieren. Der Polizist, der die Schuhe ausgezogen hatte und die Füße an den Stuhlbeinen rieb, versicherte ihm wiederholt, daß er die Gedichte für ausgezeichnet halte.
Das war dem Ansehen des Dichters förderlich.

Auf ängstliche Fragen seiner Mutter, was bloß aus ihm werden solle, antwortete er besänftigend. Das Leben sei für ihn so ganz anders geworden, um so vieles reicher, tiefer und bewußter . . .

Auf Rezitationsabenden wurde sein Gittergedicht verlesen.

»Sieben schwarze Stäbe!
Als ob es keinen Menschen gäbe!
Sie hindern meinen Blick,
bestimmen mein Geschick:
Sieben schwarze Stäbe.

Sieben schwarze Stäbe!
Als ob ich hier noch lebe!
Die Kinder warten bang,
die Zeit wird mir so lang:
Sieben schwarze Stäbe!

Sieben schwarze Stäbe!
Ob ich den Tag erlebe,
den Tag, an dem ich frei?
O schwarze Melodei:
Sieben schwarze Stäbe!«

Drei Knastrologen sagten es auf, jeder eine Strophe. Sie reichten einander die Hand.

Das Gitter war vorherrschendes Motiv der Knastdichtung. Es wurde »Netzwerk« oder »Silberzaun« benannt. »Stahlsieb« oder »Drahtgeweb«.

»Du Blau des Himmels,
das du mir
von queren Stäben
viergeteilt . . .
Und wieder auch
von sieben Vertikalen
so zerhackt,
daß nun die Welt
an Flächen zweiunddreißighaft
elend geschändet . . .«

Einer versuchte, das Gitter gar als Schneidzeug eines Fleischwolfs zu beschreiben, durch das sich seine Seele presse.

Immer wieder nahm ich mir vor, einmal einen ganzen Tag auf dem Sack zu liegen. Draußen würde man das nicht können.

Daraus wurde nichts. Immer hatte man was zu erledigen.

Es wurde auch Prosa geplant. Der Tod des Studenten Abromeit in Haus III, dem die Pfleger Schneeglöckchen in die gefalteten Hände steckten.
Leidenschaftslos und unterkühlt müßte das gebracht werden. Natürlich unter Pseudonym, sonst landete man eines Tages, wenn es mal andersrum komme, wieder im Gefängnis. Einband aus Sandpapier mit eingestanztem Guckloch. Titel »Gitterdämmerung«.

Sollte man ein solches Buch mit Illustrationen versehen?
Warum nicht, meinten die einen. Kein Mensch könne sich vorstellen, was wir hier auszuhalten haben.
Bilder habe ein Text, wenn er gut sei, eigentlich nicht nötig, sagte Eckstein.

Die Bibliothek wurde eröffnet. Fortan unterschied man zwischen Büchern, die man draußen und solchen, die man drinnen gelesen hatte. Der Knastlektüre wurde ein geringerer Bildungswert zugeschrieben.
Meinen rechten Nachbarn, den Fliegensezierer, fragte ich, ob ich mal ins ›*Purgatorium*‹ reinschauen dürfe.
»Junge, geh scheißen, du hast dicke Augen«, antwortete er.

Es waren sehr gute Sachen darunter. Eine erstklassige Schrift über modernes Bauen aus den zwanziger Jahren von einem Menschen namens Fix oder so ähnlich. Er schlug Schreibtische aus Beton vor.
Mit meinen Freunden tauschte ich die zugeteilten Bände aus. Wir lasen mit rasender Geschwindigkeit, weil wir dachten, die Entlassung komme dazwischen.
Ich überflog auf diese Weise Shakespeare-Dramen, Gottfried Keller, Tolstoj und die ›*Genesis*‹ von Harnack.

Tolstojs ›*Krieg und Frieden*‹ las ich dreimal.

Leichtere Romane wurden vorgelesen. Zum Beispiel der *›Glöckner von Notre Dame‹*. Da gab es kein Entrinnen, man war dem ausgeliefert, man mußte zuhören. Wollte man sich ein wenig unterhalten, wurde man mit Prügel bedroht.
Die Nacherzählung des *›Glöckners‹* durch Maitre Corbeau, damals, 1949, hatte mir besser gefallen als das Original.
Eine Gruppe las den *›Don Carlos‹* mit verteilten Rollen. Frauen-Texte wurden mit Fistelstimme wiedergegeben.

Eckstein bat, der Anstalt seine eigene Bibliothek schenken zu dürfen. Das Gesuch wurde abgelehnt.

Vom Somnia-Fenster nahm ich mittlerweile an, daß es zum Treppenhaus gehöre. Die Berge, die wilhelminischen Villen, das stundenlange Getrappel der Spaziergänger – es war immer dasselbe.
Sonnabends paßte ich auf. Da wurden die Alten von den Außenbaracken zum Baden getrieben. Rotzend schleppten sie sich über den Hof. Der Staub wirbelte hoch auf von ihrem Schlurfen. Auf dem Wachtturm Maschinenpistolen: Szenen für einen KZ-Film.

Toll trieb es »Phiole«, ein fetter Mensch, der angab, nur schleichend gehen zu können. Von zwei auf ihn einbrüllenden Wachtmeistern eskortiert, langte er erst im Kreuzbau an, wenn alles bereits fertig gebadet hatte.
Bei jeder Haarschneideaktion inszenierte er einen großen Rummel. Den Knastrologen verbot er jede Berührung, und zu den Wachtmeistern sagte er: »Faßt mich nicht an! Ich verklag euch wegen Körperverletzung. Ich kenn euch alle, ich werde keinen vergessen.«

Die Werkstätten wurden vergrößert. In der Tischlerei arbeiteten 50 Mann, in der Schlosserei 70. Mittags standen die Arbeiter in verstaubten Uniformen auf dem Hof und rauchten. Detlef sollte in die Inventarverwaltung kommen. Ein Freund hatte ihn angefordert. Das war ein ruhiges Kommando, reine Schreibtischarbeit.
Die Sangesbrüder wurden nervös. Bertla drang in ihn: Du bleibst doch hier?

Das empfand er als Beleidigung. Ob sie wirklich glaubten, er lasse sie im Stich?

Trotz »humanen Strafvollzugs« wurde die Verpflegung auf Trockenkohl umgestellt. Morgens kamen ungenießbare Brot- und Roggenmehlsuppen.
Im Trockenkohl schwammen Kaldaunen und Maden. Die Köche banden sich beim Abladen der Fleischfässer Tücher vor die Nase.
Ab und zu gab es mal rohes Sauerkraut. Der »Sohn des Sohnes« tauschte es bei mir gegen Brühwürfel ein. Er habe zuwenig Magensäure, sagte er.

Ein kontrollierender Häftlingsarzt wagte aufzumucken.
»Das würde ich nicht einmal meiner Katze zu fressen geben«, schrieb er ins Küchenbuch, nachdem er in die Kessel geguckt hatte.
Er wurde sofort abgelöst.
»Endlich mal einer von die Scheiß-Akademiker, der's Maul aufmacht . . .« sagten die Knastrologen.

Die Roggenmehlsuppe ging meistens so wieder raus, wie sie reingekommen war. Man sang:

»O dieser Wüstensand
wird wahrhaft wüst genannt,
denn in der Wüste fand
man ihn zuerst!«

Jonni hätte gesagt: »Det schmeckt wie Knüppel uff'n Kopp.«
Aber zu hungern brauchte keiner mehr. Die Kaltverpflegung wurde aufgebessert. Es gab mehr Margarine und ab und zu Wurst. Brot nach Belieben. Im übrigen lebte man von Paket zu Paket.
Ich hätte gern ein Viertel Jagdwurst auf die Faust gehabt. *Mit* Knoblauch natürlich.

Mein erzgebirglerischer Nachbar hatte die Hungerei noch nicht vergessen. Er faßte immer doppelte Portion. Auch Trockenkohl.

Zum Glück besaß ich etliche Beutel bestes West-Milchpulver.

So oft als möglich tauschte ich mir dafür Brühwürfel ein. Die lutschte ich wie Bonbons.

Der »Sohn des Sohnes« sah aus wie ein Engerling. Auf der Nase hatte er Mitesser, die hätte ich ihm gern rausgedrückt. Sein Vater, ob ihm der nicht helfen könne? Der sei doch ein hohes Tier . . .
Sein Vater? Der? Nein, Gott bewahre. Im Krieg habe er ihn gedrängt, doch ja zur SS zu gehen. Damals sei er gut genug gewesen. Und nun sitze er hier. Nein, von seinem Vater habe er sich losgesagt.

Jeden Monat knobelte die Verwaltung neue Paketverordnungen aus. Mal durfte kein Würfelzucker empfangen werden, dann wieder keine ungeknackten Nüsse.
Schließlich gab es ganz neue Vorschriften:

> »In den Terminpaketen dürfen nur Fleisch- und Wurstwaren, Tier- und Pflanzenfette sowie Zucker (keine Bonbons) und Käse geschickt werden. Anfragen zur Genehmigung von Ausnahmen sind zwecklos.«

Aber die Postwachtmeister waren zeitweilig großzügig. Immer wieder rutschte das eine oder das andere mit durch.

Meine Verwandten stellten die Milchpulverlieferungen ein und schickten statt dessen Alpenkäse. Regelmäßig.
Ich hätte gern mal eine Salzgurke gehabt. Ich bat den Pfarrer, er sollte ihnen das schreiben. Sein Sohn fuhr von München extra wegen der Salzgurken nach Hamburg.
Die Verwandten fertigten ihn vor der Haustür ab: Angst vor Spionen.
Auch Jonnis Schwester, die beim Besuchsempfang von meinen Sorgen gehört hatte, schrieb vergebens. Der Alpenkäse rollte.

Einer kriegte Bienenhonig im Kunstdarm. Der Darm war geplatzt. Der Honig hatte sich über die Wurst ergossen. Ziemlich verstört stocherte er in seinem Paket herum.
Blaue Bohne beklagte sich über seine Frau. »Die Alte is bekloppt, imma schicktse Jänseschmalz.«

Nie wurde was geklaut. Man konnte alles offen stehen lassen. In Haus II vergriff sich mal ein Wachtmeister an einem Paket.

Inzwischen hatte die VP auf allen Unterkünften gewissenhafte Berichterstatter. Auch die Wachtmeister wurden beschattet. Unten, in der operativen Abteilung, saßen ein paar Schläger, denen ging man besser aus dem Weg.

Blaue Bohne, mein Kopfnachbar, lag einem mit seiner schlabbrigen Sprache dauernd in den Ohren. »Junge, ick bin doch nich blutarm . . .«
Als ich ihm mal ein Buch rübergeben wollte, wehrte er ab: »Vom Wahrsagen kann ick mir nich anähren.«
Von seiner Tochter, die mit einem SED-Funktionär verheiratet war, hielt er viel. »Wat meine Klara is, die hat valleicht 'n paar Lungenflügel ze häng.«

In der Nazizeit hatte er Genossen ins KZ gebracht, um die eigene Haut zu retten.
Kommandierungen lehnte er ab. Hin und wieder wurde er geholt. Er hatte da seine Freunde. Aber zinken tat er nicht.

Die Knastrologen taten ihre Pakete zusammen und bildeten »Kisten«. Sie schliefen unter einer Decke und duschten in einer Box. Niemand sprach von Homosexualität, alle nannten es »Miezeln«.
Eckstein fand herauus, daß schon Goethe davon gesprochen habe. Allerdings nicht vom »Miezeln«, sondern nur vom »Mieseln«. Und in anderem Zusammenhang.
Ging eine Wachtmeisterin über den Hof — was selten geschah —, zeigte man wenig Interessse.

Tägliches Saalgespräch war, wer wem den »Hinterhof« mache. Im Bad pinkelte mich einer an.
Kisten, die es mit der »gegenseitigen Bauernhilfe« zu offen trieben, wurden getrennt. Das ging meistens nicht ohne Tränen ab.

Vollmer sah ich den Kopf zwischen die Schenkel eines Jünglings legen.

Beliebt waren Geschlechtsringkämpfe. Oft balgten sich ganze Etagen.

Bei einer solchen Prügelei fiel im B-Block einer runter. Er brach sich an der Heizung das Genick. Die Vopos dachten an Mord.

Der »Sohn des Sohnes« überfiel jüngere Gesprächspartner, die von ihm Aufklärung über interne Fragen der Partei erbaten. Es dauerte eine Weile, bis sie sich unter dem schnaufenden Koloß hervorgearbeitet hatten.

Willkowski hatte eine sympathische Mieze. Nun fehle ihm nichts mehr, sagte er. Wer wahrhaft geistig lebe, dem könne es egal sein, ob er drinnen oder draußen sei.
Er wurde nicht müde, die *›Stufen‹* von Hesse zu zitieren. Sein Wahlspruch:
»Nur wer sich wandelt, bleibt mir verwandt.«
Die Gittergedichte hatte er zerrissen.

Mit seiner Mieze bewohnte er eine Zweierkoje. Über sich hatte er ein Bettlaken gespannt, das wolkig herabhing. Als ich sie mal besuchte, hockten wir wie in einer tibetanischen Jurte.
»Sie« setzte mir ein Schälchen rohe Haferflocken mit Zucker und Schokolade-Raspeln vor.

Was die Dichtung beträfe – da fehle ihm der rechte Gesprächspartner. In dieser Hinsicht sei man eben doch sehr einsam. Auf Saal 8 – da wohne ein Mensch gleichen Zuschnitts. Mit dem würde er sich wohl gerne mal unterhalten. Seine Mieze seufzte, als er das sagte, und ging die Schälchen abwaschen.

Er bedauerte, daß ich einen so häßlichen Vornamen hätte. Nichtssagend. Walter – Walter... Das klänge nach gar nichts. Besser wäre Jörg oder Peter. Peter Kempowski – das wäre doch was.

Im Westen gäb's sicher eine Riesenentschädigung. Er würde in ein Konfektionshaus gehen und sich von Kopf bis Fuß neu einkleiden. Ob sie ihm da wohl Prozente geben würden?

Die Mieze wollte wissen, ob ich Sitzhandstand machen könnte.

Nein, das konnte ich nicht. Aber der Dichter, der konnte es. Anfänglich wehrte er ab, tat's dann aber doch.
Das sei gar nicht so einfach, wie es aussähe, meinte er freundlich.

Oft habe er Ahnungen, die sich später erfüllten. Aber wenn wirklich mal etwas einträfe, habe er meist gerade niemand davon erzählt.
Irgendwann hatte er ein Buch von Spengler gelesen. Fanatismus sei kleiner Eigensinn und Mangel an Humor. Das zitierte er immer wieder.

Wenn der Jugendsaal spazierenging, waren meist alle Fenster besetzt. Jeder hatte seinen »Aspekt«.

Spaziergang durch duftende Nelkenwände.
»Ich glaube, wir stinken«, flüsterte mein Nebenmann. »Die Polizisten ekeln sich bestimmt vor uns.«
Er bückte sich, als wolle er seinen Schuhriemen schnüren. Dabei raufte er ein Büschel Blüten aus.
Der Turmposten machte unsern Wachtmeister darauf aufmerksam, doch der kuckte weg.

»Du hast dich wohl gefreut, als ich dir heute nacht die Uhrzeit sagte?« fragte mich die Nachtwache an einem heißen Julitag.
Ich hatte gar nicht gefragt, es war mein Doppelgänger gewesen, ein Journalist aus Berlin. Der hatte einen leichten Schlaf.

Die Wasserversorgung klappte nicht. Trinkwasser mußte rationiert werden. Das Bad wurde geschlossen.
Trotz der Hitze war es nicht erlaubt, die Jacke auszuziehen. (Am Strand sitzen und Limonade trinken.)

Die Ruhr brach aus. Überall saßen Menschen in der Hocke. Die Pißrinne war gestrichen voll, sogar Waschschüsseln wurden freigegeben.
Über den Hof liefen hohe Offiziere.

Gert, so hieß mein Doppelgänger, war wegen einer Faustskizze für einen Modellhafen verhaftet worden. Die hielten sie für einen Plan des Hafens von Wismar.
Er saß seit vier Jahren.
Sein Vater hatte vor dem Krieg einen weißen Horch gefahren.

Er hielt populärwissenschaftliche Geschichtsvorträge. Dabei rückte er einem auf den Pelz. Bis an den äußersten Rand der Pritsche wich man zurück.
Ob er mir mal ins Ohr pusten dürfe?
(1410, Schlacht bei Tannenberg.)

Er plante ein Buch über Bautzen.
Tragisch, daß ein solches Buch ganz zwangsläufig im Schatten der KZ-Literatur stehen müsse. Zehntausend Tote, was sei das schon?
»Wenn wir wenigstens geschlagen würden . . .«

Aus Amerika traf ein Paket für ihn ein.
Es wurde eine herbe Enttäuschung. Seife, Kandis und Tütensuppen. Kein Schmalz, kein Käse, keine Wurst. Und die Tütensuppen mußte er wegschmeißen, weil er die auf dem Saal nicht kochen konnte.
»Die Leute können sich eben überhaupt nicht vorstellen, was hier los ist«, sagte er.

Beim Besuchsempfang ließ er sich von seiner Schwester Parfum ins Taschentuch kippen. Am Geschlechtstag schnupperte er daran. Das Taschentuch nannte er seine »Kusine«.
Ob mir schon mal vor Geilheit übel geworden sei?
Und ob es stimme, daß Männer nur über dreitausend Schuß verfügten? Ja? Dann müsse er sich ja allmählich einschränken.

Meine Freunde verheimlichten mir die Planung eines größeren Ausbruchsversuchs. Als alles abgeblasen war, erzählten sie mir Einzelheiten.
Ich hätte bloß mitzulaufen brauchen, sagten sie. Mir standen die Haare zu Berge.

Außer den dreien, die im Oktober neunundvierzig flohen

und, wie wir hörten, auch durchkamen, gelang keinem die Flucht. Ein Elektriker versuchte es im Sommer fünfzig. Er hatte draußen ein Kabel zu reparieren, lief weg und schwamm durch die Spree. Ein Bauer, bei dem er Unterschlupf suchte, zeigte ihn an.
Bleich sah man ihn Wochen später aus dem Karzer kommen. Auf die Jacke hatten sie ihm ein A gemalt: »Ausbrecher«.

Die Verwaltung setzte einen neuen Saalältesten ein. Wegen eines Geburtsfehlers wurde er »Paddelhand« genannt. Das Fruchtwasser habe seine rechte Hand nicht richtig umspült, sagte er. Beim Paketempfang tupfte er damit Krümel auf. Eckstein gab ihm einen zweiten Namen: »Caliban«, der wurde von der Intelligenz verwendet.
Im Saalbüro gingen Ganoven ein und aus. Hartnäckig hielt sich das Gerücht, Paddelhand trage auf beiden Schultern.

Er verpestete den Saal mit blöden Schlagwörtern. Alle paar Tage wurde ein neues vom Stapel gelassen. Zeitweilig wurde dauernd »Jede Menge Barcelona!« gerufen, kurz darauf: »Jupp die Geige!«
Und später: »Da stehste machtlos wie so 'n Vieh.«

Den »Sohn des Sohnes« haßte er. Jede Menge Barcelona! Eines Tages schob er ihn ab.
Das sei gar nicht der »Sohn des Sohnes« gewesen, das habe der alles bloß erfunden, um selbst Saalältester zu werden, sagte Paddelhand.
»Jupp die Geige!« Und wen der alles verzinkt hätte.
Orje, ein Alt-Ganove, assistierte ihm. Jawoll, dat könne er bestätjen.
Kurz darauf kamen noch ein paar Leute auf die Zelle, unter ihnen Neulehrer Föthes, der genauere Auskunft über die Affäre erbeten hatte. Dann war Ruhe.

Die Polizisten hielten Paddelhand für einen Scharfen, weil er beim Spaziergang herumbrüllte.
Willkowski suchte ihn zu bessern. Doch Gespräche von Mann zu Mann mußte er bald aufgeben, da Paddelhand ihn – anstatt zu diskutieren – hochhob und beschnupperte.

Um Bein und Arm wurden uns weiße, rote, gelbe oder grüne Querstreifen genäht. Den Sinn dieser Maßnahme vermochte niemand zu ergründen.
Mal hieß es, gelb sei ungünstig, mal rot. Es war kein System in die Sache zu bringen.
»Da stehste machtlos wie so 'n Vieh.«

Zu Ostern wurde *›Faust I‹* aufgeführt. Der Schauspieler aus Borna führte Regie. Der war draußen mal als Mephisto mit nacktem Oberkörper aus'm Souffleurkasten gekrochen. Man agierte auf zusammengeschobenen Tischen. Der Erdgeist hockte unter einer Pritsche.
Detlef spielte den Mephisto, Willkowski den Faust. Nur mit Mühe war zu verhindern, daß er sich mit einer Decke drapierte. Nicht verzichten wollte er auf einen kleinen Turban, der ihn auf eigenartige Weise verunstaltete.
Gert ließ sich dazu verleiten, in Unterhosen als Engel zu fungieren.
Ich war Souffleur. Jupp die Geige! Zu meinem Ärger blieb niemand stecken. Ich hätte gern mal eingeholfen.

Als der Erdgeist mit hohler Stimme »Wer ruft mir?« sprach, klopfte der Posten an die Tür: »Uffhören mit dem Zinnober!« Paddelhand beschwichtigte ihn – es konnte weitergehen.
Kaum bemerkt wurde, daß Eckstein den Satz:

> »Nein, er gefällt mir nicht,
> der neue Bürgermeister! . . .«

stark betonte.

In der Messe durfte Herbert, unser Kaplan, dem greisen Priester assistieren. Emsig schlug er das Kreuz: 500 Meßgänger wollten versorgt sein.
Beim Empfang der Hostie bevorzugten die Knastrologen allerdings den »richtigen« Pfarrer.

Zu uns auf die Empore gesellte sich ein offenbar katholischer Wachtmeister. Er bekreuzigte sich. Und wenn wir sangen, kuckte er Bertla über die Schulter.

Am zweiten Feiertag war bunter Abend. Man hatte Bettlaken an Besenstiele gebunden und benutzte diese Fahnen als Vorhang.

»Drauß' ist alles so prächtig
und es ist mir so wohl,
wenn mei'm Schätzele bedächtig
a Sträußele i hol . . .«

Ein Zigeuner spielte auf selbstgebauter Pappgeige kaum hörbare Pußtaweisen. Die Saiten waren von Roßhaar.
Die Jockers hotteten, und der Schauspieler aus Borna bot als »Mädchen vom Lande« eine Entkleidungsszene. Jede Menge Barcelona! Sein Geschlechtsteil klemmte er nach hinten weg.

Pfarrer Schubert brachte Grüße von meiner Mutter.
Ob sie ganz vergnügt sei? fragte ich.
Das könne man unter den gegebenen Umständen nicht gerade sagen, antwortete er.

Die Gespräche mit uns Männern seien so ganz anders als die mit den Frauen. Eine sei zu ihm gekommen und habe gesagt, sie wolle nun einen Glauben annehmen. Ob er ihr nicht raten könnte: Solle sie evangelisch, katholisch oder buddhistisch werden?

Die Gefangenen müßten herausbekommen, wo bei ihnen selbst Schuld liege. Das sei das Hauptproblem.

Einmal sei ihm tatsächlich die Luft weggeblieben. Ein Philosophiestudent wollte den Unterschied zwischen dem Geistbegriff bei Kant und dem Johannes-Evangelium erklärt haben.

Unser Gesang? Wie ihm der gefallen habe? — Er stand auf und ging im Zimmer auf und ab.
Leider verstehe er von Musik nicht allzuviel, obwohl er gerne ins Konzert gehe und oft Musik höre. Neulich, die Thomaner, die hätten ihm gut gefallen. In Leipzig.
Nach Leipzig komme er oft, weil er dort Vorlesungen zu halten habe. Er überlege immer, ob er nicht doch noch seinen Doktor machen sollte . . .

Ob man sich mal wiedersehe, später, wenn alles vorüber sei? Warum nicht? Von Hamburg nach Berlin gehe doch ein Fernschnellzug ...

Den größten Teil des Tages lagen wir auf dem Strohsack und starrten vor uns hin. Kaum daß man sich zum Spaziergang aufraffte. Neulinge waren entsetzt: »Ihr seid ja wie begraben!«

Früher schlenderte man durch die Gänge, schloß Bekanntschaften und plauderte mit Freunden. Das war vorbei. Nur noch nach Kisten drehte man sich um.

Gert befragte alle möglichen Knastrologen nach ihrem Fall. Er erhalte auf diese Weise leicht die statistischen Unterlagen für sein Buch.

Willkowski »entraffte sich lähmender Gewöhnung« und richtete Traurige und Verzweifelte auf.

Es ginge nicht an, sagte er Nägel kauend, daß man immerfort in höheren Regionen schwebe. Nur wer sich wandle, sei ihm verwandt.

Günther, mein Nachbar, las stundenlang in einem selbstgemachten englischen Vokabularium.

Ich blätterte auch mal darin und fand zu meiner Überraschung das wohlbekannte *»Suddenstop«*.

Mein Geständnis, ich hätte dieses Wort erfunden, wurde nicht geglaubt.

Leider kam einer der Mecklenburger auf den Saal. Da er in Gerts Nähe zog, mußte ich meine Besuche dort einstellen.

Eine Zeitlang konnte ich mich verbergen. Dann sah er mich aber doch. Gleich verbreitete er die Meinung, ich hielte mich für was Besseres.

Von meinen Schulkameraden sah und hörte ich nichts. Ich müsse verstehen, daß sie mir nicht zunickten, hatten sie mir bestellen lassen, das sei zu gefährlich.

Der lange Jochen trug bereits ein Stethoskop.

Ein Lazarettarzt hielt einen Vortrag über Onanie und Ho-

mosexualität. Er sagte, wir sollten uns keine Sorgen machen. Draußen verflöge alles, wie's gekommen sei.
So was hörten die Kisten gar nicht gern. Die planten schon jetzt ein gemeinsames Leben. Zwei Familien im Doppelhaus. Ich wohn hier und du dort, dann können wir uns öfter mal besuchen.

Ab und zu traf ich mich noch mit Detlef. Er seufzte, sein Bruder stünde nun schon vorm Examen, und was sollte aus ihm werden? Ritzenschieber bei der Straßenbahn?
Wir beobachteten die Dohlen und sprachen von alten Zeiten. Damit meinten wir das letzte Jahr.
Thema Nummer eins war seine Entlassung als Internierter. Was denkt man so, wenn man frei ist? Gibt's Marschverpflegung? Handgeld? Zigaretten?

Im Westen gäbe es Haftentschädigung. Zehn Mark pro Tag oder mehr. Das wären jetzt schon 10 000 Mark. Vielleicht auch einen Orden oder eine Erholungsreise nach Amerika.

Meine Strümpfe stopfte ein Landwirt aus Pommern. Er war Landesschütze gewesen und hatte lebenslänglich wegen Gefangenenmißhandlung.
Auf jede Weise machte er sich nützlich. Die Knöpfe, die *er* annähte, rissen nie wieder ab. In meine Hose schneiderte er eine zweite Tasche.
Auf dem Hof klaute er sogar Zwiebeln für mich. Ich gab ihm Milchpulver dafür.
Er wollte auch meine Schüssel abwaschen, doch das lehnte ich ab.

Vorübergehend schloß ich mich einem Massagezirkel an. Wir setzten uns hintereinander, jeder zwischen die Beine des andern, und los ging das Kraulen. Die Kopfmassage war das Schönste.

Zum Geburtstag schenkten mir Freunde ein aus Buchenholz geschnitztes Medaillon.

> »Wohl dem, ders beste nicht verlor
> im Kampf des Lebens, den Humor.«

Ich galt bei ihnen als Spaßvogel.

Jonni schickte über die Wäscherei eine Bleistiftzeichnung mit dem Titel: »Hölderlinkaskaden«. Sie stamme von einem wirklichen Künstler.
Zur Feier des Tages tauschte ich mir ein Scheibchen geräucherte Gänsebrust ein. So was hatte ich noch nie gegessen.

Am Abend saßen wir ein Stündchen beisammen: Detlef, Gert, Willkowski mit seiner Mieze und Günther.

Willkowski meinte, er wäre draußen schon zufrieden mit irgendeinem kleinen Posten. Geld sei nicht wichtig. Soviel habe er hier inzwischen gelernt. Nur Zeit zum Dichten müßte er haben, das sei die Hauptsache:

»Solang' du nach dem Glücke jagst,
bist du nicht reif zum Glücklichsein.«

Gert war da anderer Ansicht. Unter 1000 Mark fange er gar nicht erst an. Umsonst hätte er hier nicht so lange gesessen, die müßten ihm tüchtig blechen.

Eckstein entwickelte sich zum Alleinunterhalter. Selbst bescheidene Talente waren für Kulturarbeit nicht mehr zu gewinnen.
Ich besuchte ihn ab und zu. Es war erstaunlich, was er alles wußte.

Einmal traf ich Willkowski bei ihm. Er hatte seine Mieze mitgebracht.
Eckstein war glänzender Laune. Er machte »Ideenflucht« vor und passives und aktives Langweilen.
Auch zitierte er eine Französin. Die habe in Kopenhagen einmal zu ihm gesagt: *»Le printemps, c'est comme une explosion.«*

Was ich meinte, ob er die Durchschrift von damals, von der Schreierei-Resolution, jetzt wohl vernichten könne?
Er trug sie noch immer bei sich.

Alle vierzehn Tage war Briefschau. Stellen von allgemeinem Interesse wurden vorgelesen und kommentiert. Die Amerikaner zum Beispiel hätten sich in Dänemark auf einem Berg getroffen und dort gefeiert.

Meistens bezogen sich die Ausschnitte irgendwie auf Amnestie.
Willkowski las bei dieser Gelegenheit einen eigenen Briefentwurf und die mutmaßliche oder wünschenswerte Antwort darauf.

Eckstein bekam seinen Brief von Paddelhand zurück. Jupp die Geige! Der sei ja voller Fehler! Das hätte er von einem Studienrat nicht gedacht.
Die Fehler habe er ja absichtlich gemacht! schrie Eckstein. Wie könne er seiner Familie sonst zu verstehen geben, daß es ihm hier schlecht gehe?

Er habe den Saalältesten einen Sauenarsch genannt, wurde hinterher behauptet.
Das könne er gar nicht gesagt haben, verteidigte er sich. Das Wort »Sauenarsch« gehöre nämlich nicht in seinen Wortschatz.

Schwierigstes Stück des Chors war der ›*Pilgerchor*‹. Bei den Stimmproben zum Mittelteil wurden die Saalinsassen fast wahnsinnig.
Ab Takt sechzehn sei alles Scheiße gewesen, wurde nach der Aufführung gesagt, aber das sei ja kein Wunder, auf der Bühne ginge das auch meist schief.
Wir zählten die Takte:

»Durch Sühn' und Buß . . .«

das war die schwere Stelle.

Eckstein hatte einen Vortrag mit dem Titel »Wagners Lebenslüge« gehalten.

Die Kirchenmusik wurde manchem lästig. Orje protestierte am lautesten. Wir sollten das in der Kirche singen und nicht auf dem Saal. Wenn das noch mal passierte, würde er uns verzinken. »Jupp die Jeije!«

Der Chor erhielt von verschiedenen Seiten Verstärkung. Ausgezeichnetes »Material« kam aus Haus II.

Die Leute wurden von einer Chorkommission geprüft. Ein Baß sang vor lauter Angst so hoch, daß man ihn als Tenor einstufte.

Pfarrer Schubert erreichte es, daß wir mit dem Saalchor von Saal 5 vereinigt wurden. Wir übten getrennt und trafen uns zur Probe in der Kirche.
In der Sprechstunde schob er Bertla Noten zu.
Wegen der 70 Sänger mußte die Brüstung der Empore um einen Meter versetzt werden. Ich konnte den Dirigenten überhaupt nicht sehen.

Bei jeder Kirchenprobe nahmen wir ein paar Knastrologen mit hoch. Die trafen sich dann mit Freunden aus dem andern Saal. Heiße Nachrichten wurden ausgetauscht. Das durfte natürlich niemand wissen.

In den Pausen sangen wir auf dem Kirchenklo Vocal Jazz.

Irgendeiner kannte Platten der Mills Brothers. Die wurden imitiert.
Auf dem Klo wurde auch geraucht. Jeder kriegte zwei Züge. Mir war das zu gefährlich.

Mit Addi Kümmel, dem Chorleiter des andern Chors, teilte Detlef sich die Arbeit. Bertla mußte schweren Herzens die Stricknadel, seinen Taktstock, aus der Hand legen. Er trat zurück ins Glied.

Kümmel fiel durch unangenehmes Grinsen auf. Mit seinem Stellvertreter, einem Ober- und einem Unternotenschreiber, erschien er manchmal auf unserm Saal, eine Mappe mit leeren Zetteln unterm Arm.
Schnell stellte er klar, daß *er* richtiger Musikstudent sei, was man von Detlef nicht gerade behaupten könne.
Zu Weihnachten wolle er das *›Reis‹* übernehmen, das läge ihm.

Wenn wir ausrückten, hielt man uns zunächst für das Tischlerei-Hilfskommando.
»Kärschenkoa? Kärschenkoa?« Nein, da läge keine Genehmigung vor. Detlef mußte halb in den Glaskasten hinein-

kriechen und mit dem Finger drauftippen. Erst dann durften wir gehen.
»Na denn dschodelt man scheen!«
Hinterher gab's Sonderspaziergang, bis uns das Kreuz weh tat.

Eckstein hatte sich zunächst geweigert, an den Kirchenproben teilzunehmen. »Wenn die Verwaltung will, daß wir singen, dann soll sie gefälligst die Kirche heizen«, erklärte er schroff.
Er besann sich dann aber und nahm zwei Decken mit.

Franz Reik, der Organist, stellte eine Art Orchester zusammen. Damit unterstützte er die Chorarbeit wirkungsvoll.
Die beiden Chorleiter mußten sich von ihm allerhand sagen lassen. Gesenkten Hauptes standen sie neben dem Zornigen. Manchmal erschien er während der Probe wie ein Kasper auf einem der beiden Balkons und überbrüllte uns.
Während des Gottesdienstes sackte er an seiner Orgel zusammen und schüttelte immerfort den Kopf.
Man riet ihm, er solle sich wegen seines Herzschadens nicht so aufregen.

Einmal ließ er sich dazu hinreißen, das Dirigieren selbst zu übernehmen. Er wollte zeigen, wie's gemacht wird. Seine Gesten erinnerten an das Taktiermännlein von Jahrmarktsorgeln.
Zweifellos hatte er wesentliche Kenntnisse in Militärkapellen erworben.

Kümmel bewegte beim Dirigieren die abgewinkelten Arme kaum.
Mit dem rechten schlug er vorwiegend Takt, mit dem linken gab er dynamische Nuancen. Leiser sollten wir werden, wenn er die Arme an den Körper nahm, lauter, wenn er sich reckte. Seht, ich bin ganz ruhig, und ihr müßt es auch sein. Tief atmen – hier unten –, so ist es gut.
Ein mokantes Lächeln lag um seinen Mund, die Augenbrauen zog er bedeutsam hoch.

Detlef taktierte mit der bloßen Faust.
Verblüffendes Piano rief er dadurch hervor, daß er nur den

halben Chor singen ließ. Zuweilen konnte er vor Erschütterung nicht weiterdirigieren. Bei Fortestellen erschrak er, da wich er vor uns einen Schritt zurück.

Zu Weihnachten wurde auf allen Sälen »gehofft« und »gewünscht«. Vorm Lazarett stand eine »Jubelstaude« mit elektrischen Kerzen. Ein Maurer hatte sie mit Gips bestreut.
Es gab einen Stollen.
Das Transparent des Saalschreibers hing noch immer unter der Lampe. Der Exportkaufmann wiederholte als Weihnachtsmann die Scherze vom vorigen Jahr.
Ich kriegte einen anonymen Kassiber mit heißen Liebesgrüßen.

Gert steckte mir einen Buttercremehappen in den Mund. Er war mit Zahnpasta und Knoblauch garniert.
Blaue Bohne salbte sich mit Gänseschmalz.

In der Kirche knallten die Heizungen. Die Luft wurde knapp. Häftlinge hatten sich unter die Sänger gemischt, um während des Singens ungestört Nachrichten auszutauschen. Unter den Solisten, die in der ganzen Anstalt zusammengesucht wurden, fiel ein Baß in weißer Küchenuniform auf. Sie nannten ihn den »Weißen Elefanten«. Wenn er sang, meinten wir, die Empore zittere.

»Dein König kommt, o Zion,
bald kehrt er bei dir ein!«

Das *›Ave verum‹* sang er eine Terz tiefer, damit seine Stimme besser zur Geltung käme.

Als es galt, dem Pfarrer in den Mantel zu helfen, gelang es Detlef, seinem Kollegen zuvorzukommen.
Er wäre beinahe ausgeblieben, sagte der Pfarrer. Der Wagen sei ins Schleudern geraten. Die Polizisten, die mit ihm gefahren wären, lägen alle im Krankenhaus. Hunde-Schulze sei ganz von Sinnen gewesen.
Er selbst habe noch Glück gehabt. Er trage sonst nie einen Hut.
Ob er denn mit dem Kopf irgendwo angestoßen sei?

Nein, das nicht, aber es hätte ja sein können.

Neben dem Altar standen wie im vorigen Jahr zwei große Tannenbäume. Sie waren mit richtigen Kerzen besteckt. Zwei Feuerwehrleute daneben, eine Minimax-Spritze auf dem Schoß.
Die Häftlinge waren benommen: Weihnachtsstimmung.

Im Chor war man, was die Kirche anging, kritischer. Von einem Ausflug auf den Kirchenboden wußte man, daß die Decke aus Gips war und an Drähten hing.

Wir ließen ein umfangreiches Programm auf die Gemeinde los. Nach jeder liturgischen Sentenz gab es eine musikalische Einlage.

Kaum hatte der Pfarrer ein Wort gesagt, da huben Chor und Orchester schon wieder an.
Die Gemeinde schrie aus Leibeskräften.

Eines der Chorwerke begann, als sei nichts Besonderes los. Urplötzlich wurde losgeschrien:

»... geherrscht in alle Ewigkeit ...«

Wir freuten uns jedesmal auf diese Stelle. Die Zuhörer zuckten da zusammen.

Das *›Reis‹* geriet unter Kümmels Hand hauchzart. Er drängte das Piano bis an die äußerste Grenze des Hörbaren. Alte Männer legten die Hand hinters Ohr.
Weniger glücklich war er bei der Bortniansky-Doxologie. Die Tenöre sackten um eine Quarte. Der Organist schnitt mittelalterliche Gesichter, doch Kümmel lächelte: Seid ganz ruhig – seht! –, so wie ich es bin.

Nach drei Gottesdiensten wankte Pfarrer Schubert erschöpft zu uns auf die Empore. Es sollte zu einer Begegnung kommen.
Unten wurden die Lichter gelöscht. Wir schwiegen uns eine Weile an.
»Wenn Sie mal eine Frage erlauben«, sagte schließlich einer, »wann gehn wir denn eigentlich nach Hause?«

Da wurde gezischt. Ob er verrückt sei? So was dürfe man den Pfarrer doch nicht fragen.

Willkowski wollte wissen, ob die Leute da draußen uns auch nicht vergäßen? Und was er zu unserer frischen Bombe sagte? Ob das menschenwürdig sei?
Er könne verstehen, wie uns ums Herz sei. Er gehe auch nicht gerne zum Friseur. Ihm sei es schon unangenehm, wenn ihm nur der Kopf herumgestoßen werde.

Günther hatte den Kopf im Kissen vergraben. Er kam den ganzen Nachmittag nicht hoch.
Willkowski erregte Mißfallen, weil er sagte, der Chor müsse *noch* kultivierter singen.

Am Abend wurde *›Die tote Tante‹* aufgeführt, ein Stück von Curt Goetz. Dem Schauspieler aus Borna wurde es von den Katholiken übel angekreidet, daß er als Pastor ein großes, mit Stanniol umwickeltes Pappkreuz um den Hals trug. Es hing an einer abgerissenen Klokette.

Ob es im nächsten Jahr auch wieder Trockenkohl, Gedärm und Wüstensand geben würde?
Daran sollte ich man nicht denken, sagte Gert. Die Amnestie stehe vor der Tür, alles deute darauf hin.
Vielleicht renovierten sie im neuen Jahr sogar die Säle . . .

10

Das Kassiberschieben kam natürlich heraus. So gehe das nicht, sagte der Oberrat, er müsse uns zusammenlegen, eher gäb's keine Ruhe.
Er ließ im Westflügel eine große Zelle räumen. Zwei Tage hatten wir Zeit, zu entscheiden, wer mitwollte.

Eckstein sprang ab. »Saal bleibt Saal«, sagte er. Sonst könne er sich ja gleich einen Strick nehmen. Ob wir allen Ernstes glaubten, daß ein christlicher Chor in einer kommunistischen Strafanstalt eine große Zukunft habe?
An seine Stelle trat Fritz Kavelsdorf, ein Oberschüler aus Stralsund. Wenn's recht sei, komme er mit. Er sänge zwar nicht gut, aber auf'm Saal sei's ohne uns zu langweilig.

Auch Willkowski blieb zurück. Er müsse sich »seines Freundes widmen«, sagte er, was solle denn sonst aus dem werden? Bei uns, den »alten Chorhasen«, herrschte die Meinung vor, es könne »dufte« werden. Hauptsache, es gingen möglichst viel Intelligenzler mit.

Während ich noch packte, wurde bereits um meinen Platz gestritten.
»Nimm doch noch mal die Zunge zwischen die Lippen«, bat Günther und reichte mir seine rissige Mädchenhand. »Und, wenn du entlassen wirst, bestell meiner Frau, sie soll mir das Schmalz mit Zwiebeln ausbraten.«
Ich ging rasch noch mal aufs Klo, auf der Zelle würde es kein WC geben.

Winkend, und von aufgeregten Menschen über die Pritschen begleitet, gingen wir langsam den breiten Gang hinunter. Der Sani öffnete die Fenster.
Noch war's Zeit, noch hätte man sich drücken können . . .

An der Zentrale standen Häftlinge, die an unserer Stelle auf den Saal kommen sollten. Sie freuten sich.
Wir wurden gefilzt. Der Etagenkommandant wolle einen sauberen Chor haben, sagte er. Mir nahmen sie meinen schönen Plexiglaslöffel weg.
Bald traf auch Kümmel mit seinen Leuten ein, alle schwer bepackt. Neue Gesichter dabei, viel Brillen. Das war ermutigend. Wir winkten ihnen zu. Hurra!

Beim Einrücken in die Zelle wurde gedrängelt. Jeder wollte einen guten Platz bekommen.
»Besetzt!« rief mein Vordermann und schmiß Kleidungsstücke auf vier Pritschen. Dann suchte er sich die Beste aus und überließ die andern seinen Freunden.

Die Zelle war für die 50 Mann zu klein. Es gab ein unbeschreibliches Gedränge.
Ich stellte mich ans Gitter und schaute hinaus.
Vor der Küche wurden Fässer gestapelt, aus den hohen Fenstern quollen Dampfschwaden in die Winterluft.

Nun werden wir endlich in Ruhe arbeiten können, sagte Detlef, der die Zelle inspizierte, so gut es bei dem Gewühle ging. »So eine Ortsveränderung schafft neue Aspekte. Wir wußten ja schon gar nicht mehr, wie gut wir es hatten.«
Über alle Pritschen hinweg spielten ein paar Verrückte Orang-Utan.

Bis spät in die Nacht murksten die Leute herum. Mein Nachbar strich sich sogar noch Brote. Knoblauchgeruch zog herüber.
Ich nahm den Kopf unter die Decke und stellte mir vor, ich müßte auf einer Eisscholle überwintern.
»Mü Haus ais mü Kassel.«

Am nächsten Morgen kuckten wir uns erst mal alle an: Lehrer, Studenten, Juristen, Oberschüler und zwei Geistliche. Auch Kaufleute, Beamte und ein Arbeiter aus Aue.

Ein Stubenältester wurde gewählt. Der teilte Brotgruppen ein und besichtigte die Besen.
Die beiden Spione verschmierte er mit Marmelade.

»Wenn ihr irgend etwas braucht«, sagten die Kalfaktoren, »dann müßt ihr es sagen.«

Am Fenster hielt ein Mathematiker Kolloquium für einen Luftwaffeningenieur und einen Architekten.
Direkt über ihm lag der Chorkommunist.
Der Kommunismus sei eine ökonomische Notwendigkeit, hörte ich den Architekten sagen.

Kümmels Leute schienen zunächst das Zusammenhalten nur auf ihren Chor zu beziehen. Ihr Saal sei der pfundigste von ganz Bautzen gewesen . . .
Mit Kennworten bewiesen sie sich ihre Verbundenheit. Immer wieder ging ihr Gelächter über uns hinweg.

Einer von der Arbeitsverwaltung brachte Tinte, Bleistifte und Papier.
»Was braucht ihr sonst noch? Von uns kriegt ihr alles.«
Auch der Bibliothekar erkundigte sich nach unsern Wünschen.

Die Zelle hatte zwei Türen. Die hintere stellten wir mit einem Bücherbord zu. Das füllte sich rasch: Bibeln mit und ohne Apokryphen, Musikgeschichten, Agenden, Harmonielehren und natürlich Notenbücher.

Auf Umwegen stieß der Maler zu uns. Er trug eine Bildermappe bei sich. Von den Hölderlin-Kaskaden war er abgekommen, jetzt malte er vögelnde Chinesen.
Durch rasche Manipulation verschaffte er sich einen herrlichen Fensterplatz. Hier baute er seine Staffelei auf und fing gleich an zu arbeiten.
»Wie machst du das bloß?« sagte ein weißhaariger Tenor.

Auch Pfarrer Schubert fragte nach unsern Wünschen. Er schenkte eine Glockenkunde von Mahrenholz. Es sei nicht egal, *wie* man läute, stand da drin, mal müsse man mit der tiefsten und mal mit der höchsten Glocke beginnen.
Solche Probleme hatten wir in der Anstalt nicht. Die kleine Glocke, die im Betonkreuz der Kirche hing, durfte überhaupt nicht geläutet werden.

Saalarbeiter brachten in einer Trage Wäsche, die angeblich vergessen worden sei. Unkontrolliert hatten sie die Zentrale passiert.
Unter der Wäsche lagen Schiefertafeln, Gedichtbände und Vokabularien, Bleistifte, Strickzeug und so weiter.
»Wie geht's euch auf'm Saal?« fragten wir.

Am Nachmittag wollte ein Polizist wissen, wieso wir den ganzen Tag auf'm Sack lägen?
Wir dachten: Nun geht es los mit den Schikanen. Aber der Etagenälteste schob sich dazwischen. »Was solln sie denn sonst machen?« fragte er. »Etwa beten?«
Da lachte der Wachtmeister und schloß zu.

Nur mit Mühe konnte das dauernde Händeschütteln unterbunden werden.
»Ach, dir hab ich heute ja noch gar nicht guten Tag gesagt ...« begrüßte mich mal einer gegen Mittag.

Schulmeister Meine schlug ein tägliches Morgensingen vor.

»Und die Morgenfrühe, das ist unsere Zeit ...«

Er würde die Gedichte sprechen.
Man könne das Ganze auch christlich aufziehen. Mit Gebet und Choral, man sei ja schließlich ein Kirchenchor.

Er zog mich in seine Koje. Ob ich schon mal was von Rabindranath Tagore gelesen hätte? Nein? Oh, das müßte ich draußen sofort nachholen. Für einen jungen Menschen wie mich sei die Kenntnis der Werke dieses Mannes ganz unerläßlich.

Vormittags probten die Stimmen einzeln, nachmittags sangen wir alle zusammen.

»Schau hin nach Golgatha ...«

Danach kamen die Privatklubs an die Reihe. Zuweilen mehrere gleichzeitig. Hier Volkslieder, dort Gregorianik. Dazu Tonleitern der Stars und Kontrollgesumme der Tonsetzer.

Reinhold, der evangelische Pfarrer, der selbst nicht mitsang, obwohl er als Kind dem Knabenchor der Berliner

Staatsoper angehört hatte, lief wie irrsinnig auf und ab.
»Ich habe ein so feines Gehör«, klagte er, »ich höre jedes Fitzgen.«
Als Student hatte er sich beim Bleischweißen schlechte Augen geholt.

»O Seel in aller Angst und Not,
flieh hin zu Christi Wunden rot;
in Christi Wunden schließ dich ein,
da wirst du wohl und sicher sein.«

Unerträglich die Stimmproben der Tenöre. Das schnitt sich einem wie eine Kreissäge ins Gehirn. Und man konnte nicht weg!

Übten die Bässe, dann plätscherte der Klosterbrunnen. Bei allem, was geschah, beobachteten sie Würde und Gelassenheit.

»Selig sind, die Verfolgung leiden
um der Gerechtigkeit willen . . .«

Wer kommt am tiefsten runter? Keiner tat es dem Förster Tunn gleich, der, wenn er erkältet war, mit schiefem Mund in unerhörte Tiefen stieg.

Kümmel konnte, wie sich herausstellte, ausgezeichnet trommeln.
Manchmal nahm er einen Löffel vor den Mund und »lockte«. Mit Förster Tunn und Gesinnungsfreunden blies er gar den Großen Zapfenstreich. Ich wünschte mir den Regimentsmarsch meines Vaters.
(»Vor Ypern trommelt der Tod.«)

Kümmel stellte seine Partituren selber her, wie gedruckt.
Verschiedenfarbige Mappen erleichterten ihm die Übersicht.
Nach Befreiung durch die UN würde er sie binden lassen.
Der Maler zeichnete ihm auf die Deckel Violinen mit gesprungenen Saiten.

Die Proben begann er mit Stimmschulung. Tonleitern auf O und U. – Seht, ich bin ganz ruhig, und ihr müßt es auch sein.
Sein Zwerchfell bezeichnete er als Westentasche, die er mit

Luft füllte. Durch Nase und Mund reiße er sie ein. Was das Stehen anbeträfe: wir sollten tunlichst das Standbein alle viertel Stunde wechseln.
Draußen zwitscherten die Spatzen.

Seine Spezialität waren Schwell-Effekte nach Art der Don-Kosaken. Selbst unbedeutende Phrasen schattierte er sorgfältig ab.
Die Genauigkeit seiner Interpretation ging so weit, daß er sogar »Hülfe« singen ließ, weil's so im Buch stand.

»Heilig, heilig, heilig,
heilig ist der Herr.

Heilig, heilig, heilig,
heilig ist nur er . . .«

Mit Förster Tunn und einem ältlichen Tenor sang er zuweilen Schlager.

»Eine kleine Uhr in meinem Herzen
schlägt für dich mit silberhellem Schlag,
wenn ich auf dich warte voller Schmerzen:
ticke-tacke, ticke-ticke, tack!«

Sie hoben die Zeigefinger dazu und wippten lächelnd mal nach rechts und mal nach links.

Detlef legte großen Wert auf gleichmäßigen Tonfluß. Er gab Faustregeln: Auf Taktstrichen nicht atmen. Immer lag er auf der Lauer, man traute sich kaum Luft zu holen.
Wer wirklich mal atmen mußte, stieß den Nachbarn an. Der legte dann etwas zu.

»Wie gut, daß wir einen Männerchor haben«, sagte er, »was denkt ihr wohl, wie Weiber kreischen!«
Falschsängern hielt er die Faust unter die Nase.

Sein Freund, Tenor Rehbock, hatte das absolute Gehör. Oft verzog er das Gesicht: es wurde wieder einmal zu flach gesungen.

»Himmel und Erde müssen vergehen,
aber Frau Musika, die bleibt bestehen . . .«

Mich kritisierte er, weil ich »Errrde« statt »Ehrde« sang.
Den Chor erheiterte er durch Genitiv-Marotten. »Wenig des Haares« war auf seinem Kopf.

Man übertrug ihm die Volksliedarbeit.

»Mich juckt das Blut,
mein Hab und Gut
zu tragen auf dem Rucken;

auf gutes Glück
ein gutes Stück
wohl über Straß und Brucken«

Geburtstagskindern brachte er ein Ständchen. Da konnte dann auch Volksschullehrer Meine seine Gedichte aufsagen.

»Weißt du«, so setzte Lehrer Meine sein Gespräch mit mir fort, als wir mal nebeneinander auf dem Kübel saßen, »wenn man sich mit Rabindranath Tagore beschäftigt hat, dann erträgt man alles viel leichter.«

Geschissen wurde dauernd, denn in die zwei Kübel teilten sich 50 Mann.
Für gute Furze gab es Beifall.
Postobersekretär Petow, der direkt neben den Kübeln lag, behauptete, er könne jeden schon am Abwischgeräusch erkennen.

Auch während des Singens saßen sie.

Draußen hatte Rehbock »keines Konzertes« ausgelassen. »Kinder«, sagte er, »ihr könnt euch gar nicht vorstellen, wie schön das ist: ›Und alles Fleisch vergeht wie Heu . . .‹«
Aber auch Operetten, warum nicht?

»Bist du's, lachendes Glück . . .«

Da sei doch auch Sinn drin.

Beim Dirigieren machte er ordnende Gesten, zog Notbremsem, legte Schalter um, winkte wie ein Schutzmann im dichtesten Verkehr.
Manchmal gab er orakelhafte Anweisungen: »Setzt bitte ein beim Trugschluß auf a-moll.«

»Wenn ich du wäre, Detlef, würde ich viel mehr in den Noten herumfuhrwerken.«

»Es flammt mein Herz,
es schwillt mein Mut,
ich schwinge meinen Stahl,
und hätt ich einen Federhut,
so wär ich General . . .«

Zuweilen träume er farbig. Er konnte sich durchaus nicht vorstellen, daß dies auch anderen Menschen geschehe.

Durch falsches Atmen hätten wir alle unsere Lungen ruiniert. Warum? Weil wir die verbrauchte Luft nicht ausstießen, bevor wir erneut einatmeten. Im Atemholen liege zweierlei Gnaden, das sollten wir nicht vergessen: die Luft einholen und sich ihrer entladen.

Eigene Kompositionen übte er, obwohl sie, was er auch immer wieder betonte, für großen Chor gedacht waren, in kleinerem Kreis ein. Den *›Römischen Brunnen‹* zum Beispiel, von »Co-Fe«, wie er den Verfasser nannte. Den wollte er nur Freiwilligen zumuten.

Beim *›Säerspruch‹* illustrierte er erdverbundene Schwere:

»Beee — meßt den Schritt! Beee — meßt den Schwung!
Diie — Erde bleibt nooch — lange jung! . . .«

Der weißhaarige Treske fragte: Wie kriegst du das bloß hin?
Er sei ein Holzschnitzer, der über den Knorren schneide, antwortete er.

Einmal vermißte Treske seinen Wurstbeutel, den er, wie viele Knastrologen, außen ans Gitter zu binden pflegte. Sollte er hinuntergefallen sein?
Beim Spaziergang suchte er den Rasen ab.
Er war nicht heruntergefallen, er hing noch an seinem Platz, aber schneeweiß. Kameraden hatten ein Einsehen gehabt und ihn gewaschen.

Seinen Jüngsten hatte er noch nie gesehen. Der war erst nach seiner Verhaftung auf die Welt gekommen. Jetzt war er vier.
Beim Besuch weinte seine Frau. Wenn's noch lange dauere, müsse sie die Kinder in ein Heim bringen.

Der Chorleitung stand ein Programmbeirat zur Seite, gebildet aus beiden Konfessionen. Der suchte die passenden Choräle aus und bestimmte, ob sie vor oder nach der Predigt gesungen werden sollten.

Unerbetene Hilfe leistete ein Sachse, der sich überall geschwätzig einmischte.
Sein Hinterkopf hing ihm wie unförmiges Gepäck über den Kragen. An kalten Tagen band er ein Pullover-Schemisettchen um.

Eines Abends kroch er zu mir und fragte, nach Zwiebeln riechend, ob wir beide der Zelle nicht einen Abendgruß singen wollten?

»Guten Abend, gut' Nacht,
mit Rosen bedacht ...«

Er kenne die zweite Stimme noch von früher ... Ganz still und fein ... das würde in den Kameraden etwas aufbrechen lassen.
Seine Mutter habe immer die weißen Gardinen zugezogen.

Die Wachtmeister meinten, wir lägen den ganzen Tag auf den Knien. »Die nehmen ihre Sache ernst ...«

Es gab Sänger, die sich absichtlich rüde gebärdeten, um solche Vermutungen gar nicht erst aufkommen zu lassen.

Beim Rundgang marschierten der Sachse, Förster Tunn und Kümmel stets in der ersten Reihe. Finger lang, Seitenrichtung! Nur sie beherrschten die richtige Schrittlänge. Wehe dem, der ihnen dazwischenkam!
Am Saalfenster stand Willkowski und rief: »Kopf hoch!«

Kavelsdorf ärgerte sich, daß es immer Leute gab, die beim Spaziergang Märsche vor sich hin summten.

(Wenn die Standortkapelle früher durch unsere Straße zog, schulterte mein Vater seinen Spazierstock und marschierte mit. »Die Marine hat uns damals verraten«, sagte er.)

Auf der 14 lag ein weißhaariger Studienrat. Der wurde nach jedem Gottesdienst befragt, wie's denn gewesen sei.
»Ihr macht euch«, sagte er.
Aus unbekannten Gründen weigerte sich die Verwaltung, ihn in den Chor zu legen.
»Sie sollen ein sauberes Kommando bleiben«, sagte der Oberrat.

Die Chorleitung wurde nicht zweimal, sondern dreimal pro Woche rasiert. Otto, der Oberfriseur, beschnitt ihnen sogar die Nasenhaare.
Das sei ganz falsch, sagten die Sänger. Da müsse der Pfarrer ja denken, es gehe uns gut.

Vor dem Etagenältesten mußte man sich in acht nehmen. Zog man die Schüssel nicht rechtzeitig zurück, dann schüttete er einem einen ganzen Liter Roggenmehlsuppe rein.
»Wie soll ich denn sonst die Suppe loswerden?« sagte er.

Der Stubenälteste organisierte neue Strohsäcke. Wir stopften sie selber, unten, auf dem Hof. Schließlich waren sie so dick, daß sie kaum noch in die Koje paßten. Wie in einen Schlitz legte man sich schlafen.
Jedem verschaffte er überdies ein Paar Holzpantinen und einen zweiten Anzug. Man wußte nicht, wohin mit all dem Zeug.
Fritz Kavelsdorf freute sich. Der hatte vor zwei Jahren mal in die Hose geschissen. Hinten, der Fleck war immer noch drin. Nun konnte er endlich die Hose wechseln.

Unentbehrlich war Paul Exner. Er besorgte neue Kübel, Lattenroste, Aufwaschschüsseln, Brotbretter. Mittags sogar warmes Wasser zum Abwaschen.
Dem inzwischen rundlich gewordenen Bertla knallte er Küsse auf die Glatze. Beim Scheißen hob er ihn mitsamt der Brille hoch und zeigte der ganzen Zelle seinen Arsch.

Er saß wegen Mordes. Ein Muschik war vor seinem Haus

erschlagen aufgefunden worden, und ihn hielten sie für den Täter.
Drei Monate wartete er in Unterhosen, ohne Handtuch und Seife, auf seine Hinrichtung. Dann wurde er begnadigt.
Immer wieder beteuerte er, er sei es nicht gewesen. »Meinen Mörder hamse ja!« rief er. Der sitze im roten Ochsen.

Wenn er bei Laune war, prustete er einem in den Nacken.

»Wie geht's da?«
»Meine Frau näht ja . . .«
»Na, dann geht ja!«

Das war sein Standardwitz.

Zweimal die Woche zogen wir sauber gebürstet in die Kirche. Einer blieb zurück, um Schnüffeleien der Kalfaktoren zu verhindern.

»Das ist ein köstlich Ding,
danken dem Herrn . . .«

Ich lief gern mal nach unten und lauschte. Aber dann kamen meistens andere und wollten auch hören. In jeder Ecke saß schließlich einer, die Hand über den Augen.
»Nun kommt mal alle wieder rauf!« wurde von oben gerufen.

Im Gewölbe flogen Schwalben.

Einmal hockte der Sachse sich neben mich.
Der Gesang stimme mich wohl nachdenklich? Ich sollte mein Schicksal nicht zu schwernehmen, einmal müßten sie uns doch entlassen, »ob sie uns lieben oder hassen«.

In der Pause legte sich der Zellenclown den Tastenschoner als Stola um den Hals und kletterte auf die Kanzel: »Vernehmet in Andacht . . .«
Tenor Rehbock spielte auf der Orgel italienische Opernmelodien und sang dazu mit etwas zu hoher Stimme, als wollte er andeuten, daß Absacken für ihn nicht in Frage komme.
Die Arienbände von Schott rührte er nicht an. Die hatte er

draußen schon alle durch.
Ob er mal eben den *›Flohwalzer‹* spielen dürfe, fragte der Sachse, er wüßte gern, wie der auf der Orgel klinge.

Paul rieb mit Kaliumpermanganat und Watte Feuer fürs Rauchen. Auf dem Klo warteten sie schon.

Rehbock konnte Akkorde erraten. E-Dur erkannte er auf Anhieb. B-Dur bezeichnete er als braun, C-Dur als weiß.
Wenn Detlef die Stimmgabel eine Zeitlang fixierte, war er imstande, den Kammerton zu treffen.
Kümmel beteiligte sich an solchen Spielen nicht.

Das Rauchen wurde von den Kirchenarbeitern entdeckt und verzinkt. Wir machten uns schon auf das Schlimmste gefaßt, doch die Affäre nahm eine unverhoffte Wendung.
»Haben Sie denn kein Vertrauen zu mir?« fragte der Oberrat die verängstigten Chorleiter. »Warum beantragen Sie Rauchware nicht offiziell?«
Sofort wurden Listen ausgefüllt, drei Tage später waren die ersten Zigaretten da.

Nach dem Spaziergang stellten wir uns in zwei Reihen zum Rauchen auf. Der Kalfaktor gab Feuer.
Kam ein Polizist, dann rannte ihm einer entgegen: »45 Strafgefangene vom Kirchenchor bei der Rauchpause, es meldet der Strafgefangene Sowieso.«

Die Schlosser schenkten uns selbstgedrehte Hartgummispitzen mit Kippenauswerfer. Paul hatte eine achteckige mit eingelassenen grünen und roten Ringen. »Für jedes Jahr einen.« Die roten Ringe markierten Russenjahre.
Wer nichts hatte, durfte mal ziehen. Zwei Züge waren Ehrensache, ein dritter galt als unbescheiden.

Plötzlich stand einer der Rostocker weiß und frisch gebügelt vor mir. Er war Lazarettläufer und durfte sich in der Anstalt frei bewegen.
Er fände es toll, flüsterte er, daß ich im Kirchenchor mitsänge. So hätte er mich gar nicht eingeschätzt. Auch Jochen lasse grüßen. Wenn es mal irgendwo brenne, sollte ich mich getrost an ihn wenden.

Die zweite Rauchpause wurde oft grundlos verweigert. Die Posten hatten schnell raus, daß sie uns damit schikanieren konnten.

Wir griffen zur Selbsthilfe, wo sollten wir schließlich all die Zigaretten lassen!
Da Kaliumpermanganat bald nicht mehr zu bekommen war, versetzte Paul einen Metallknopf mit einem Faden in rasende Drehung und hielt ihn an einen Tonkrug. Die Funken sprühten wie bei einem Messerschleifer. Kameraden hielten Lunte drunter.
Oder er bog aus dünnem Draht eine Gabel, spießte Watte darauf und hielt sie an die Birnenfassung. Der Draht durfte aber nicht zu dick sein, sonst knallten die Sicherungen durch.
Die Germanenmethode, das Reiben zweier Hölzer, erwies sich als ungeeignet.

Der Oberrat war selbst alter Sänger. Das ›*Ave verum*‹ hatte er schon als Halbwüchsiger gesungen. Ab und zu erschien er bei Gottesdiensten und lauschte.
»Wie bringen Sie den Ton zum Schweben ... diese Leichtigkeit: ich finde das fabelhaft«, sagte er. Selten habe er einen so guten Chor gehört. Auf uns könnte die Anstalt stolz sein.
Hin und wieder brachte er fremde Offiziere mit, die sollten sich das anhören.
Das Holzgitter, das die Sitzreihen vom Altar trennte, ließ er abnehmen.

Detlef kam auf dem Gang mal dazu, als ein VP-Anwärter um seine Versetzung bat. Er könne es in der Strafanstalt nicht mehr aushalten.
Der Oberrat schrie, alle müßten ihre Pflicht tun, auch er, ob's ihm nun passe oder nicht.
Sehr schnell wurde Detlef diesmal aus dem Verwaltungstrakt rausgeschlossen.

Im März 52 fand ein Festgottesdienst für Beethoven statt. Schulmeister Meine schlug vor, wir sollten in der Frühe,

wenn noch alles im Bett liege, das Heiligenstädter Testament vortragen.
Er selbst vermöge äußerst leise und eindringlich zu lesen, sagte er, es werde bestimmt sehr eindrucksvoll.

Der Oberrat lief auf den Korridoren herum.
»Wollt ihr wirklich zu dem Gewölbekomiker gehen?« fragte er die Kirchgänger. Lange redete er auf sie ein. Von 200 blieben 80 fest, ja, sie wollten.
»Geht«, sagte er dann. »Ich habe Achtung vor euch.«

Der Organist hatte verschiedene Chorwerke von Beethoven zusammengekratzt.

» . . . Wer führt die Sonn' aus ihrem Zelt?
Sie kommt und leuchtet
und lacht uns von ferne . . .«

»Und wir sitzen hier im Dustern«, flüsterte Paul.
Die Instrumentalgruppe bot die *›Fünfte Sinfonie‹* mit Orgel, Cello und drei Geigen.

»Beethoven, dieser Choleriker«, mokierte sich der Kommunist.

(»Haste wieder nicht geübt?« fragte meine Lehrerin und ließ Speichel durch die Zähne zischen.)

Hin und wieder hielt der Pfarrer Sprechstunden ab. Jedesmal warteten 50 Mann vor seinem Zimmer.

Mein gedämpftes Lachen sei ihm angenehm, sagte er, zusammengesunken und hinfällig. Der Unterkiefer täte ihm weh vom vielen Sprechen . . .
Wenn er nur wüßte, wie er uns helfen sollte. Aber es sei doch schön, daß er wenigstens mit uns reden könnte.
Ein Wachtmeister habe ihm mal zugeflüstert: »Gott segne Ihren Dienst.«

Aber in die Kantine gehe er nicht, das widere ihn an. Statt dessen bringe er sich lieber Butterbrote von zu Hause mit.
Am liebsten äße er oben bei uns.

»In Hoheneck, Ihre Mutter, singt übrigens auch«, sagte er zu mir und gab mir eine Weintraube. »Der Chor ist aber nicht sehr gut.«
Sein Sorgenkind sei Torgau. Ausgerechnet im Turm hätten sie das Lazarett untergebracht. Und Untermaßfeld, von Wasser umgeben, so ungesund.
Und die Asche. Er verstünde nicht, warum die VP sich weigere, die Asche der Verstorbenen überführen zu lassen. Seit Jahren kämpfe er darum.

Manchmal begleitete er mich hinaus. Man sei sich schon ein wenig nähergekommen, nicht wahr?
Mit seinem Ring pochte er an die Glastür, der Polizist sprang schnell heran und ließ mich durch. Von drüben kam ein neuer Schwung.
Ob er mal telefonieren dürfe?

Für den Altar brachte er einen Satz Kerzen mit. Die seien nicht billig. 32 Mark.
Paul schnitt gleich ein Stück zum Wachsen der Skatblätter ab.
Die Knastrologen konnten nicht verstehen, warum er ihnen nicht mal 'ne Zigarette rüberschob.
Und überhaupt: Er solle mal tüchtig auf die Pauke hauen.

Nach dem Abendklingeln, wenn das Licht ausgeschaltet war und alles im Bett lag, wurden Schauergeschichten erzählt.
Einer beschrieb unterirdische Gänge, in denen Leichen moderten.
Ein anderer wollte tatsächlich mal den Teufel gesehen haben, gegen Mitternacht, in einer Schlucht. Er habe ihn sogar gestreift, doch da sei nichts gewesen.

Plötzlich ging das Licht an. Lange betrachtete uns das Auge. Nur zögernd ließ es von uns ab.

Kleinere Talente, die sich auf dem Saal nicht an die Öffentlichkeit getraut hatten, traten nun hervor.
Kriminalkommissar Treske zum Beispiel erzählte vom Kommunistenaufstand in Thüringen. Demonstranten hatten ihn

lynchen wollen. Kein anderer als Max Hölz habe ihm das Leben gerettet.
»Halt!« habe er geschrien. »Genossen, das ist ein Proletarier im Waffenrock.«

Das Bild meiner Mutter bat er sich für einen Tag aus. Er habe lange nicht so schöne Mutterhände gesehen. Die Frau müsse ja Unsägliches leiden.

Die Noten verwaltete Willi. Bat man ihn um eine Gefälligkeit, dann kuckte er einen an, als sei man verrückt geworden. Aber er tat alles, was man verlangte.
Als SS-Mann habe er in Frankreich eine hübsche Freundin gehabt. Der Krieg mache die Augen der Mütter weinen, habe sie gesagt.
Französisch sei überhaupt eine komische Sprache. Zu Kaffeekanne sagten die Franzosen zum Beispiel: »Das Geblümte, das um den Kaffee herum ist.«

Eine Attraktion war seine Blutgruppentätowierung, immer wieder zeigte er sie. Und sein Gebiß. Nach einem mißglückten Ausbruchversuch hatten ihm die Franzosen Zähne ausgeschlagen.
Jetzt nahm er gelegentlich seine Prothese heraus und mimte alter Mann.

Im Gefangenenlager Eisleben hätten längst nicht alle Landser liegen können, nicht einmal sitzen! So eng sei es dort gewesen. Ein großer Teil habe Tag und Nacht gestanden.
In Siershahn hätten die Posten nachts ins Lager geschossen.
»Ich war auch in Frankreich«, sagte Bertla, »das sind doch Schweine, die Franzosen, die scheißen ja im Stehen.«

Kümmels Freund, der Sachse, erlernte die Anfangsgründe der Harmonielehre. Gleichzeitig vertonte er das Vaterunser.
Alle Augenblicke fragte er: »Kannst du mal eben diesen Ton hier singen?«
Zum Kaplan sagte er: »Geistige Arbeit befreit.« Dem fühlte er sich verbunden, weil er konvertieren wollte.

Sein nächstes größeres Werk werde der 126. Psalm sein.

»Wenn der Herr die Gefangenen Zions
erlösen wird, so werden sie sein wie die
Träumenden.«

Eine solche Komposition könnte am Tag der Freilassung zu Gehör gebracht werden.
». . . wie die Träumenden . . .« das müsse so nach oben weggehen und verschwimmen.

Detlef lag den Tag über, wenn er nicht mit uns probte, auf der Pritsche. Er hatte ein Kissen auf dem Bauch und sah Noten durch.

»Der Sünden große Menge
lag schwer auf meiner Brust . . .«

So was wollte er dem Chor in Zukunft ersparen.
»Wieso?« fragte Kümmel, er fände den Satz sauber. Gleicher Meinung war Förster Tunn, der in diesem Stück ein Solo zu singen hatte.

Der Sachse bog die Finger bis ans Handgelenk und sagte, Detlef habe ihm alles kaputtgemacht. Gerade dieses Stück sei so bedeutsam für seine innere Entwicklung gewesen.

Doch Rehbock bestärkte Detlef.
»Warum auf ›Amen‹ einen Schweller?« frage er sich. Amen sei Amen und damit basta.
Dann könne man ja gleich die ganze Musik über Bord werfen, entgegnete Kümmel.

Er saß mit seinen Anhängern beisammen und flüsterte, im Chor sei der Wurm drin.
Auf der anderen Seite hockte Detlef mit den Seinen.

Warum Kümmel nur elf Bogen Partiturpapier bekommen habe, fragte der Sachse, Detlef hingegen zwölf. Und was es bedeute, daß Detlef sich überall als Chorleiter bezeichne. Seines Wissens sei Kümmel doch auch noch da.
Da sprang auch Förster Tunn aus seiner Koje. Langgehegter Groll brach aus ihm heraus: »Mir könne euch alle auffliege lasse!«
»Bitte nicht so laut!« sagte Reinhold.

Die feindlichen Lager lösten sich erst wieder auf, als die Anstaltsleitung einen »Jugendchor« ins Leben rief.

»Brüder reicht die Hand zum Bunde!«

Übten beide Chöre gleichzeitig, dann gab's wunderliche Mischungen. Die Spaziergänger lachten.

Vier Mann wechselten zur Konkurrenz.

»Die Tale dampfen, die Höhen glühn!«

Wir verabschiedeten sie kühl.

Bald startete der Jugendchor seine erste Veranstaltung. Für den Kirchenchor stand schon vorher fest, daß es ein Reinfall würde.

»Wir lieben die Stürme, die brausenden Wogen,
der eiskalten Winde rauhes Gesicht . . .«

Der Chorleiter, Noten-Paul genannt, gebärdete sich wie Furtwängler.

Sie sangen auch den Pilgerchor. Ab Takt sechzehn sei alles Scheiße gewesen, bestellten wir ihnen.
Vorher hatte es einen Streit gegeben. Ob der Pilgerchor weltlich oder geistlich sei? Wenn *wir* den sängen, dann wäre das ja eigentlich eine Fälschung.

Kurz darauf geriet Noten-Paul in Bedrängnis. Abteilung Operativ verlangte sozialistische Aufbaulieder!

»Lieber Plan, lieber Plan,
was hast du für uns getan!«

Er spielte schon mit dem Gedanken, sein Amt niederzulegen, aber wir bestellten ihm, er solle nur ruhig weitermachen, wir würden ihm das nicht ankreiden.

Ob wir ihm noch böse seien, fragte Willkowski. Ich traf ihn auf der Ambulanz. Er weinte. Er halte es in dem Löwenkäfig nicht mehr aus. Wenn wir Platz hätten, käme er gern. Allerdings müsse er darauf bestehen, daß seine Kiste bei der ersten Gelegenheit nachkäme.

Detlef meldete sich beim Operativ und eiste ihn los. Als er dann aber mit Sack und Pack an der Zentrale stand, sagte er zum Wachhabenden, er wisse nicht, ob er glaubensmäßig durchhalte, er möchte doch lieber in den Jugendchor.
Uns schickte er einen Zettel: »Richtet nicht, auf daß ihr nicht gerichtet werdet!« Es wäre eine große Unehrlichkeit gewesen, wenn er zu uns gekommen wäre.

Im Zeichen des »humanen demokratischen Strafvollzugs« gestatteten die Wachtmeister chargierten Häftlingen, uns sonntags zu besuchen.
Manchmal hockten 70 Mann auf den Pritschen, die Luft war zum Schneiden. Jeder versicherte, der Kirchenchor werde von Tag zu Tag besser.
Nach der Entlassung sollten wir man zusammenbleiben und im Rundfunk singen. Das wäre auch in politischer Hinsicht sehr empfehlenswert.

Tenor Rehbock gab ihnen Konzerte.

»Es war eine Ratt im Kellernest,
Lebte nur von Speck und Butter.
Hat sich ein Ränzlein angemäst't,
Als wie der Doktor Luther ...«

Bei »Luther« kuckte alles zu Reinhold rüber. Der gab sich unbefangen.
Wir fanden es störend, daß die Besucher während des Konzerts miteinander flüsterten.

Es gab auch eine Thälmann-Zelle. Die hatte sich Maunzer von der Kleiderkammer ausgedacht. Vom Dachboden nahm er eine alte Brotbüchse, die stellte er hinein. Die Polizei hängte rote Fahnen dazu. So müsse sie ausgesehen haben, die Thälmann-Zelle.
Schwärme von VP-Anwärtern kamen zur Besichtigung. Die DEFA machte Aufnahmen für den Film *›Der Sohn seiner Klasse‹*.

Einmal wurde ein Trupp VP-Anwärter auch in unsere Zelle geführt.
Vielleicht sollten sie sehen, wie tolerant das Regime der Kirche gegenüber sei.

»Nun freut euch, lieben Christen gmein,
Und laßt uns fröhlich springen . . .«

Detlef dirigierte bis zu Ende, dann drehte er sich um und meldete stramm.
Gut, gut, sagten die Leute, kuckten an die Decke und gingen raus.

Die Anstaltsleitung stellte dem Jugendchor eine Tischtennisplatte rein. Paul lief in der ganzen Anstalt rum, er wollte uns auch eine besorgen.
Die Chorleitung intervenierte beim Pastor.
Pfarrer Schubert meinte, es gäbe doch wirklich wichtigere Dinge als Pingpong. Mit so was könne er die Anstaltsleitung nicht behelligen, die lachten ihn ja aus.

Warum wir immer so »süße« Lieder sängen, wollte er wissen. Wer zum Beispiel den Choral *›Herz und Herz vereint . . .‹* ausgesucht habe. So was gehe heute nicht mehr.

Hin und wieder kam einer mit Tbc raus. Die »Schwarze Grethe« ging als erster. Er schickte einen Gruß, dann hörten wir nichts mehr von ihm.
Der Postobersekretär nutzte die Gelegenheit und zog um.

Ab Sommer 52 gab es regelmäßig Kino. Die Filme wurden in der Kirche vorgeführt, Schubert hatte es erlaubt.
Das nahm man ihm übel.
»Wenn die uns Kino zeigen wollen, dann sollen sie doch ein Kulturhaus bauen!« sagten die Knastologen.

Anfangs konnte man sich die Leinwand vorm Altar schlecht vorstellen. Es hieß, die halbe Anstalt werde demonstrativ auf der Zelle bleiben.
Herbert, der Kaplan, machte deutlich, daß die Kirche im katholischen Sinn gar keine Kirche sei, sie sei ja nicht geweiht.
Nach dem Krieg habe er zeitweilig in einem Dorfgasthaus die Messe lesen müssen.

»Sup di vull
un fret di dick

un holl' din Muhl
von Politik . . .«

habe über dem Altartisch gestanden. Das habe auch gehen müssen.

Einer der ersten Filme: ›*Glinka*‹.
Es fängt damit an, daß Puschkin im Duell erschossen wird. Danach fahren Frauen in Heubooten über den Fluß, singen dreistimmig und trinken aus hölzernen Schöpfkellen reinliches Wasser.

Mit »Kinosperre« und »Zigarettenentzug« wurde der Strafkatalog eindrucksvoll erweitert.

Die Kirchenarbeiter schimpften. Wir sollten nicht soviel singen, das dauere zu lange. Ob wir verantworten könnten, daß unseretwegen Kinovorstellungen ausfielen?
Kaum war das letzte Lied verklungen, turnten sie wie Artisten in die Kuppel, stiegen auf dem Altar herum und nahmen Kreuze und Lichter ab.

Im Ostflügel wurde einer entlassen. Ulbricht habe, so hieß es, eine Amnestie für politische Häftlinge vorgeschlagen.
Wir standen am Fenster, als er vom Lazarett in den Kreuzbau geführt wurde.
Mit dem habe er mal auf einem Saal gelegen, sagte der Sachse, das sei ein ganz vernünftiger Mensch.

Pfarrer Schubert wußte von nichts.
Amnestie? Tja, Gott, was solle er sagen. Er sei genauso schlau wie wir. An die fünfundzwanzig Jahre glaube ja kein Mensch. Sicher würde es eines Tages eine Amnestie geben. Aber im Augenblick, nein, das wüßte er wirklich nicht.
Wer das denn gewesen sei, der da entlassen wurde, kenne er den?

Er gab einen Band moderner Introiten rein. Im Impressum lasen wir: »Genehmigt durch die US-Militärregierung.«
Das strichen wir vorsichtshalber durch.

Wir ahnten ja gar nicht, was er für Schwierigkeiten habe, sagte er. Die Polizei sei mißtrauisch, die Häftlinge enttäuscht, und die Kirchenleitung . . . das sei auch so ein Kapitel.
In einem anderen Chorbuch, das von der Besatzungsbehörde lizenziert war, wurde noch für den Führer gebetet.

Für das Reformationsfest wählte Detlef einen dissonanzenreichen Introitus.

»Das Wort Gottes ist lebendig und kräftig
und schärfer denn kein zweischneidig Schwert!«

Takt für Takt kämpften wir uns voran. Um nicht rauszukommen, stopften wir uns beim Singen die Ohren zu.

Der Kaplan lehnte moderne Kirchenmusik ab. Aber: in der Welt gehe auch nicht alles harmonisch zu. Er liebte Rilke, Gedichte, so meinte er, seien wir gemalte Fensterscheiben einer Kirche, die an einem belebten Marktplatz steht.

»Sommerfeld,
uns auch meld',
wieviel zählst du Gräslein?«

In Hausdorf habe er eine Anthroposophin gekannt, die habe sich ihren Schmuck selber geschmiedet. Eines Tages sei sie in sein Büro gestürzt und habe gerufen: »*Mich* kriegen Sie nicht!«

Beim Bau von Kirchen dürfe man nur reines Material verwenden. Granit, zum Beispiel, das sei reines Material, auch Glas und Eiche. Pappe und Gips hingegen nicht.

Dauernd war er von Knastrologen belagert, die was auf dem Herzen hatten. Während sie auspackten, blickte er versonnen in die Ferne.

Wie er das mit der Beichte mache?
Ganz einfach: Da rein — da raus. Aber den ganzen Tag im eiskalten Beichtstuhl hocken, das sei vielleicht 'ne Strapaze! Einmal sei einer bei ihm gewesen, der habe sechzehn Jahre nicht gebeichtet. Den habe er erst umständlich erforschen müssen. Hätte der sich seine Sünden nicht vorher überlegen können?

Sein Verhältnis zur Liturgie war unkompliziert. Die Floskel »et cum spiritu tuo« übersetzte er mit »danke gleichfalls«.

Pfarrer Schubert sei kein Spitzel, nein, das glaube er nicht. Dem sei mal eine Oblate hingefallen. Gleich habe er die Austeilung unterbrochen, die Oblate aufgehoben und restliche Partikelchen mit einem Tuch zusammengekehrt. Wer so was tue, sei kein Spitzel.

Sein Konfrater Reinhold wetterte: die braune Gefahr sei gebannt, die rote da. Aber die schwarze, die komme erst noch. Dabei sah er aus wie einer der *›Bürger von Calais‹*.
Als ihm der Sachse mitteilte, er wolle konvertieren, rief er: »Winke, winke!«

Gelegentliche Schachpartien mit dem Kaplan endeten meistens remis.

Reinhold konnte Pfarrer Schubert nicht leiden. Diese Berneuchner ... Zu denen seien früher immer nur olle Frauen mit Dutt gegangen.
Und was heiße das schon: man solle in der Kirche die Beine nicht übereinanderschlagen. Davon hänge die Seligkeit nicht ab.

In seiner Nähe hatte sich Georg Weißgerber einquartiert, ein langer, hagerer Mensch, der wegen seiner lauteren Gesinnung »Johannes der Täufer« genannt wurde. Den ganzen Tag studierte er neutestamentliche Kommentare. Sein Ziel war die Kanzel.
Sagte man: Mensch, heut ist aber schlechtes Wetter, dann antwortete er, die Dinge selbst seien niemals schlecht. Schlecht sei nur das Denken der Menschen.

Er wunderte sich, daß wir nicht gemeinsam beteten.
In der U-Haft habe er noch nicht einmal einen Wischlappen besessen. Tag für Tag habe er zu Gott darum gebetet. Eines Tages sei er verlegt worden. Und mitten in der Zelle, direkt vor seinen Füßen, was habe da wohl gelegen? – Ein Lappen!

Im Sommer stellte Weißgerber einen gelben Karton ins Fen-

ster und tat Zuckerwasser hinein. Vielleicht ließen sich ja Bienen dort nieder, die brächten dann Honig.
In Töpfen hegte er kümmerliche Pflanzen. Der Maler steckte eine Knoblauchzehe dazu. Wochenlang züchtete er sie, ohne zu ahnen, was er da großzog. Einer begoß sie schließlich mit Nitro, da fiel sie in sich zusammen. Die Pflanze habe wohl einen Hitzschlag bekommen, vermutete er da.

Gorki-Film mit Bäckerszenen. Sogar einem Geisteskranken dämmert sozialistisches Bewußtsein. Sein blöder Gesichtsausdruck zeigt Schimmer der Erleuchtung, als der Ausbeuter volltrunken zwischen Säue fällt.

Fritz Kavelsdorf dachte sich einen Film über Bautzen aus. Galerien in Spiralenform, die Kamera fährt daran entlang, über der vergoldeten Brüstung Handtücher und Strümpfe. Hunderte von Gefangenen dahiner, essend, schlafend, Fratzen schneidend.
An der Decke ein prächtiger Kronleuchter, im Keller Schrubber und Besen.
Der Kommandant müsse eine in Zeitlupe wallende Perücke tragen.

Auf den Heizungsröhren, die er sorgfältig aufeinander abgestimmt hatte, spielte er »Üb immer treu und Redlichkeit . . .«
Deshalb wurde er zeitweilig »Harfenjule« genannt.

Oft sah man ihn am Fenster nach einem blonden Kübelträger Ausschau halten.

Von meinem Onkel bekam ich einen Brief. Er habe nun für insgesamt 27 Pakete 405 Mark ausgegeben. Das schreibe er mir nur der Ordnung halber, nicht etwa, um mich zu beschämen.
Das Geschäft gehe noch immer nicht so gut, wie es zu wünschen wäre, die Familie müsse sich vieles versagen . . .

Der Chornazi bekam von seiner Verlobten noch immer herzliche Briefe, obwohl sie, wie der ganze Chor bereits wußte,

seit längerem mit einem andern ging.
Er hatte Paradentose. Wenn er die Wachtmeister ärgern wollte, spuckte er ihnen Blut vor die Füße.

In England wurde Elizabeth gekrönt, das lasen wir in der Zeitung. Die USA zündeten ihre erste Wasserstoffbombe, und die UdSSR behauptete, keine Kriegsgefangenen mehr zu haben.
Auf der Frauenseite stand zu lesen, man dürfe das Gesicht nicht waschen, sondern nur mit Wasser bewerfen, sonst leide der Teint.
Treske bekam ein Telegramm, sein Jüngster, der erst nach seiner Verhaftung geboren war, sei tödlich überfahren worden. Er stieß einen eigenartigen Schrei aus.

Im Nordflügel wurde eine Schneiderei eingerichtet. Bald arbeiteten dort 200 Häftlinge. Nachts hörte man die Maschinen rattern.
Auch die Tischlerei wurde vergrößert. Das Kommando bestand jetzt aus über achtzig Mann.
Das seien Vorzeichen der nahenden Entlassung, sagte der Sachse, legte das Vaterunser beiseite und arbeitete nur noch am 126. Psalm.

Paul schaffte eine Tischtennisplatte heran. Wer spielen wollte, mußte sich in eine Liste eintragen. Streng wurde darauf geachtet, daß jedes Paar nur drei Sätze machte, Scheinkämpfer wurden entlarvt.

Das Klickern der Bälle war lästig. Reinhold stopfte sich Lappen in die Ohren und lag stöhnend in der Koje. Immer wieder ließen sich erschöpfte Spieler auf seine Pritsche fallen. Manche deponierten auch schweißnasse Hemden bei ihm.
Der Kaplan schaute nicht mehr in die Ferne, wenn man ihm seelische Schwierigkeiten offenbarte. Mit gleichmäßigen Kopfbewegungen verfolgte er den Ball. »Sprich ruhig weiter, ich hör schon zu.«

Fritz brachte die Stars zur Raserei, weil er trotz miserablen Spiels auf seinen Zeiten bestand.
Mit dem Schläger in der Hand, ein Bein über der Platte, unterhielt er sich mit dem Kommunisten. Gerade war ein

Heft von Stalin auf die Zelle gelangt. Die Entwicklung gehe ruckartig vor sich, stand darin.
Wie das gemeint sei?
Der Kommunist machte Knoten in einen Bindfaden und fuhr mit dem Fingernagel drüberhin. So ungefähr müsse man sich das vorstellen.

Der lange Jochen schickte Zigaretten, wünschte Gottes Segen und ließ fragen, ob wir nicht mal das Lied *›Laßt die Herzen immer fröhlich . . .‹* singen könnten.

Vor Weihnachten setzte Pfarrer Schubert den Bau einer Krippe durch. Er verschaffte uns Farbe, Holz und was sonst noch nötig war. Die Ausführung übernahm unser Maler. Er durfte in einer Extra-Zelle arbeiten.
Den Wachtmeistern, die bei ihm aus und ein gingen, hielt er lange Vorträge über Kunst und Politik. Sie kauften ihm auch seine Chinesen ab.

Einer schloß sich zu uns rein. Wir sollten ihm was vorsingen.
»Das Schwein soll abhauen«, sagte Paul. Nur mit Mühe konnten wir ihn beruhigen.

Fritz zupfte *›Ihr Kinderlein kommet‹* auf seiner Heizung.
Er rechnete aus, wieviel Brot und wieviel Suppe wir schon auf Staatskosten gegessen hätten. Sein ganzes Leben habe er noch keinen Handschlag getan. Drollig. Wer bezahle das eigentlich?
Bei guter Laune machte er die *›Fünfte Rhapsodie‹* von Liszt nach.

Kümmel übte das *›Reis‹* in Neufassung ein. Die Bässe stiegen tief in den Keller, und die Tenöre mußten so hoch singen, daß sie es nur mühselig vollbrachten.

Schubert schenkte ein Buch über Chorleitung. Weißgerber bekam ein Stundenbuch mit sechs verschiedenfarbigen Lesezeichen.
Paul meinte, der Pfarrer hätte ruhig 'n paar Tischtennis-

bälle mitbringen können.
Nicht erwähnenswert fand er, daß Schubert seiner Mutter monatlich 50 Mark schickte.

Auf der Empore saßen 30 Neuverurteilte mit frischen Glatzen. Meist junge Burschen. Sie hielten die Köpfe gesenkt.
Auf dem Altar brannten acht Kerzen. Die Katholiken knieten vor der Krippe nieder, die von innen elektrisch erleuchtet war, und bekreuzigten sich.

»Joseph, lieber Joseph mein,
hilf mir wiegen mein Kindelein,
daß Gott müsse dein Lohner sein
im Himmelreich, der Jungfrau Kind Maria.«

Schubert sagte in seiner Predigt, man sollte nicht glauben, daß es für Josef einfach gewesen sei, nach Ägypten zu fliehen. Da drängten sich Parallelen zu 45 auf. In einem zugigen, stinkenden Stall ein Kind zu gebären, das sei keine »süße« Weihnacht.

Im Schnee, unter schwarzem Himmel, machten wir Rauchpause. Freunde winkten uns zu. Gern hätten wir gefragt: Wie hat es euch gefallen?
Am Fenster entdeckte ich Willkowski mit einem hübschen Jungen. Über den Sachsen hatte er uns bestellen lassen, vielleicht käme er doch noch zu uns. Wir sollten nicht so fanatisch sein. Spengler habe mal gesagt, Fanatismus sei kleiner Eigensinn und Mangel an Humor.

Oben kniete Paul an der Tür und wischte uns den Schnee von den Schuhen. Auf dem Tisch lagen Stollen.
Der Maler hatte die Krippe mit hochgenommen und auf die Tischtennisplatte gestellt, daneben einen Pott mit Tannenzweigen.
Unter der Lampe hing das Transparent. Irgendeiner hatte es vom Saal mitgebracht.

Der Stubenälteste »hoffte und wünschte«. Die Ansprache wurde gestört. Der Wachtmeister knipste das Licht aus: Strom sparen für den Sozialismus.
Mein Übermann trat auf meine Stullen. Als ich mich nach hinten verzog, schüttelte er den Strohsack auf.

Am ersten Feiertag war der Jugendchor an der Reihe.

»Hohe Nacht der klaren Sterne,
die wie weite Brücken stehn . . «

Willkowski machte während des Singens geringschätzige Gesten. Wir sollten glauben, daß er über den Dingen stehe und im Grunde seines Herzens zu uns gehöre.

Der Oberrat sagte, wir sollten den Kopf obenbehalten, auch für uns käme der Tag, an dem wir uns in den friedliebenden demokratischen Staat einfügen könnten. Im übrigen hoffe und wünsche er . . .

11

Im nächsten Jahr schien plötzlich eine Rolle zu spielen, ob man zu »Zwangsarbeit«, »Zuchthaus« oder »Gefängnis« verurteilt war. Es hieß, die Gefängnis-Leute müßten noch sehr lange sitzen, die andern kämen bald frei.
Im Haus II zeigte man sich einen, der »Freiheitsentzug« hatte.

Der Maler schlug vor, wir müßten draußen in Verbindung bleiben. Er würde hektografierte Rundbriefe versenden und ein Buch, in das sich jeder von Zeit zu Zeit eintragen könne. Vielleicht könnte man sich sogar mal treffen, in ländlicher Gegend, unter einfachen Menschen, Palestrina singen und vom Erlebnis eines brüderlichen Zusammenlebens künden. Sicher würde es Reportagen geben. Vielleicht würden wir sogar in die USA eingeladen. Wir seien schließlich die einzigen, die die Fahne der Freiheit hochhielten.
»Pscht, pscht!« rief Treske. »Nicht so laut!«

Fritz sah sich schon auf der Couch liegen, rechts den Sechs-Röhren-Super mit zirpender Kurzwelle, links die Zigarettensammlung. Jede Stunde ein Tablett mit Obst, Salami und kalter Milch.
Er würde sich illustrierte Zeitungen der letzten Jahre bringen lassen. Alles nachlesen, was sich inzwischen ereignet hat. Vielleicht wäre es nötig, einen schwenkbaren Leseständer zu erwerben, der imstande sei, das Gewicht der Zeitungsbände zu tragen.

Eines wunderte ihn: Wenn er mal was aus dem Fenster werfe, ein Stückchen Seife oder was, dann pralle das todsicher ans Gitter.
Ich sollte aber mal versuchen, das Gitter absichtlich zu treffen! Das sei ihm noch nie gelungen.

Zu Mittag gab es nach wie vor Trockenkohl, zum Frühstück Roggenmehlsuppe.
Mein Onkel ging aus Sparsamkeitsgründen zu sogenanntem »Affenfett« über, Preßschmalz der billigsten Sorte. Seine wirtschaftliche Lage verbiete ihm große Sprünge.
Das Affenfett nahmen mir noch nicht einmal die Ost-Paketempfänger ab.

Dann kam der erste Brief von meiner Mutter, direkt aus Hoheneck. Sie arbeite in der Schneiderei, schrieb sie.
Ich bat, antworten zu dürfen; das wurde abgelehnt.

Im Februar wurde der Organist verhaftet und mit ihm der Orgelbauer, der Bibliothekar und andere Prominente. Man sprach von einem großangelegten Ausbruchsversuch. Ein Paketauspacker in der Poststelle habe seine eigenen Pakete zurückgehen lassen und Nachrichten eingelegt.
Auf WEST I hörten wir einen Wachtmeister brüllen: »Nehmen Sie die Hände runter!« Dann klatschte es.
Nachts schrie einer um Hilfe.

Auf dem Weg zur Rauchpause bumsten wir an die Tür des Organisten und flüsterten: »Halt die Ohren steif.«

Auch ein Polizeimeister war in die Sache verwickelt. Der war uns schon lange aufgefallen. Wenn man ihm begegnete, lächelte er und sagte »Guten Tag«.
Den Chorleitern gab er sogar mal Feuer in der Kirche.
Sein Sohn, so wurde gemunkelt, sei als Häftling in Buchenwald gestorben.

Auch in der Orgel wurde nach Waffen gesucht. So manche Pfeife ging zu Bruch.
»Nun drehn sie euch das Gas ab«, sagten die Kalfaktoren.

Eckstein ließ anfragen, ob er uns irgendwie helfen könne.

Wir wurden gefilzt.
Paul hatte noch Zeit, seine Illegalien unter den Mittelblock zu hängen. Er kippte Wasser auf den Fußboden, damit die Polizisten nicht auf den Gedanken kämen, womöglich unter die Pritsche zu kriechen. »Anti-Robbin« nannte er das.

Nach einer Woche wagten wir uns vorsichtig in die Sakristei. Detlef fand ein Buch mit Chorwerken, das der Organist uns vorenthalten hatte.

Petow ging ins Rechnungsbüro, der Kommunist in die Wäscherei.
Jonni schickte Botschaften, ich sollte doch in die Küche kommen, er wollte mir einen guten Posten besorgen.
»Tu das bloß nicht«, sagte Detlef, »was glaubst du, wie anstrengend das ist.«

Der Überbringer von Kassibern war der Ambulanzläufer. Ein riesiger Mensch. Früher war er mal in Australien gewesen. Tennisspielen konnte er auch.
Bei der Rauchpause stand er mit Friedbert von Tattingen zusammen, dessen Onkel im Führerhauptquartier Chefdolmetscher gewesen war. Er hatte eine graue Strähne im Haar und einen unwahrscheinlich schmalen Kopf.

Mit Fritz, der unter Darmparasiten litt, hatte er es verdorben. Er hatte die Würmer unbedingt sehen wollen. Ob es auch ganz bestimmt Madenwürmer seien?
Nun wurde Fritz dauernd mit den Worten »Na, wie geht's denn deinen Würmerchen?« begrüßt, und er hatte die Sache doch geheimhalten wollen.

Auf dem Hof war immer was los. Ärzte, Schreiber und alle möglichen Läufer sah man.
Sie hatten amtlich genehmigte, außen aufgesetzte Jackentaschen und grüßten sich. Ab und zu kamen sie gemächlich plaudernd mit einem Polizisten daher.

Die Kübelträger liefen selbst bei 20 Grad Kälte im offenen Hemd herum. Die schwappenden Holzfässer trugen sie an der Schulterstange meist freihändig.
Um zu zeigen, wie schwer es trotz allem sei, machten sie kleine Schritte.

Kalt war es auf der Zelle eigentlich nicht, obwohl nie geheizt wurde. »Wer friert, ist dumm«, sagte der Volksmund. Notfalls zog man sich seinen Arbeitsanzug unter oder lag tagelang in der Falle.

Fritz las ein Buch über Ägypten. Er deutete auf die Mumie von Ramses. So, glaubte er, würden wir nach 25 Jahren Knast aussehen.

Ich hätte gern irgendeine kleine Arbeit übernommen. Pfarrer Schubert, den ich um Rat fragte, sagte, ich könnte den Chor doch nicht im Stich lassen.

Eines Tages war der Oberrat verschwunden. Es hieß, er habe sich mit der Steckbriefkartei davongemacht und säße bereits in Wuppertal.
Die Chorleitung riet zur Vorsicht. Bisher habe einer die Hand über uns gehalten, das fiele nun weg.

Rehbock berichtete, er habe damals beim Fotografieren gegrinst. Er habe den Leuten damit zeigen wollen, daß es eine geistige Einstellung gebe, die über äußerliches Ungemach triumphiert. Man könne ja gar nicht wissen, wo unsere Fotos später einmal landeten.
Mir hatte der Fotograf das Hemd hinten mit einer Wäscheklammer strammgezogen. Er schimpfte, daß ich schlecht rasiert war.

Der Maler hatte einen tollen Hund eingefangen. Aus sicherer Quelle wisse er, daß eine Befreiungsaktion der UN bevorstehe. Dem Kirchenchor falle die Aufgabe zu, das Deutschlandlied einzuüben, denn der einfache Knastrologe sei vermutlich nicht imstande zu singen, wenn er befreit werde.
Damit es keiner merke, sollten die Chorleiter den Satz mit einer andern Melodie versehen.

Rehbock stellte neuerdings Überlegungen an, ob es wohl schwerer sei, falsch zu singen, wenn man musikalisch, oder richtig, wenn man unmusikalisch sei. Er für seine Person habe das Falsch-Singen geradezu geübt.

Aus Notenmangel sangen wir olle Kamellen. Schubert hätte gern was mitgebracht, die Verwaltung hatte nichts dagegen. Aber er tat es nicht. Wurde er von der Kirche daran gehindert?
Eindrucksvoll waren die ›*Sieben Worte*‹ von Schütz. Zu den

Kirchenproben stellten sich prominente Häftlinge ein. Auch der Jugendchor schickte Beobachter.

Der Mathematiker baute sich ein Roulett. Zum Singen mußte man ihn fast mit Gewalt holen, Tag für Tag tüftelte er an seinem System herum.
Um zu Gewinn zu kommen, müsse man irrsinnig schnell und kompliziert setzen. Ob das im Ernstfall durchführbar sei, bezweifle er. Wenn er bloß wüßte, wieviel Eintritt in den Kasinos verlangt werde. Das sei ein wesentlicher Punkt seiner Kalkulation.
Der vornehme Ambulanzläufer konnte ihm da auch nicht helfen.

Im März wurde ich in die Verwaltung geholt, Detlef ging vorsichtshalber mit. Sie brauchten in der Sattlerei einen Schreiber, ob das nicht was für mich wäre, fragte der Kommissar.
(Detlef machte Zeichen: Um Gottes willen, nein!)

Ich sagte zu.
Nur wenige gaben mir die Hand. Weißgerber reichte mir ein Heft mit selbstverfaßten Sprüchen. Wenn ich mal etwas auf dem Herzen hätte – er sei immer für mich da.
Detlef lächelte verlegen.

Vorm Saalflügel mußte ich warten. Die Spaziergänger musterten mich. Oben ratterten die Maschinen.
Gärtner trugen Komposterde an mir vorbei. Ich hätte am liebsten die Hand hineingesteckt.

Der Saalälteste begrüßte mich herzlich. Er hätte schon viel von mir gehört. Nur Gutes, verstehe sich.
Vor einem Jahr habe der Chor mal ein wuchtiges Ding gesungen ... was sei das noch gewesen? Er komme nicht drauf.
Hier, mein Platz. Zufrieden?

Aus den Unterkunftssälen kamen Freunde. Nun wüßten sie endlich, wer ihnen die Kassiber besorgte. Papier und Wäsche seien nun wohl auch kein Problem mehr, was?

Gert hatte gerade Nachtschicht gehabt. Mit dem Fingernagel

kratzte er weißlichen Belag von seinen Zähnen. Die Ähnlichkeit zwischen uns war geschwunden. Er war etwas voller geworden. Mit seinen Hängebacken sah er aus wie meine Klavierlehrerin.
(»Haste wieder nich jeübt?«)

Also, in die Sattlerei wollte ich. Na, denn man zu. Ich würde schon sehen, was da los sei. Er brauche mich wohl nicht groß zu warnen. Er wünsche mir jedenfalls alles Gute.

»Das ist mein Kaufmann«, sagte Sattlermeister Roth.
»Süß!« schrien seine Leute und warfen mir Kußhändchen zu. Einer nahm mich auf den Arm.
Sie machten Patronentaschen für die ungarische Armee.

Der aufsichtführende Polizeimeister trug eine randlose Brille.
»Hören Sie, Roth«, sagte er, »den Grabowski lassen Sie am besten als Sattler mitarbeiten. Den Schreibkram können die Schneider erledigen.«
Roth beruhigte mich. Keine Bange, er deichsle das schon.

Roth war ein weißhaariger Spaßvogel. Seine Augen wurden durch eine Plusbrille wunderlich vergrößert.
»Was euch die Kirche ist, das ist uns der Marxismus«, sagte er.
Mit seinen zerstochenen Fingern, deren verhornte Nägel krallenartig eingebogen waren, zeigte er mir die Listen, die ich von nun an führen sollte.
Ging der Polizeimeister mal durch, dann hantierte ich an der Materialkiste.

Mittags gab ich Suppe aus. Das Achtschlagen hatte ich ja lange genug beobachtet. Leider legten die Knastrologen jetzt keinen Wert mehr auf korrekte Kellerei.
Ich selber aß von der Suppe selten. Ich briet mir Pellkartoffeln auf dem Leimkocher oder röstete Brot.

Gert brachte neue Nachrichten: Ob ich wüßte, daß Opitz kurz vorm Abnippeln sei?

Willkowski lasse mir bestellen: So ging's zu in der Welt, über ihn hätte ich gelästert, und nun säße ich selbst in der Tinte.

Er sähe immer noch dieses Arschgesicht von Polizist vor sich, der ihn an der Sektorengrenze verhaftete, als er gerade Ostereier aus'm Ostsektor holen wollte.
Dafür sollten sie ihm im Westen aber bluten!

Für seine Entschädigungsansprüche wollte Gert sich einen Rechtsanwalt nehmen. Er habe seinem Vater gegenüber schon Andeutungen gemacht.
Da sei zunächst die gewöhnliche Haftentschädigung, sagen wir 20 Mark pro Tag, mit der könnten wir wohl fest rechnen.
Dann die Ausbildung. Ein zackiges Studium mit diversen Auslandssemestern müsse dabei herausspringen.
Und dann eine Rente für Körperschäden. Ich ahnte ja gar nicht, wie fertig er sei.

Abends saß die halbe Sattlerei in meiner Koje. Sie schubsten sich an mich ran.
»Du bist 'ne richtige Mieze«, sagte einer.
Sattlermeister Roth legte mir eine Bürste unters Bettlaken. Um ihm eine Freude zu machen, rief ich: »Hu! Was ist denn das?«

Ich benutzte jede freie Minute, um abzuhauen. Mit der »Sattlerei«-Binde am Ärmel kam ich überall durch.
Bei gutem Wetter ging ich ein paarmal ums Haus. Man mußte sich nur einen stichhaltigen Grund ausdenken: Wäsche umtauschen oder Leder vom Hauptlager holen.
Zur Tarnung trug ich eine Mappe unterm Arm. Die Binde am Ärmel und die Mappe unterm Arm, das genügte, kein Posten hielt mich an.

Einmal wurde ich von einem Platzregen überrascht. Mit andern flüchtete ich unter das Portal der Wäscherei.
Vom Lazarett kam ein Polizist, er sprang über die Pfützen. »Ganz schöner Regen, nicht?« sagte er und schüttelte die Mütze aus.
Die Köche stürzten ins Freie. Sie rissen sich das Hemd vom Leib.

In der Küche öffnete sich ein Fenster, Jonni winkte mich heran. Ich sollte reinkommen, sagte er, er schnitte gerade Fleisch, und der Wachtmeister sei nicht da.
Ich schaute mich um.
Ob er das mit der Sattlerei nicht »prima hingekricht« hätte.

Einmal traf ich mich mit ihm vorm Lazarett. Wir mischten uns zwischen die Leute, die auf den Bänken saßen und aufs Röntgen warteten.
Die weiße Uniform stand ihm gut. Seine Hose knarrte auf der glatten Bank.
»Bist 'n janz Schlimma. Bist'n Beesa«, sagte er.

Hinter der Zentralbaracke lagerten Gummiabfälle. Dort lag man in der Sonne und sah den Knastrologen beim Bretterstapeln zu.
Manchmal hielt auch das Schweineauto in der Gegend. Dann wurden quiekende Ferkel an Schwanz und Ohr gepackt und hinaufgeworfen.
Ab und zu drehte ich mit fremden Arbeitskommandos ein paar Runden. Da mußte man aber rechtzeitig abspringen, sonst landete man auf irgendeinem Saal.

Im Hauptlager gab's alles, von Schuster-Teksen bis zum Leckbier für Maler.
Der Mann von der Ausgabe wurde umworben, der hatte nämlich Feuersteine, die brauchte man fürs illegale Rauchen. Er kniff sie mit einer Kneifzange durch, dann stimmte die Anzahl.

Im Keller zeigte er mir einen zwanzig Meter langen unterirdischen Gang. Ich saß einen Augenblick auf den Treppenstufen und lauschte.
Solange es noch so etwas gab, suchte ich nach allen möglichen Vorwänden, in jeden Keller, auf jeden Boden zu steigen. Eines Tages entdeckte ich sogar ein richtiges Wochenendhaus mit Blumen vor den Fenstern: Das Büro der Baugruppe.

Hin und wieder sah ich Opitz. Er war keineswegs am Abnippeln.
In den zwanziger Jahren habe er Jimmy-Schuhe besessen, sagte er, das falle ihm gerade ein.

Ob ich nicht 'ne Zigarette für ihn hätte?
Einmal brachte ich ihm Nelken. Ich fände Nelkenblüten schaumig, sagte ich.
Diese Ansicht könne er nicht teilen, antwortete er.

Ins Rechnungsbüro, zu Chorkameraden Petow, ging ich ungern, obwohl man dort rauchen durfte. Da saß nämlich einer der Mecklenburger.
Wenn ich die Stiege herunterkletterte, öffnete sich todsicher irgendwo eine Klappe, und Jonni guckte raus.

Zweimal die Woche ging ich duschen. Als Mann mit Binde konnte ich kommen, wann ich wollte.

Hin und wieder saß ich auch in der Wäscherei.
Mit dem Hausmeister war nicht gut Kirschen essen. Der putzte den VP-Leuten die Schuhe und flüsterte ihnen Informationen zu.
Unter der Treppe hatte er sich ein Kabuff eingerichtet. Gegen eine Kippe konnte man dort unterkriechen und mit Freunden sprechen.

Im Außenlager war das Schrottkommando untergebracht. Dort steckte vermutlich der illegale Radioapparat, nach dem die Polizei schon lange fahndete.
Sie hatten einen schlechten Wachtmeister dort. Ein Häftling hatte ihn mal denunziert. Nun rächte er sich.

Auf dem Schrottplatz wurden mitunter nagelneue Maschinen zerschlagen. Das sah nach Sabotage aus.

Hin und wieder hatte ich in der Arbeitsverwaltung zu tun. Dort saßen nur Akademiker. Einer war doppelter Doktor. Dem mußte man alles zweimal erklären.
Auch der Läufer war Doktor der Rechte. »Akademischer Laufbursche« wurde er genannt.
Er wisse nicht, ob ich in der Sattlerei bleiben könne, sagte er. Meine Versetzung sei gewiß ein Irrtum, er müsse sich erst noch mal erkundigen.
Später kam er dann und wollte Lederschnürsenkel haben.

Der Hauptwachtmeister von der Arbeitsverwaltung hieß Werner. Das war ein ganz Blutleerer. Ohne seine akademische Hilfstruppe wäre er aufgeschmissen gewesen.
Ich hörte mal, wie ein Knastrologe zu ihm sagte:
»Ich bin Volkswirt.« Wenn der Herr Hauptwachtmeister mal 'ne passende Beschäftigung habe, würde er sich freuen ...
»Landwirt meinen Sie wohl?«

Neben der Arbeitsverwaltung hatte Hunde-Schulze sein Büro. Da saß er am Schreibtisch und pulte an seiner Tätowierung.
Seit der Schreierei im Jahre fünfzig machte er sich dünn. Da hatte er's zu toll getrieben.

Gegenüber war die operative Abteilung. Da gingen Schläger aus und ein.

Ich schlich mich in die Kirche. Rehbock saß am Klavier und übte.
»Der Hund ist tot ..« flüsterte er.
»Welcher Hund?«
»Stalin.«
Die Polizisten behängten die Stalin-Bilder mit Trauerflor. In der Zeitung erschienen Geschichten von fassungslosen Menschen: »ER ist tot ...«

Einmal mußte ich im Torhaus reparierte Pistolentaschen abgeben.
Ich gelangte bis in ein Zimmer, das durch einen Tresen in zwei Teile geteilt war. Jenseits des Tresens, das war »draußen«.
Ich dachte schon, die Gardinen würden gereinigt, da sah ich: die Fenster waren ja unvergittert. Das sah so kahl aus.

Ein Mädchen kam mit einem Rucksack voll Strümpfen, die wollte sie in der Anstalt stopfen lassen.
Sie sah mich an. (Irgendwo hatte ich doch mal in einer Sandkiste gesessen?)

Auf meinem Tisch standen manchmal Blumen. Scheele, der

kleine Sattler, brachte sie mit hoch. Von fern beobachtete er mich, was ich wohl dazu sagte.

Die andern hielten sich etwas auf mich zugute. Aber mit meinem Gang waren sie nicht zufrieden. Ich ginge breitbeinig wie ein Bauer. Das müsse anders werden.

Eines Tages war mein Kippentabak verschwunden. Ich hatte ihn in meinem Schreibtisch aufbewahrt.
Wütend suchten sie nach dem Dieb. Er hatte die Ehre des Kommandos befleckt.

Bei der Rauchpause hängten sie mir einen riesigen Penis aus Stoff hinten an. Ich bemerkte es glücklicherweise rechtzeitig.
Wenn mich Gert besuchte, ahmten sie Küsse nach.
»Muß Liebe schön sein!«

Gert wollte immer wissen, wie es meinen rüden Sattlern gehe.
In der Wäscherei würde jetzt Wäsche der weiblichen VP gewaschen. Ob ich ihm nicht mal einen ungewaschenen Schlüpfer besorgen könnte?

Es gab eine gute und eine schlechte Wache. Bei der guten Wachte tat ein Menschenfreund Dienst. Den nannten sie »Koreaner«.
Ich benahm mich ihm gegenüber immer zackig.
Türaufhalten. Das mochte er gern.
»Na, Krempowski, wie geht's?« sagte er.

Bei der guten Wache fanden sonntags Tischtennis-Turniere statt. Schneiderei gegen Rechnungsbüro.
Ich ging gern zum Volleyball-Platz. Da stand die Prominenz in Phantasie-Uniform und quatschte.
Erschien ein Wachtmeister, dann verschwanden die Illegalen hinters Haus und warteten, bis die Luft rein war.

Bei der schlechten Wache tat ein Halbirrer Dienst. »Schwa-

nenhals« wurde er genannt. In früheren Jahren hatte er auf dem Starenkasten gestanden und die Spaziergänger schikaniert.
Jeden dritten Tag waren wir ihm ausgesetzt. Dann lief alles quer. Sämtliche Türen schloß er ab, im Zuschnitt stauten sich die Halbfertigfabrikate.
Um ein wenig mehr Freiheit zu haben, machten sich die Knastrologen zum Anwalt der Produktion. Wenn er nicht sofort die Tür aufschlösse, könne die Norm nicht erfüllt werden.

Mir hielt er mal ein Messer unter die Nase. Was das zu bedeuten habe? Ich käme in den Karzer, wenn ich nicht sofort verriete, wem das Messer gehöre.
Ich führte ihn an den Werkzeugschrank, in dem Hackmesser, Hämmer und Feilen jeder Größe hingen.
Seitdem ließ er sich nicht wieder bei mir sehen.

Sein Kollege trug das Abzeichen für gutes Wissen in Silber. Er wurde »Emma-eck« genannt. »Emma-eck muß schließen«, sagte er, wenn die Knastrologen nach Affenart in den Gittern des Treppenhauses hingen und die Arme durchbaumeln ließen.

Film: ›*Die steinerne Blume*‹.
Von innen erleuchtete Pappfelsen verschieben sich ruckartig, als ein naiver Goldschmied auf der Suche nach seinem Glück in die Unterwelt gerät.

Im Mai wurde unser Betrieb den Bautzener Lederwerken unterstellt. Wir kriegten einen Produktionsleiter, der hieß Lemke. Ein Zivilist. Er trug Knickerbocker. Mit grämlichem Gesicht machte er sich an die Arbeit.
Zuerst wollte er mich rausschmeißen; die Bücher würden in der Buchhaltung geführt, sagte er. Dann behielt er mich doch.
Ich bekam 250 Mark. 220 wurden mir für »Aufenthalt und Verpflegung« weggesteuert, den Rest konnte ich für Obst und Tabak ausgeben.

Ab und zu gab's HO-Ware. Ich bestellte meistens Margarine, Mettwurst und Kunsthonig.
Die Arbeiter verdienten mehr als ich. Sie konnten sich sogar Anzüge und Aktentaschen kaufen. Die wurden ihnen natürlich nicht ausgehändigt.

Lemke war großzügig. Ihm war egal, wann und wie ich arbeitete. Hauptsache, ich schaffte mein Teil.
Er könne sich gar nicht vorstellen, daß wir alle unschuldig seien. Man sperre doch keine unschuldigen Menschen ein . . .

Kurz darauf floh Egon Schmalstich vom Rechnungsbüro.
Die Vopos hatten zunächst geglaubt, er habe sich das Leben genommen. Am Löschwasserteich fand sich Häftlingskleidung. Er sei immer schon so bedrückt gewesen, wurde gesagt.
Als endlich Flucht in Betracht gezogen wurde, war er längst über alle Berge.

Wochenlang habe er die Torpolizisten beobachtet, wurde erzählt. Dann sei er in ein Sauerkrautfaß gekrochen und habe sich rausfahren lassen. In einer dämmrigen Kirche sei er schließlich einem Priester begegnet, der ihn mit falschen Papieren und Baskenmütze versorgt habe. Von Kirche zu Kirche, von Pfarrhaus zu Pfarrhaus sei er geschlichen und endlich in Berlin angekommen. Jetzt eben sei sein Bericht in einem West-Berliner Verlag erschienen. *›Mein Weg in die Freiheit‹*.

Aus einer anderen Quelle verlautete, Egon Schmalstich befände sich bereits auf dem Wege nach New York. Er wolle der UN von der unmenschlichen Behandlung in ostdeutschen KZ berichten.

Zur Strafe wurden uns wieder einmal die Haare geschoren. Wir nannten den neuen Haarschnitt die »Schmalstichbombe.«
Lemke guckte nicht schlecht.
»Wie im KZ, nicht wahr?« sagten die Knastrologen. An Normerfüllung sei nicht mehr zu denken.

Ein merkwürdiges Gefühl, wenn man sich zum erstenmal über den kahlen Schädel streicht.
Gert sagte, er merke direkt, wie die Haarwurzeln aufatmeten, daß sie wieder frische Luft kriegten. Kurz vor der Entlassung wolle er sich noch mal 'ne Bombe scheren lassen, das erhöhe vielleicht die Haftentschädigung.

Was aus seiner Knastrologen-Befragung geworden sei?
Er könne schon drei Bücher schreiben, soviel Material habe er beisammen. Als Titel denke er sich: »Gelbes Elend ... Eine Dokumentation«, oder so ähnlich.
Aber die Verleger sollten ja nicht denken, sie könnten ihn übers Ohr hauen. Ein Grundstück mit Haus müsse mindestens dabei herausspringen!

Man könnte eine Sammlung von Knastgedichten herausbringen, überlegte er: »... Wir aber hingen *nicht* die Harfen in die Weiden ...«
Ob es wohl schon eine Vereinigung ehemaliger Häftlinge gäbe?

Am 17. Juni hörten wir Schüsse. Die Posten auf der Mauer drehten die MP nach außen.
Das Knattern wurde lauter.
Einer zielte auf unser Fenster. Da löste sich ein Schuß. Kalk platzte von der Decke. Ehe wir begriffen, was passiert war, erschoß er sich und fiel mit zerschmettertem Kopf in die Feuerzone.

Ein paar Wochen später mußte der Kirchenchor Uniformen von degradierten Polizisten säubern und bügeln. Ganze Wagenladungen wurden angeliefert.
Die Sattler sangen das ›*Feierabendlied*‹. Das sei die neue Nationalhymne der DDR.

Er habe immer Pech, sagte Lemke. Wenn's mal andersrum komme, schlügen wir ihn bestimmt tot.
Er brachte uns einen Rucksack voll Äpfel. Seine Frau lasse grüßen, auch die Tochter. Die sei etwas zu klein geraten, Liliputanerin. Er habe eben immer Pech.

Ich schenkte ihm einen aus Brot gekneteten Fisch, eine echte Knastrologenarbeit, noch aus der schlechten Zeit.

Er zog die Jacke aus, setzte sich auf einen Schemel und arbeitete mit.
Die Lastwagen seien schon unterwegs gewesen, sagte er.
Dann kam er auf 1950 zu sprechen, auf die Schreierei. Er hätte damals gerade Verwandte auf dem Lande besucht, da habe er unser Schreien gehört. Die Menschen seien auf der Straße stehengeblieben.

Der Westen hätte 'ne Briefmarke rausgebracht.

»Denkt an die Gefangenen!«

Die Sattler sagten, da hätten sie ruhig 'ne ganze Serie genehmigen können, wie früher am Tag der Wehrmacht. Häftling mit Krug, Häftling hinter Gittern . . .
Oder verschiedene Strafanstalten Grau in Grau.
Wir seien gar nicht gemeint, sagte Lemke. Es gehe um die Kriegsgefangenen in Rußland.

Ab und zu verschaffte er uns Zigarettenprämien. Bei der Ausgabe fragte er jeden einzelnen: »Na, ist das schön?«
Als Büromensch hatte ich keinen Anspruch auf Prämien. Gelegentlich fand ich eine Schachtel in meiner Schublade.

Von seinem Frühstücksbrot klappte er das Papier wie eine Bananenschale herunter. Die kurzen Beine mit den graumelierten Knickerbockern – »Pfeffer und Salz« – schlug er übereinander.
Das Hauptwerk habe eine zweite Fabrik dazubekommen, sagte er. Für Null Komma nichts. Volkseigentum. Das sei doch schön, was?
Das käme alles den Arbeitern zugute.

Beim Auspacken von Rohmaterial kam ich mit dem Chauffeur ins Gespräch. Seine verächtliche Miene war mir schon lange aufgefallen.
Nun könnten wir ja wieder fleißig sein, sagte er. Wir hätten die Normen schon ganz schön in die Höhe getrieben.

Im Juli wurden 30 Häftlinge zusätzlich eingestellt. Die nah-

men Haltung vor mir an. Neulehrer Föthes war dabei. Als er die Patronentaschen sah, verweigerte er die Arbeit.
»Ich frage Sie jetzt zum letztenmal, wollen Sie arbeiten oder nicht?« sagte der Polizeimeister, den Lemke zu Hilfe geholt hatte.
»Nein«, sagte Föthes mit zitternder Stimme. Er kam auf Einzelhaft.

Film: Krieg zwischen Rußland und der Türkei.
Bei Stapelläufen Männer mit eindrucksvollen Bärten. Gesang vorwiegend in Baßlage.
Ein türkischer Admiral schießt einen Boten nieder, der ihm das Erscheinen der russischen Schwarzmeerflotte meldete.

Im August brachte Pfarrer Schubert einen Geistlichen aus Berlin mit. Dicke Brille, Sommersprossen unter weißem Haar.
Verkrampft zogen sie in die Kirche ein. Man hätte denken können, sie seien magenkrank.
Der Organist spielte unterdessen ein Präludium. Er hatte schon mal was von Terrassendynamik gehört.

Der Gast konnte vor Erregung kaum predigen. Immer wieder setzte er ab und schluckte. Das genossen die Knastrologen wie ein seltenes Schauspiel.

Was er sagte, war weitgehend unverständlich.
Man konnte kaum folgen. Vielleicht nahm er an, er habe es bei politischen Häftlingen mit besonders intelligenten Leuten zu tun.

Der Chor sang eine Motette von Pepping.

> »Herr unser Gott,
> du hast die Erde gegründet
> und die Himmel sind Deiner Hände Werk . . .«

Ich saß in meiner Buchte.
(Wenn meine Mutter weinte, schnaubte sie erst die Nase, dann wischte sie die Tränen weg.)

Nachmittags saß ich in Schuberts kaltem Ledersessel.
Er zeigte mir ein neuartiges Schreibgerät, einen »Kugel-

schreiber«. Damit dürfe man sogar Schecks unterzeichnen. Draußen stampften die Spaziergänger ihre Runden. »Links —zwo—drei—vier!«

Warum ich denn dem Chor untreu geworden sei?

Eben sei einer von den »Rotkehlchen« bei ihm gewesen, der habe ganz anteilnehmend über die Predigt gesprochen, so daß er ihn gefragt habe, weshalb er säße.
Raubmord!
Das hätte ihm denn doch die Sprache verschlagen.
In Hoheneck sitze eine Frau, die ihr Kind durch 'n Fleischwolf gedreht habe.

In Waldheim habe sich mal ein Häftling an den Altarkerzen eine Zigarette angezündet. Der habe drei Tage Karzer dafür gekriegt.
Tatsächlich!
Sie hätten dort eine sehr schöne Barockorgel, eine Silbermann.

In Hoheneck seien kirchlich andere Verhältnisse als hier. Sein Vertreter dort sei Pietist. Zu Michaelis habe er über Engel gepredigt. Ein jeder habe seinen Schutzengel im Himmel, so wie die lieben Volkspolizisten dort oben auf dem Balkon ...

In Waldheim säßen viele Nazis, die sprächen immer von A. H. — Propst Grüber sei dort schlecht angekommen. Der habe in der Predigt gesagt, jeder müsse Schuld zunächst bei sich selbst suchen. Da hätten die Häftlinge getrampelt.

Für ihn sei die Arbeit hier nicht einfach. Er müsse dauernd auf des Messers Schneide tanzen.
Keiner Seite mache er es recht, der Volkspolizei nicht und nicht den Häftlingen. Die glaubten immer, er könne sie hier rausholen.

In der Wäscherei traf ich einen Freund, der immer gut orientiert war. Er las mir einen Artikel aus dem *Tagesspiegel* vor. Das tat er, als müsse er ihn den Russen ins Gesicht schreien. Ich war froh, als ich wieder an der frischen Luft war.

Im ersten Stock arbeitete ein braunäugiger Christenmensch. Er sollte meine Hose tauschen, ich wollte, wie es Mode war, unten schwarz und oben blau gehen.
Er ließ mich lange warten. Endlich klappte er das Buch zu, in dem er las und sagte: »... damit du es dir mal merkst: man stört seine Kameraden nicht in der Mittagspause.«
Eine schwarze Hose könne er mir nicht geben, ich hätte ihm ja auch noch keine ledernen Schnürsenkel besorgt.

Über den Hof schallte Gesang vom Kirchenchor. Ich traf den langen Jochen.
Ich sähe schlecht aus, sagte er und blickte sich nach allen Seiten um. Ob ich für ein paar Wochen ins Lazarett kommen wollte?

»Ah, da kommt ja unser Schwerkranker!« sagte der Arzt auf der Ambulanz. Er war bereits verständigt. Für meine akuten Magenstörungen verordnete er Sonderkost.
Im Juli überwies er mich ins Lazarett.

An mir wurde eine Schlafkur ausprobiert. Evipan. Kaum lag ich, da kippte ich schon ab.
Eine Woche schlief ich. Dann schwankte ich schielend auf eine große Zelle. Nun würde ich wieder aufgebaut, sagte Jochen. Jeden Tag stiftete er mir seine Milch.
Auch andere Freunde steckten mir was zu.

Nachmittags lagen wir hinterm Lazarett in der Sonne. Über uns ein großer Ahorn. Der Starkastenposten blickte ins Land.
Neben mir lag meistens ein zweiundachtzigjähriger Fabrikant. Der sah aus wie eine Bisamratte. Sein Chauffeur, das Oarschgesicht, habe ihn angeschissen, sagte er.
Auf der andern Seite lag ein FDGB-Funktionär, der sich gerade von einer Gelbsucht erholte. Seine Frau, so wurde berichtet, schreibe ihm politische Mahnbriefe.
1948, als ich eingeliefert wurde, habe er mich gesehen. Ich hätte schon damals einen guten Eindruck auf ihn gemacht.

Jochen faltete sein Taschentuch wie ein Buch zusammen: beim Schneuzen benutzte er jedesmal eine neue Seite. Er berichtete von Intrigen. Das Lazarett sei die reinste Schießbude. Wenn er mal abgeschossen werde, gehe er in den Kirchenchor.

Die Tbc sei im Abklingen, jetzt holten die Magengeschwüre auf, ich sollte man vorsichtig sein.
Ob ich der mechanistischen oder vitalistischen Richtung in der Medizin zuneigte, wollte er wissen.
Ich sagte, ich hätte mich in dieser Hinsicht noch nicht endgültig entschieden.

Eigentlich sei es doch erstaunlich, daß in der Anstalt so wenig Suizide vorkämen. Der eine oder der andere versuche es ja mal, aber selten einer ernsthaft.
Einmal habe sich einer erhängt. Einer von den Volkspolizisten, die ihn brachten, habe bemängelt, dem sei dabei ja nicht mal einer abgegangen.

Der leitende VP-Arzt stammte aus Westdeutschland.
Um zu beweisen, wie fortschrittlich er sei, schmiß er ein Drittel der Kranken raus.

Der Chirurg war tüchtig. Er flickte vermurkste Kriegsversehrte zurecht.

Die Jungen auf unserer Zelle lagen meist zu zweit in einem Bett. Was sie eigentlich im Lazarett zu suchen hatten, war nicht zu erfahren. Bei der Visite sprachen die Ärzte mit ihnen jedenfalls nicht über Krankheiten.
Zu starkem Protest kam es, als einer von ihnen eine Schwalbe, die sich auf dem Gitter niedergelassen hatte, mit der Hand fing. Der Vogel schrie und zappelte.

Eines Tages besuchte mich Produktionsleiter Lemke. Er brachte Äpfel von seiner Frau.
Die Knastrologen konnten nicht glauben, daß mich ein Zivilist besuchte. Auch Wachtmeister wunderten sich: so etwas hatten sie noch nicht gesehen.
Lemke saß lange an meinem Bett. Er verriet mir, wohin er meinen Brotfisch gestellt habe. Aufs Radio. Er sei nämlich Angler und deshalb habe er sich besonders darüber gefreut.

Die Knastrologen meinten, ich hätte einen Draht in den Westen. Sie versuchten nicht weiter, mich auszuholen, sie wollten meine Verbindungen nicht gefährden.
Draußen sollte ich Lemke mal ein Dankschreiben schicken, das hätte er verdient.

Nach vier Wochen wurde ich gesund geschrieben.

Im Ostflügel wurden die ersten »Xer« eingeliefert, Teilnehmer am Aufstand des 17. Juni.
Auf dem Rücken trugen sie groß ein weißes X. Als sie spazierengingen, waren alle Fenster besetzt.
Die Ausbrecher wurden auf dieselbe Etage gelegt. Die trugen ein A.
Gert zückte seine Schiefertafel, er fühlte sich inspiriert. Da läge was drin, ausgerechnet der erste und so ziemlich der letzte Buchstabe des Alphabets . . .

Es tat mir wohl, wieder an meinem Schreibtisch zu sitzen. Als erstes spitzte ich die Bleistifte an.
Die Buchhalterin lasse mir bestellen, ich hätte sorgfältiger gearbeitet als mein Stellvertreter, sagte Lemke.
Freiwillig machte ich Nachtdienst. Da konnte ich mich ungestört mit Freunden unterhalten.

Ab und zu war »Wiener Ball«. Drei Kerle imitierten eine Jazzband, trommelten auf Kartons herum und sangen

> »Wochenend und Sonnenschein
> und dann mit dir im Wald allein . . .«

Eng aneinander gepreßt drehten die Kisten ihre Runden. Hin und wieder ging ein Pärchen in den dunklen Lagerraum.
Wir saßen auf den Stufen und kuckten zu. Gert rückte näher und näher. Das sei ja nicht zu fassen. So ein Bild! Grotesk. Davon müsse man einen Film drehen.
Ob wir nicht mal ringen wollten, da hinten, auf den ollen Plünnen? Aus Spaß?

Er lieh mir ›*Schuld und Sühne*‹. Lemke gab mir drei Tage frei. Wenn ich meinte, daß ich das unbedingt lesen müßte, warum nicht.

In einem tschechischen Film flochten ein Bäcker und ein Stahlarbeiter Zopfkuchen um die Wette. Der Stahlarbeiter gewann, er hatte die richtige Arbeitshaltung.

Der Kirchenchor legte sich schwarze Uniformen mit glänzenden grünen Streifen zu. Es war das erste Kommando, das ganz in Schwarz ging. Das erregte Aufsehen. Kümmel nahm die Kurven noch zackiger als sonst.
Wenn sie noch einen Querstreifen auf dem Rücken gehabt hätten: sie hätten wie Ordensritter ausgesehen.

Nun gehe es bald nach Hause, hieß es, das sei klar.
Die Zeitungen brachten lange Listen von Kriegsgefangenen, die die Sowjetunion entlassen hatte.
Einer, der mit Gert zusammen verhaftet worden war und den die Russen als Anführer verurteilt hatten, gehörte auch dazu.
»Die Kleinen hängt man, und die Großen läßt man laufen«, sagte er.

12

Am 11. November kam der Hausälteste in mein Büro und sagte: »Pack deine Sachen.«
Die Sachen packen? Ich müßte doch die Lohnabrechnung machen!
Er komme in einer halben Stunde und hole mich, sagte er und ging.
Lemke und Roth liefen umeinander. Ich räumte meine Schublade auf.

Lemke rührte mich an. »Sehen Sie, immer habe ich Pech«, sagte er.
Einer meinte, ich würde vielleicht entlassen. Ein anderer sagte: »Immer die Besten schießen sie ab.«
Sattlermeister Roth flüsterte: »Wir können uns doch auf dich verlassen?«

Nachdem ich die Sachen gepackt hatte, setzte ich mich ans Fenster und beobachtete die Kübelträger. Sollte der Abschuß mit meinem Lazarettaufenthalt zusammenhängen? Gert war nicht zu erreichen, er hatte Schicht.
Ich ging zum Rauchen hinunter. »Mich haben sie eben abgeschossen«, sagte ich zu meinem Nebenmann, »ich weiß gar nicht, ob ich hier überhaupt noch stehen darf.«

Der Wachtmeister auf der Isolier-Etage sah kaum hoch, als ich gebracht wurde. (Von hier aus wurde also nachts um Hilfe geschrien.)
Paddelhand, jetzt Etagenältester bei den Isolierten, rief: »Jupp die Geige«, ich sei doch sonst ein ganz friedlicher Bürger . . .

Die Zelle war finster. Ich wuchtete mein Bündel auf die oberste Pritsche. Ohne auszupacken, stand ich lange herum.
Am Nachmittag kam ein Polizist vom Operativ und fragte,

warum ich mich beim Besuchsempfang so schlecht benommen hätte.
Ich bekäme überhaupt keinen Besuch, antwortete ich. Da ging er weg.

Ich stellte mich auf den kippligen Schemel und öffnete das Fenster. Der Kirchenchor machte gerade Rauchpause. Sollte ich rufen? Oder grell lachen?
Über meine Lache hatten sie sich immer so gewundert. Dann würden sie sofort wissen, wo ich jetzt steckte.

»Voll von Freunden war mir die Welt,
als noch mein Leben Licht war.
Nun, da der Nebel fällt
ist keiner mehr sichtbar . . .«

Bei der Essenausgabe stand die Schüssel zu Füßen des Wachtmeisters. Wenn ich mich bückte, erwartete ich jedesmal einen Schlag auf den Kopf.
Auf dem Saal hatte man die Suppe einfach nicht geholt. Hier mußte ich sie, die heilige, in den Kübel schütten.

»Sie heißen Kempinski?« sagte der »Fürsorgeoffizier«, der mich verhörte. Er wisse, daß in der Anstalt eine christliche Untergrundbewegung existiere und daß ich der Verbindungsmann im Nordflügel sei.
Zum Beweis hielt er mir ein auf Notenpapier geschriebenes Flugblatt hin:

»Wohl dem, der deine jungen Kinder
nimmt und zerschmettert sie an
dem Stein . . .«

Während ich meine Unschuld beteuerte, schob er sich Leibnizkekse in den Mund. Auf dem Fensterbrett stand von Knastrologen gebasteltes Kinderspielzeug.

An meiner Tür hing eine grüne Pappscheibe. An andern Türen waren rote.
Paddelhand machte Andeutungen. Ob ich den »Grafen de la Sierra« kennte? Über den hätte ich mich doch mal lustig gemacht.
(»Laß mich die Oktaven deines Leibes greifen . . . Und beim Crescendo bitte etwas mehr Pedal!«)

Links nebenan lag der Mecklenburger aus dem Bad und rechts Kamerad Föthes.
»Wie heißt ›Treppengeländer‹ auf englisch«, morste er. Ich stellte mich taub.

»Sie langweilen sich wohl«, fragte ein Polizist.
Bei den Nazi, 1942 in Torgau, habe er sich eine Spinne gehalten. Ich glaubte ja gar nicht, wie interessant so eine Spinne sei.

Ich legte mir einen Kalender an. Über zweitausend Striche waren zu ritzen.
Mit den Schaltjahren gab's Schwierigkeiten. Hatten die was mit der Olympiade zu tun?

Dann probierte ich es mit Verschiebebahnhöfen. Das hatte ich schon immer mal versuchen wollen. Bei Trutschell lagen die Fäden schön glatt, bei mir kräuselten sie sich.

Auf das Innenfenster konnte man mit Seife schreiben. Aber was?
1410, Schlacht bei Tannenberg.
(Draußen, in Hamburg, auf der Mönckebergstraße, trifft man plötzlich Knastrologen. Mensch, wie geht's?
Und dann die Presse. »Meine Herren, sehen Sie denn nicht, daß mich das alles sehr, sehr mitnimmt?«)

»Ihr naht euch wieder, schwankende Gestalten,
die früh sich einst dem trüben Blick gezeigt.
Versuch ich wohl, euch diesmal festzuhalten?
Fühl ich mein Herz noch jenem Wahn geneigt?«

Der Friseur brachte mir ersehnte Pillen. An seine Beine schmiegte sich eine Katze.
Ob er mir nicht was zu rauchen besorgen könnte, fragte ich.
»Nu mach mal halblang.«
Ich hatte eigentlich gehofft, ein Freund von der Ambulanz würde kommen. Dem hätte ich was zuraunen können: »Hol mich hier raus«, oder so was.

Die Pillen versetzten mich in Dämmerzustand. Kalypnon. Sobald ich aufwachte, schluckte ich eine neue.

Nach drei Wochen wurde ich auf die 32 verlegt. Dort fand ich meine beiden »Komplicen« vor, einen ersten Baß aus dem Kirchenchor, genannt »der Prinzipal« und – Fritz.
Wir sprangen herum, als hätten wir einen Bombenspaß ausgeheckt.

Fritz lief auf und ab. Er habe gedacht, sie würden ihn viel länger schmoren lassen. Drei Wochen kein Spaziergang, das halte man noch aus.
Ob wir nicht mal was singen wollten? *›Es ist viel Not vorhanden‹*, oder so was.
»Langsam, langsam«, sagte der Prinzipal. »Wir haben noch so viel Zeit . . .«

Im Chor sei's doch prima gewesen, sagte Fritz. Das sei ihm erst jetzt aufgegangen.
In der Einzelhaft habe er Dirigieren geübt. Dreiertakt und Vierertakt; links und rechts Einsätze geben. Ob wir mal sehen wollten?

»Man müßte . . .« sagte er und trat ans Fenster.

Er knallte sein Paket auf den Tisch. Hier, wenn wir wollten, dann könnten wir uns bedienen. Am besten, wir schmissen alles zusammen.
Darüber müßten wir noch mal in Ruhe reden, sagte der Prinzipal und stieg nach oben, um ein Bettlaken aufzuziehen.

Der Prinzipal schob seinen dicken Hintern in jede Ecke. Dauernd stieß er den Schemel um.
Wie lange es wohl dauerte, bis wir uns gegenseitig ankotzten, sagte er. Nach seinen Erfahrungen etwa vierzehn Tage.

Er frage Menschen immer gerne, ob sie an die Auferstehung glaubten. Aus der Antwort könnte man entnehmen, wie stark sie im Glauben wären.
Was Fritz darüber denke?
»Manchmal«, antwortete Fritz. Manchmal glaube er an die Auferstehung.
Ob er wisse, daß das eine sehr geistreiche Antwort sei?
Er erzählte, daß der Papst, befragt, ob der Widerstand in

der Ostzone zu verstärken sei, geantwortet habe: »Lassen Sie wachsen.«

Wir beschäftigten uns mit Harmonielehre, machten gemeinsam Sätze.

»Vom Himmel hoch, da komm ich her . . .«

Die Begleitung müsse die Tonleiter runtergehen, sagte Fritz, von oben nach unten.
Und »neue Mär« das müsse klingen, als ob man sich darüber wundere, sagte der Prinzipal. Das müsse auf besondere Weise sonderbar sein.

Es komme darauf an, sagte Fritz und knöpfte seinen Hosenschlitz zu, daß man so komponiere, wie man denke, daß es klingen müsse.

Der Prinzipal litt unter starken Blähungen. Er wich zwar immer zurück, wenn er einen abgelassen hatte, deshalb wußten wir aber doch, daß er es gewesen war. Fritz schickte die Augen gen Himmel.

In der Nacht zum 15. Dezember war Unruhe auf den Korridoren: Transporte wurden zusammengestellt. Wir hörten Trupps die Eisentreppen herunterklimpern und sich schurrend formieren.
»In diesem Jahr hab ich kein bißchen weihnachtliche Stimmung«, sagte der Prinzipal. Er stand barfuß in der Tür und horchte.

Zu Hause sei der Weihnachtsbaum immer ganz bunt gewesen, sagte Fritz.
Das fand der Prinzipal kitschig. Er habe immer nur weiße Kugeln, weiße Kerzen und Lametta genommen.
Um Gottes willen, kein Lametta! rief Fritz.

Dann stritten wir über die Weihnachtsgans. Der Prinzipal war Anhänger der Maronenfüllung. Fritz schüttelte sich. Eine Gans ohne Äpfel! Da fehle ja der weihnachtliche Geschmack.
»Jedem, was ihm schmeckt«, antwortete der Prinzipal, »dem einen Leberwurst, dem andern grüne Seife.«

Während die Kalfaktoren Filzgut zusammenkehrten, wurde unsere Isolierung aufgehoben.
»Da müßte sich doch eigentlich einer bei uns entschuldigen«, meinte der Prinzipal. »Man kann doch nicht so einfach die Tür aufmachen und sagen: raus!«
Er meine wohl, sagte Fritz, die bliesen ihm noch Puderzukker in den Arsch . . .

Die Karzer wurden gerade geschrubbt. Bärtige Häftlinge standen an der Wand.
Wir beide lägen wie offene Bücher vor ihm, sagte der Prinzipal. Er hoffte, daß uns das gemeinsame Erleben trotz allem für die Zukunft zusammengeschweißt habe.
Paddelhand fragte, wohin er uns bringen sollte. Zum Kirchenchor natürlich.

13

Als wir in die Chorzelle geschlossen wurden, gab es ein Freudengeschrei. Es war beinahe so wie damals, als der Pißkübel umfiel. Weißgerber drückte mir strahlend die Hand, und Paul trug mich um den Mittelblock.
Sie hatten Verstärkung nötig. Zehn Mann waren auf Transport gegangen.
Fritz meldete sich zu sämtlichen Singe-Klubs. Sogar zu den Psalmodisten.

Ein Quartett von Spezialisten brütete Distler-Sätze aus.

»Lobt Gott, ihr Christen all' zugleich . . .«

Das höre sich an, als sei die Schallplatte gesprungen, sagte Kümmel, der allem Neumodischen nach wie vor abhold war.

Mein Hauptaufenthalt war Fritzens Koje. Über uns wurde Englisch getrieben.

»*He has washed . . .*«

Fritz lachte.
Wieso er lache, wurde gefragt.
»Das heißt doch nicht ›*he has washed*‹!« rief er.
Wie, bitte, dann?
Das wisse er nicht, aber auf keinen Fall »*he has washed*«.

Draußen schnürten die Spaziergänger Achten in den Schnee, die Wachtmeister zarte Tangenten.
Vor der dampfenden Küche standen Schneemänner.
(Wenn wir vom Rodeln hochkommen sollten, klopfte meine Mutter mit dem Ring gegen die Fensterscheibe. Kakao und Schmalzbrote standen bereit.)

Kurz vorm Fest kam Pfarrer Schubert.
Wie schön, daß ich die Isolierung so gut überstanden hätte, sagte er und zog die Uhr auf. Er meine immer noch, hier in der Anstalt gäb's Dinge, die ihm verheimlicht würden.

Wie flach sie sei, seine Uhr, ich sollte mal schauen.

Im Lazarett habe sich ein Häftling mit einer Klobürste anal befriedigt. Der sei daran kaputtgegangen. Er wisse gar nicht, was er den Eltern schreiben soll.

Amnestie? Nein, von Amnestie sei ihm nichts bekannt.

Zu Weihnachten wurde die Krippe wieder aufgebaut. Der Maler hatte Sand drübergesiebt, es sah aus, als stünden die Figuren in der Wüste.

Die Kirchgänger wurden schon beim Einrücken mit Quempas-Liedern empfangen.

»Freut euch heute mit Maria
in der himmlischen Hierarchia . . .«

Sie dachten, es sei schon losgegangen, und beeilten sich, auf ihren Platz zu kommen. Andere zischten, weil sie solchen Krach machten.

Das *›Reis‹* — diesmal in einer Praetorius-Bearbeitung — gedieh »sphärisch«, wie Rehbock sich ausdrückte.

». . . hilft uns aus allem Leide . . .«

»Haste gesehn, wie ergriffen die waren?« wurde hinterher gefragt.

Es gebe ein Bild, das hinge im Kaiser-Friedrich-Museum, wenn er nicht irre, die *›Fram im Eis‹* oder so ähnlich. Daran müsse er immer denken.

In der Neujahrsnacht stellte ich mich ans offene Fenster.

»Das moralische Gesetz in mir,
der gestirnte Himmel über mir
und: WESTFALEN.«

(Bäcker Schering ließ immer Kanonenschläge los. Im Hinblick auf den Gasometer in unserer Nähe meinte mein Vater, falls mal ein Krieg komme, sei es geraten, die Wohnung zu wechseln.)

Im Januar startete die Stasi eine merkwürdige Befragungsaktion. Was man vom Frieden halte?
In der Verwaltung brannte wieder einmal »Tag und Nacht« Licht.

»Zu mia sollnse ma komm«, sagte Paul. »Ick wer ihn schon Bescheid stoßn.«

Der SSD-Mann trug Uniform-Breeches zum Ziviljackett. Er fragte, wie alt ich bei meiner Verhaftung gewesen sei.
Erst achtzehn? Das könne ja gar nicht angehn . . .
Er habe mal einen Kameraden bei der Flak gehabt, der habe Kembrowski geheißen. Merkwürdig, nicht?

Der Ambulanzläufer erzählte, ihn habe der Stasi-Mann gefragt, ob denn Entlassungen in Aussicht stünden?
Ja, warum denn nicht? Ob er meinte, die DDR sei nicht stark genug, uns zu verkraften?

Wie seine politische Meinung sei?
Er habe sich kein rechtes Urteil bilden können, habe er geantwortet, aus den Zeitungen sei ja dauernd was rausgeschnitten.

Zweifler würdigte er nur flüchtiger Blicke.
Für ihn komme einzig und allein Westdeutschland in Frage. Wer bleibe denn schon im Osten? Später gehe er dann wohl nach Brighton. Ein Vetter habe dort was arrangiert.

Seinem Intimus, Friedbert von Tattingen — unwahrscheinlich schmaler Kopf mit grauer Strähne im Haar —, dessen Onkel seinerzeit im Führerhauptquartier Dienst getan hatte, fiel die Asche aufs Jackett. Worum drehe es sich eigentlich? Beim Einrücken hielt er Abstand.

In der Kfz-Werkstatt wurden Lastwagen mit Sitzen versehen. Mit denen sollten die Entlassenen zum Bahnhof transportiert werden, hieß es.
Ein Wachtmeister sagte: »Ihr geht alle nach Haus, so oder so.«
Die Schneiderei fuhr Sonderschichten.

Saal 2 wurde geräumt, die Pritschen abgeschlagen. Wir hörten die Bretter poltern. Hier sollten sich die Amnestierten aufhalten, bis ihr Zug ginge.
Die Verwaltung habe zwanzig Mensch-ärgere-dich-nicht-Spiele angekauft, sagten die Kalfaktoren. Bier gebe es kostenlos.

Schulmeister Meine rechnete: Seines Wissens könnten sich an einem Spiel jeweils sechs Spieler beteiligen. Sechs mal zwanzig seien 120 Mann. Wenn man annähme, daß noch andere Zerstreuungen bereitstünden, könnte man getrost die doppelte Anzahl von Amnestierten rechnen.

Aus Dresden kam ein Lastwagen mit neuen Anzügen.

Der Fensterposten signalisierte, man schleppe Effekten in die Kirche.

Die Chorleitung gab auf der Zelle das Rauchen frei.

Der Sachse bestand darauf, daß wir uns bei seinen Eltern im Allgäu registrieren ließen. Fürs Chorrundbuch. »Wenn einer mal in Not gerät, dann helfen wir ihm aus.«
Er hängte seine Komposition in die Orgel. Es sei eigenartig, fand er, daß er eben jetzt die fünfte Bitte in Arbeit habe.

Kümmel kratzte hinter der Heizung ein Loch in die Wand und tat sein in Sütterlin geschriebenes Tagebuch hinein.

»Eine kleine Uhr in meinem Herzen ...
ticke-tacke, ticke-tacke, tack!«

Später, wenn einmal alles vorbei sei, würde er es sich holen und veröffentlichen.
Er freue sich schon jetzt darauf, seiner Frau die Anstalt zu zeigen.

Treske zählte es an den Fingern her: Befragung durch die Stasi, Effekten in der Kirche, Saal leergeraumt ...
»Hier, Kinder, bedient euch«, sagte er und legte seine Zigaretten auf den Tisch.

Detlef wurde gelöchert. Ob's damals, 1948, bei seiner Entlassung auch so gewesen sei und welche Folgerungen er, konkret und ganz objektiv, aus all diesen Maßnahmen zöge?

Detlef und ich beschlossen, fürs erste zusammenzubleiben. Wir würden beide nach Hamburg gehen.
Für den Fall, daß einer eher entlassen würde, könnte er die Verwaltung ja bitten, ihn noch etwas warten zu lassen.

Für den Fall, daß einige Kameraden zurückblieben, hieß es Verabredungen treffen.
Wer rauskomme, müsse unbedingt Noten schicken.
Ja, ja, sagte Rehbock, und ein Manifest an die UN.

Am Abend des Sechzehnten wurden Bretter mit Broten in die Kirche getragen. Wir winkten den Kübelträgern zu.

»Jetzt ist die Zeit und Stunde da,
wir faaahren nach Amerika!«

In der Nacht schlenderten fremde Offiziere ins Lazarett. »Sicher gehn die größten Idioten zuerst«, wurde gesagt. Reinhold beschwerte sich über den Krach, er könne nicht schlafen.

Gegen Mitternacht wurde die Eisentür von Abschnitt II geöffnet. Ein kleiner Trupp Amnestierter ging zur Abschlußuntersuchung ins Lazarett. Es waren Alte aus dem Außenlager. Treske war wieder einmal skeptisch. Wenn die Anstalt womöglich nur Krüppel entließe?
Über diese Aussicht freute sich Schomann, der Beinamputierte. Er hüpfte zu seinem Platz und packte.

»Es muß das Herz bei jedem Lebensrufe
Bereit zum Abschied sein und Neubeginne ...«

In kurzen Abständen kamen neue Trupps, schwer bepackt, lautlos. Im Schein der schwingenden Lampen konnte man sie nur undeutlich sehen.
»Das sind so Erlebnisse, die man nie vergißt«, sagte der Sachse. Er fragte, ob wir nicht ganz leise ein Tedeum anstimmen wollten?

Treske hatte Tränen in den Augen. »Sieht man sich draußen wohl mal wieder?« fragte er.

»Ein sonderbares Gefühl, zum letztenmal im Knast aufzuwachen«, sagte Fritz am nächsten Morgen. Er nahm seine Zahnpasta in die Faust und quetschte sich Würstchen als Epauletten auf die Uniform.

Pausenlos kamen Trupps, die Matschspur im Schnee wurde breiter. Gegen Mittag entdeckte ich Jonni unter den Amnestierten.
Er rutschte aus, als er mit breiter Geste winkte. Fidel verwandelte er sein Torkeln in Tanzschritte.
»Vergiß uns nicht!« schrie der Sachse.

In der Kirche wurden sie eingekleidet. »Emma-eck« mußte ihnen in den Hintern kucken. Einer habe sich bei ihm bedankt, wurde erzählt. Er habe hier auch schöne Stunden verlebt.

»Wie hab ich das gefühlt, was Abschied heißt.«

Auch »Blaue Bohne« wurde entlassen. Der mit seinen 36 Tagen Karzer! Wenn *so einer* ging, dann war uns, mit unserer ewig guten Führung, die Freiheit doch wohl sicher!

Freunde, die ihn zur Bahn brachten, als er wieder an die Front mußte, hätten sogar 'ne Pauke mit auf 'n Bahnsteig gebracht, erzählte Kümmel.
(Mein Vater stand noch lange am Abteilfenster und winkte. Das Tuch war das letzte, was wir von ihm sahen.)

Vom vielen Grinsen tat einem das Gesicht weh.
Unwillen erregte es, daß Weißgerber auch jetzt noch griechische Vokabeln memorierte. Solch Gleichmut mußte ja das Schicksal herausfordern.

Dann begann auf dem Westflügel das Schließen. Mal schien es näher, mal weiter entfernt zu sein. Wir horchten an der Tür, um Namen zu verstehen.
Ich ging dauernd pinkeln. Wenn ich den Deckel hob, fiel mir ein: Mensch, du warst ja eben gerade.

Plötzlich stand ein Posten in der Zelle. Müller, ob der entlassen werden wollte?
Der kroch aus seiner Koje und schoß an dem Wachtmeister vorbei.
Halt! Halt! Zurück! Ob er entlassen werden wollte? Diese Frage müsse er erst beantworten.
Ja, er wolle entlassen werden.
Na denn los!

Der Sachse, Kümmel und Detlef folgten. Kaum daß man ihnen die Hand drücken konnte. »Macht's gut!«
Unten im Jugendchor brüllten sie: »Hurra!«

Rehbock und Paul, der Schulmeister und der Exner, alle zogen ab.
»Wenn sie *mich* holen, geh ich im Parademarsch«, sagte Fritz.

Von Zeit zu Zeit kuckte man die Kojen durch, wer noch da sei.
Die Zelle leerte sich.
Ein paar Westdeutsche kamen noch mal zurück. Sie würden erst morgen gehen. »Ihr kommt bestimmt auch noch dran«,

sagten sie. Auf dem Fußboden lag Papier.

Der nächste Tag war ruhig. Gegen Mittag wurde zum Spaziergang rausgeschlossen.
Die Kalfaktoren sagten, im Ostflügel habe ein Polizist gemeint, es sei eine große Ungerechtigkeit, die Hälfte der Häftlinge zu entlassen und die andern dazubehalten.

»Klappe zu, Affe dot«, sagte einer. Und Treske kriegte einen Tobsuchtsanfall. Er schrie: »Ich bitte, daß man mich erschießt!«
Willi, der Notenschreiber, warf eine Tasse an die Wand. Sie blieb heil.

Am Zwanzigsten komme noch eine Nachtragsliste. Weißgerber empfahl, dem Herrn zu vertrauen.
Der Chorkommunist wurde höhnisch gefragt, ob die Entlassung auch so ein Stalinscher Knoten gewesen sei.

»Wenn mich einer fragt«, sagte Schomann und hüpfte an den Kübel, »wenn mich einer fragt, wie's im Knast gewesen ist, dem schlag ich gleich in die Fresse.«
Fritz nahm die Zahnpasta-Epauletten vom Jackett.
Nur gut, daß man sich mit den Kumpels abgesprochen hätte, nun würden wenigstens Noten anrollen.

Von Willkowski kamen erste Verse:

»So gingt ihr nun dahin,
ach, Freunde, lebet wohl.
Erfahrung ist Gewinn,
wenn auch von Schmerzen voll.«

Er hatte doppelten Grund zur Trauer, seine Mieze hatte ihn verlassen.
Ob er mich in den Jugendchor holen sollte? ließ er anfragen. Der Kirchenchor würde sicher aufgelöst.

In Leipzig hätten sie einen aus dem Zug geholt, wurde lachend erzählt, der habe das Maul nicht halten können.

Mit Vergnügen hörte ich, daß auch der letzte Mecklenburger gegangen war. »Tau mi kannst ›Hinni‹ seggen.«

Um die Hinterlassenschaften gab es Streit. Nicht jeder hatte ein Testament gemacht.

»Kleine Stadt will schlafen gehn,
die Lichter löschen aus!«

Ich erbte eine flache Kunststoffschachtel.

Nach allerhand Hin und Her wurde Fritz zum Chorleiter gewählt. Er traue sich das zu, sagte er. Wir würden sehen, er schaffe es.
Der Kaplan machte wegwerfende Gesten.

Fritz besorgte sich eine weiße Armbinde, auf der stand »Kirchenchor«. Er wandelte mit der Stimmgabel von Zelle zu Zelle und pickte sich gute Leute heraus.
Wir machten inzwischen sauber.

Eine Woche später kamen fünfzehn Mann mit Sack und Pack. »Wir sind hier so eine Art Orden, eine klösterliche Gemeinschaft«, hörte ich jemand die Neulinge einweisen. »Hier wird gespurt!«

Vom Ambulanzläufer hatte man neuerdings den Eindruck, daß er sich nur aus phonetischen Gründen mit einem unterhielt.
»Er hätte mit dem Stasi lieber nicht so frech umgehen sollen«, sagte Treske, »sonst säße er jetzt vielleicht in Brighton und tränke Tee.«

Schubert beschrieb die Begeisterung, mit der die Knastrologen zu Haus empfangen wurden. Heimatdörfer hätten Blaskapellen aufgeboten.
Als weniger geschickt müsse bezeichnet werden, daß man in westdeutschen Bahnhofsmissionen Schallplatten mit ›*Nun danket alle Gott*‹ abgespielt habe.
Unser Gesang sei jetzt ein wenig dürftig, gell? Wenn man so an früher zurückdenke ...

Die westdeutschen Behörden hätten von der Existenz so vieler politischer Häftlinge gar keine Ahnung gehabt. Statt in Sanatorien hätten die Amnestierten sich auf den Korridoren von Ämtern wiedergetroffen.

In Wuppertal, »Schwester Amalie«, habe sich erhängt.
Aber Schörner, als der gekommen sei, da habe es Glückwunschtelegramme gehagelt.

Ob er wohl mal mit Albe kommen sollte? Der Talar sei schließlich nur ein Arbeitsgewand. In Schweden trügen die Pastoren heute noch Ornat.

Rehbock schickte uns eine Karte. Er sänge jetzt sechzehnstimmige Motetten, doppelchörig, mit Orgel und Orchester. *Wir* seien jetzt gewiß in alle Winde zerstreut, das könne man sich ja vorstellen. Wir sollten uns an die alten Zeiten erinnern, das halte hoch.

Detlef schrieb vom »Musikalischen Opfer«. Es sei »schwierig und kaum zu verstehen«.
Es habe gar keinen Zweck, mit Verkäuferinnen anzubändeln, die kicherten immer nur und verstünden nicht, was man von ihnen will.

Auch meine Mutter war amnestiert worden.
Ich kriegte einen Brief von ihr aus Hamburg.

»Zu neuen Ufern lockt ein neuer Tag!«

Am ersten Paket merkte man die Knastrologenerfahrung. Dreierlei Wurst, ausgebratenes Schmalz, Zwiebeln, Zitronen und Gurke.

Sie wohne in einem kleinen Verschlag, schrieb sie, ohne elektrisch Licht und Wasser. In einem Luftschutzbett schlafe sie, und als Nachtschrank diene eine Kiste. 70 Mark bekomme sie pro Monat.

Fußballweltmeisterschaft. Alle paar Minuten gaben die Polizisten den Spielstand durch.
Beim 3:2-Sieg der Deutschen klackerten im ganzen Bau die Fahnen.
Der Obergärtner sprang in die Wassertonne. Dafür handelte er sich drei Tage Karzer ein.
Die Deutschen hätten zwar gewonnen, stand in der Zeitung, aber ihr Spiel sei Limonade gegen den Sekt der Ungarn gewesen.

Ich las Giorgio Vasari. Da stand was von gelungenen Verkürzungen drin. Das fiel mir auf.

Ende Juni schloß uns die VP zur Sonnenfinsternis raus. Wir hatten Röntgenfilme aus dem Lazarett besorgt, um unsere Augen zu schützen.
Die Wachtmeister rechneten sich das kosmische Ereignis als persönliches Verdienst zu. Um ihnen eine Freude zu machen, wunderten wir uns über die Maßen.

Fritz gab sich große Mühe. An einem dreifachen »Ach« arbeitete er tagelang. Immer wieder rief er uns zusammen. Laut, leise, mit Schweller oder im Sforzando. Er konnte sich nicht entscheiden.
Es war auch niemand da, der's ihm hätte sagen können.

Die Katholiken kriegten einen neuen Pfarrer. Der alte war mit seinen achtzig Jahren beim Weihen der Felder vom Pferd gefallen.
»Sonntagsarbeit ist Knechtsarbeit«, hatte er den zur Arbeit ausrückenden Schlossern zugerufen.

Der neue war noch jung. Er hieß Stefani. »Dulsche« sagte er statt »dulce«.
»Wolln wir 'n Samaritan machen?« fragte er Fritz.
Seine erste Predigt fing er mit dem Wort »Napoleon« an.

Er machte sich zum Verkünder der Anstaltsordnung.
Der VP seien wir Dank schuldig, denn sie schütze uns ja schließlich vor allerhand Ungemach.
Fritz mochte ihn anfangs gut leiden, denn er brachte Messen von Palestrina mit.

Jeden Monat gingen wir zweimal zu den Tbcern. Einmal mit Schubert und einmal mit Stefani. Sauber gebürstet marschierten wir an der frischgeharkten Feuerzone entlang. Der Chornazi trug das silberne Kreuz wie eine Standarte vorneweg.

Der Posten auf dem »Starbudchen« – wie der Balte den Starkasten nannte – schaute nicht schlecht, wenn wir daherkamen.
Stefani rief hinauf: »Schön heut, nicht?«
»Was ist?« fragte der Posten.
»Ich meine, es ist schön heut, nicht?«
Mit den Gefangenen sprach er nur das Nötigste.

Durch das Südfenster fiel Sonnenlicht ein.
Ein Teil der Kranken lag auf Bahren. Manche drückten uns die Hand.
Aus den Zellen hörten wir provokatorisches Rotzen, und die Pfleger taten so, als sei es nichts Besonderes, daß wir da sangen.

Beim »Ecce« von Gallus hatte der Balte eine Sonderfunktion. Während wir den Schlußakkord verklingen ließen, ging er tief in die Oktave. Die Wirkung war enorm.

Übereifrige schlugen für Haus III einen gemeinsamen Gottesdienst beider Konfessionen vor. Erst solle Stefani predigen, dann Schubert.

»Wir glauben all an einen Gott . . .«

Immerhin, beim evangelischen Gottesdienst durfte Herbert, der Gefangenenkaplan, mit umgehängter Stola den Katholiken Hostien austeilen.

Opitz schenkte mir Weißkäse.
Von der Una Sancta unserer Vorstellung sei man weit entfernt, sagte er mit kehliger Stimme. Er stelle sich die Vereinigung beider Kirchen mehr als Ecclesia in Ecclesia vor.

Was *ihn* von der Kirche trenne, sei »des Fleisches Lust«. Er könne nicht einsehen, daß das Sünde sei.
Hier in Haus III sei übrigens zu beobachten, daß die Tbc sexuelle Ausschweifung begünstige. Gelegentlich wolle er mir ausführlicher davon berichten.

Augenblicklich lese er mal wieder im ›*Faust*‹.

»Wie Himmelskräfte auf- und niedersteigen
Und sich die goldnen Eimer reichen!«

Wie man sich das wohl vorzustellen habe: ». . . die goldnen Eimer reichen . . .« Er sehe das nicht.
Man sei damals auf Saal 3 zwar etwas enthusiastisch gewesen, aber schön sei es doch gewesen, nicht wahr?

Im August wurde der Koreaner ermordet. Ein Einzelhäftling erstach ihn.
Der Häftling hatte nachts die Fahne* geworfen, den Koreaner mit einem Tonkrug zu Boden geschlagen und mit einem Messer, das er in seiner Tasche fand, massakriert.
»Laß mich leben! Laß mich leben!« hatte es durch den Bau gehallt.

* Vorrichtung zum Herbeirufen des Wachtmeisters.

Der Mörder kam in den Karzer.
Auf unserem Weg zur Rauchpause sahen wir ihn. Die äußere Tür seiner Zelle stand offen, er lehnte am Gitter und sprach mit dem Wachtmeister, der vor ihm saß. Eine Lampe strahlte ihn an.
Eines Tages war er nicht mehr da.

In der Nebenzelle lag ein Kübelträger. Der wurde wegen Ausbruchsversuchs und Sachbeschädigung zu drei Jahren Zuchthaus nachverurteilt.

Der Zeitung entnahmen wir, daß man die Krawatte jetzt anders binde. Mit einem Lappen übten wir den »Windsorknoten«.

In der Nacht zum 10. Dezember schrie der Bluter plötzlich um Hilfe. Er habe Schmerzen im Unterleib. Er schrie die ganze Nacht.
Wir donnerten an die Tür. Der diensttuende Häftlingsarzt gab ihm eine Beruhigungspille und sagte, er solle sich nicht so anstellen.
In der Frühe wurde er endlich weggeschafft. Kurz drauf war er tot.

Die Sänger drängten Fritz, er solle eine Gedächtnisrede halten.
Er führte uns in die Kirche und ließ den Organisten ein Präludium von Bach spielen. Dabei könne sich ja jeder was denken.
Leider benutzte der Organist den Schweller. Das war der Andacht nicht förderlich.

Zu Weihnachten traf ein Brief von Rehbock ein. Mit Interesse habe er gehört, daß wir weitersängen. Wir lebten auf einer Insel, das sollten wir nicht vergessen. Draußen sei alles so ganz anders.
Die Spanien-Fahrt habe er genossen: den Prado, das Meer, Barcelona (vier Tage). Diese Kathedralen . . .
Er hoffe, daß die Konjunktur anhalte, damit auch wir noch was davon abbekämen.

Film: ›*Valerie Skalow*‹. Der Meisterpilot unterfliegt eine

Brücke und wird deshalb getadelt.
Überm Nordpol wünscht er sich Tschaikowskijs *›Siebte‹*, und in Neufundland wird er von amerikanischen Reportern gefragt: »Wieviel Millionen haben Sie?«
»Hundertfünfzig«, antwortet er. Sein flatternder Schlips deutet Flugplatz an.
»Dollar oder Rubel?«
»Menschen.«

Die Bäcker stellten ein Laufgitter mit Küken ins Gras. Beim Spaziergang hockte ich mich hin, um sie zu betrachten. Eins hackte nach einer kleinen Narbe an meinem Zeigefinger.

Von unserm »Privatgeld«, das wir durch Arbeit erworben oder von mitleidigen Verwandten geschickt bekommen hatten, durften wir HO-Ware kaufen. Dafür fielen die Pakete weg.
Ich bestellte Kunsthonig und Margarine. Dazu ein Viertel Jagdwurst. Die aß ich »auf der Faust«.
Zu Mittag gab es auch weiterhin Trockenkohl.

Ab Januar 1955 schickte Schubert einen näselnden Vertreter. Orthodoxe Kirchgänger bemängelten, daß er braune Hosen zum Talar trug.
Fritz sollte nicht immer so ungestüm in die Sakristei hineinplatzen, ob er nicht bitte anklopfen könne?
Den Abendmahlswein brachte er in Bierflaschen mit.

Da er die Akustik der Kirche nicht kannte, bat er, Fritz möge die linke Hand heben, wenn er zu laut, die rechte, wenn er zu leise spreche.
Polizisten dachten, Fritz wolle geheime Zeichen geben und hasteten auf die Empore.
Ein Teil des Chors ging während der Predigt auf dem Toilettengang spazieren.
»Reinkommen, is soweit!«

Bei der VP erkundigte er sich, warum der Chor denn, um Himmels willen, so viel sänge? Die Gottesdienste dauerten ja so furchtbar lange!
Schubert hatte sich immer hingesetzt und zugehört.
Ab sofort durften wir also täglich nur noch zwei Stunden

üben. Er werde das kontrollieren, schnauzte der Polizist.
Fritz lachte vor Wut.

So habe er es nicht gemeint, lenkte der Pfarrer ein. Aber Mittelpunkt des gottesdienstlichen Geschehens, das sollten wir nicht vergessen, sei und bleibe das Wort. Da sei für süßliche Gefühle kein Platz.
Es heiße übrigens »Christē«, der letzte Buchstabe müsse betont werden.

Die Probenzeit könne nicht verlängert werden, sagte der UvD. Der Pfarrer habe ja geäußert, Gesang sei nicht so nötig.
Ab sofort seien wir sogar für den Arbeitseinsatz freigegeben.

Der Prinzipal wurde als erster geholt. In die Tischlerei. Er habe zwei linke Hände, sagte er. Das legte man ihm als Arbeitsverweigerung aus. Sofort verschwand er auf »Isolierung«.

»Da verstehe ich ja keine Worte!« rief Fritz, oder: »Was du dir glaubst!«
Mich schrie er an, ich sollte nicht so ein miefiges Gesicht machen. Freudig! Freudig! Und Treske wich bis an den Kübel zurück, als er ihm zurief, er sei ein unmusikalischer Sack.
»Mehr Andacht, ihr Schweine!«

Der Chornazi ging vor dem Balten, der alles Militärische haßte, im Parademarsch auf und ab.

»Gelobt sei, was hart macht.«

Der Balte meldete sich raus. Wieder einer weniger.

Die Schneider holten uns zum Stoffabladen. Die Heiligen sollten auch mal was tun, sagten sie und lachten.
»Ihr seid doch froh, wenn ihr mal rauskommt, was?«
Während des Spaziergangs klauten sie uns die Tischtennisplatte.

Fritz fragte bei der Bibliothek an, weshalb wir neuerdings so kärglich mit Büchern beliefert würden.
Die Bücher müßten in erster Linie produktiven Kräften zu-

gute kommen, wurde ihm geantwortet.
Die Schriften Kubas, die könne er gern mitnehmen.

In der Arbeitsverwaltung wollte er sich einen Bleistift holen. Wozu er denn den brauche, fragten die dort beschäftigten Häftlinge.

Meine Mutter wurde für vier Wochen in ein Erholungsheim geschickt.
»Lauter Knastologen«, schrieb sie. »Es ist nicht auszuhalten.«
Verwandte unterstützten sie mit monatlich 20 Mark.

Im Frühjahr kriegten wir einen neuen Wachtmeister. Der hieß Veith, gefürchtet im ganzen Bau.
»So schlecht isser gar nicht«, wurde gesagt. »Man muß es nur ehrlich zugeben, wenn man was angestellt hat. Davor hat er Achtung.«

Veith war groß. Er hatte »stechende« Augen, wie man so sagt. Er komme um neun Uhr und kontrolliere den Bettenbau, sagte er.
Wenn die Arbeiter Rauchpause kriegten, dann streifte er mit dem Schlüssel unser Schloß. Wir sollten denken, er wolle uns auch rausschließen.

Einen Nervenkranken prügelte er an unserer Zelle vorbei. Der Kranke stürzte und schlug mit den Füßen an unsere Tür. Der Gummiknüppel bumste. Beide keuchten. Das Gitter klingelte, wenn sie dagegenstießen.

Einmal vergaß er, das Licht in unserer Zelle auszuknipsen. Wir schraubten die Birne locker, um Energie zu sparen im volksdemokratischen Sinne.
Wir hätten wohl Feuer machen wollen, was? Eine Woche Rauchsperre!

Franz Mehnert, ein zweiter Baß, der sich beim Lachen immer die Hand vorhielt, weil man ihm die Schneidezähne gezogen hatte, beschwerte sich.

Dafür kriegte er Einzelhaft.
Ein anderer Chorleiter würde sich das bestimmt nicht gefallen lassen, sagten die Sänger. Der hätte schon längst auf die Pauke gehauen.

Jeden Morgen peilten sie durch die Türritze und hofften, Veith würde nicht wiederkommen.
»Um zehn Uhr guck ich mir den Bettenbau noch mal an. Wenn er dann nicht in Ordnung ist, gibt's keine Rauchpause.«
So ging das ein ganzes Jahr.

Einmal schmiß Veith die herausgestellten Klamotten durcheinander. Sie hätten nicht auf Kante gelegen, sagte er. Eine Woche Rauchsperre.

An einem schönen Sommertag ließ er uns lange spazierengehen. Die Kalfaktoren lachten, als wir ausrückten. Sie wußten, daß er filzen wollte.
»Der Kirchenchor is passé«, sagten sie.
Zwei Kisten mit illegalen Gegenständen holten sie raus — unsern gesamten Besitz.

Willi suchte fluchend die Noten zusammen. Bei den Franzosen sei es schon schlimm gewesen, aber hier, bei den eigenen Deutschen . . .
Auch Bertla schimpfte. Sie hatten seine letzten Brühwürfel in den Zucker geworfen.
Er halte es nicht mehr aus, sagte er, und meldete sich in Arbeit. (Wieder einer weniger.)

Ich büßte meine kleine Kunststoffbüchse ein, und mit ihr die Gedichte aus der Opitz-Zeit.

> »Nur manchmal schiebt der Vorhang der Pupille
> sich lautlos auf. — Dann geht ein Bild hinein . . .«

Das Brillenetui lag zerrissen im Kübel.

> »Zwei Wimpernstriche Schilf.«

Schomann stelzte von einem zum andern und lachte sonderbar.
Er sei Stasi-Spitzel, das wüßten wir wohl noch nicht? Hähä!

Die Filzung sei nur ein Zeichen gewesen. Damit habe man ihm zeigen wollen, wie nachlässig er bisher gearbeitet habe. In der Nacht hängte er sich auf. Mit knapper Not gelang es, ihn zu retten. Die Striemen sah man noch lange.

Wegen der vielen Illegalien wurde Fritz zum Operativ gerufen. Wir saßen wie auf Kohlen. Aber alles ging gut. Zufällig vertrat an dem Tag Winnetou, ein alter Mecklenburger, den Abschnittsleiter. Mit dem schimpfte Fritz, der ja auch »Nodd-Dütscher« war, gemeinsam auf die Sachsen.
Winnetou verdonnerte uns, da er ja irgendwas unternehmen mußte, zu einem Monat Kinosperre. Veith konnte es nicht glauben. Einen Monat Kinosperre für zwei Kisten Illegalien?

Er habe von dem Suizid-Versuch in unserer Zelle gehört, sagte der Ambulanzläufer, er wolle jedoch von einer Meldung absehen. Fritz kriegte ganz schöne Schwierigkeiten, wenn das rauskäme!

Zum Glück kommandierte man uns für vier Wochen zum Tütenkleben. Fern von Veith hatten wir eine Baracke für uns, wir rauchten und sangen den ganzen Tag.
Die Wachtmeister ließen sich Ständchen bringen.

Wieviel Tüten wir täglich schaffen müßten, fragten die Knastrologen.
Sie gingen von Tisch zu Tisch und kontrollierten sich gegenseitig. »Was wir machen, das machen wir gut.«

Er gehe jetzt nach Hamburg, schrieb Detlef, Musik studieren.
Der Verkehr sei unbeschreiblich. Autos, die Blumen der Großstadt ... Es werde Zeit, daß auch ich käme. Vielleicht kaufe er sich selbst einen gebrauchten VW, er sei ja jetzt gut bei Kasse. Damit könne er mich dann vom Bahnhof abholen.

Im Spätsommer wurden die Strafen herabgesetzt.
»Wie lange wollen Sie denn noch hierbleiben?« fragte mich der Offizier.
»Zehn Jahre vollmachen?« fragte ich.

Meine Strafe sei auf acht Jahre reduziert worden, in sechs Monaten ginge ich nach Haus.

Vor Freude rannte ich gleich auf den Hof. Mir war jetzt alles egal.
Auf dem Holzplatz stand mein Nachbar aus Saal 3, der Erzgebirgler, der immer die Fliegen seziert hatte.
»Ich geh in einem halben Jahr nach Hause!« rief ich ihm zu.
»Schön für dich!« rief er zurück.

Oben saß ich lange am Fenster. Der warme Wind nahm die Feuchtigkeit von den Wegen. In den Metallkübeln blinkte die Sonne.
»Sie werden dich doch nach Westdeutschland lassen?« fragte Fritz.
Neuerdings hörte man ihn wieder mal an seiner Heizungsharfe zupfen.

Treske, der noch ein knappes Jahr nachhatte, sang:

»Nun ist die Zeit und Stunde da,
wir faaahren nach Amerika!«

Aber — immer halblang — *noch* sei man nicht zu Hause.

Im Herbst kam ein fescher Junge aus Berlin. Er erzählte von Straßenkreuzern und Mänteln mit Paketknebeln als Knöpfe. Er saß erst ein halbes Jahr.
Seine Unterhose hatte ein Loch. Deshalb zog er sich unter einer Decke an und aus.

Die Reste des »Jugendchors« wurden auf unsere Zelle gelegt.
»So sieht man sich wieder«, sagte Oberschüler Willkowski und nagte an seinen Nägeln.

Kaplan Stefani wurde versetzt. Dem Starkastenposten rief er zu: »Auf Wiedersehn, auf Wiedersehn, ich komme nie wieder!«
Zu uns gewendet, sagte er: »Schön, nicht?«

Kurz darauf wurde der lange Jochen abgeschossen. Er habe aus medizinischem Alkohol Likör gemixt, hieß es.

Schon wenige Tage danach gelang es uns, ihn in den Chor zu holen.
In der graublauen Anstaltsuniform sah er merkwürdig ungepflegt aus. Man kannte ihn nur in Weiß.
Dann stritten wir uns, ob im Grünen Weg ein Café gewesen sei oder nicht.

Zum fünfjährigen Bestehen des Kirchenchors schickten uns die Knastrologen Zigaretten.
Die Kalfaktoren holten uns nach der Zählung raus. Wir durften mit anderen Arbeitern im Treppenhaus rauchen.

Ich zählte die Tage. Einige Zeit drückte ich mich in der Effektenkammer herum.
Die Knastrologen dort zeigten mir Kuriositäten: Liebesbriefe, Schnitzereien und pornographische Bilder.
Der Wachtmeister suchte meine Familienfotos raus. Ich hatte sie lange nicht mehr gesehen. Wie alt meine Schwester sei, wollte er wissen. Die habe auch so eine lange Nase wie ich.
Da war ja auch meine Brieftasche mit dem einzigen Bild von H.

> »Vom Himmel durch die Wolken hoch
> ein neues Jahr herdringet . . .«

14

Anfang 1956 meldete ich mich mal wieder ins Lazarett. Diesmal war ich »seelisch erkrankt«.
Jochen versorgte mich mit psychoanalytischen Zeitschriften. Manche der geschilderten Gebrechen bemerkte ich an mir selber.
Eigentlich sei es doch genug, wenn gewisse kerngesunde Häftlinge aus reiner Freundschaft im Lazarett aufgenommen würden, wurde mir gesagt. Die sollten dann nicht noch mit Krankheiten kommen.

Neben mir lag ein unentwegter Onanierer.

> »Ach wie bald, ach wie bald
> schwindet Schönheit und Gestalt . . .«

sagte er dauernd.
Er saß, weil er »Bettelpakete« aus dem Westen erhalten hatte. Unter seinem Bett stand eine Flasche. In die spuckte er seinen Auswurf.

Dritter Mann war ein Theaterkapellmeister mit Weinkrämpfen. Nachts störte er uns durch übertriebenes Bemühen, beim Abnehmen des Kübeldeckels kein Geräusch zu verursachen.

Das sei jetzt die Strafe, sagte er.
In der Russenzeit habe er Noten für die Sowjets geschrieben und Schinken dafür gekriegt, während die andern hungerten.
Das sei jetzt die Strafe.

Zum Schein mußte ich mich an der Gruppentherapie beteiligen. Um unser Selbstvertrauen zurückzugewinnen, sollten wir Lieder singen.

»Deitsch un frei wolln mer sei«

sang ein Epileptiker.

»Un da bleim mer auch dabei,
weil mer Erzgebirgler sei!«

Mir wollte keines einfallen. Ich hatte immer nur die dritte Stimme gesungen.

Der Internist gab mir eine schöne Einzelzelle. Gegen Abend schloß er sich zu mir rein und schob mir eine Resolution unter die Bettdecke. Die sollte ich auswendig lernen.

»Ich bin von meinen langjährigen Schicksalsgenossen beauftragt, Ihnen mitzuteilen, daß bei den letzten Entlassungen Ihre Partei- und Gewerkschaftsfunktionäre wieder unberücksichtigt blieben. Die fortgesetzten Enttäuschungen ergeben verständlicherweise ein Übermaß an Bitternis . . .«

Anfänglich wollte er sie mir sogar in einer Kapsel unter die Haut nähen. Adressat war das Hauptbüro der SPD in Bonn.

Ich machte ihn auf das traurige Schicksal des Prinzipals aufmerksam, der nun schon seit Monaten in Einzelhaft saß. Er versprach, ihn zu holen.
Der Prinzipal aber lehnte ab. Er sei völlig gesund, antwortete er dem Abgesandten, er brauche keine Hilfe.

»Die nun beinahe ein Jahrzehnt eingekerkerten Genossen richten an Sie die Frage, was Sie hinsichtlich der infamen Verleumdung, die in Haft gehaltenen Personen könnten wegen der Schwere der von ihnen begangenen Verbrechen noch nicht freigelassen werden, zu tun beabsichtigen . . .«

Das Auswendiglernen war gar nicht so einfach. Pro Tag schaffte ich nur einen Satz.
Um mich bei Laune zu halten, ließ mir der Internist eine neue Brille machen. Dann sähe ich draußen gleich noch mal so vernünftig aus.

Nach meiner »Genesung« blieb ich nur noch wenige Tage im Chor. Die Tür stand den ganzen Tag offen, es zog. Fortwährend mußten wir Stoffballen schleppen oder Tische.

Manchmal dachte ich an den Friseur, den sie noch sitzen ließen, als er seine Zeit schon rum hatte, damals bei den Russen.

»Man erwartet nunmehr, daß auf breitester Basis Maßnahmen ergriffen werden, die die östlichen Machthaber zwingen, die nichtbolschewistischen Demokraten, die mit Hilfe einer für normale Europäer unvorstellbaren Rechtsbeugung verurteilt wurden, unverzüglich zu entlassen . . .«

Ich würde ihn sicher rasch vergessen, aus den Augen, aus dem Sinn, sagte Willkowski. Das kenne man ja. Er sah aus wie eine Leberwurst.
Deshalb werde er mir keinerlei Grüße an seine Angehörigen auftragen, er wolle nicht enttäuscht werden.

Der kesse Berliner mit dem Loch in der Unterhose rief, ich hätte es gut! Bloß noch lumpige vierzehn Tage!
Da belehrte ihn Bernhard Treske, das sei taktlos. Er sollte nicht vergessen, daß ich immerhin schon seit acht Jahren säße.

Während einer Kirchenprobe öffnete ich die Orgel und schrieb auf eine Holzpfeife: »Hiergewesen, K.« Vielleicht würde man das später wirklich einmal wiedersehen.

Dann kam ich auf die Entlassungszelle. Tischdecke und Gardinen.

»Laß Abend sein und Morgen,
Draußen hast du auch noch Sorgen!«

stand an der Wand.
Hin und wieder wurde die Klappe geöffnet. Kalfaktoren wollten wissen, wie ich mich fühlte, so kurz vor der Entlassung.
Ich legte mich mit allen Sachen ins Bett, denn es war kalt.

Der Kirchenfreund von der Kleiderkammer, der mich mal hatte warten lassen, schickte mir eine Schachtel Zigaretten. Damit mir die Zeit schneller vergehe, ließ er mir bestellen.

Der UvD brachte mir ein Buch von Arnold Zweig: *›Verklungene Tage‹*.
Ich beschwerte mich, daß man mich nicht spazierengehen ließe.
Er werde sich erkundigen, sagte er.

An die Wand ritzte ich einen Gesamt-Kalender für acht Jahre.
Acht Weihnachtsgänse. Achtmal Ferien an der See.
Zwei Berufe hätte ich lernen können oder sechzehn Semester studieren.
Aber mein Vater war auch erst 31, als ich geboren wurde, und mein Großvater lernte noch mit 61 Autofahren.

»... Die Partei- und Gewerkschaftspresse der gesamten westlichen Welt müsse zu einer intensiven Aufklärungsarbeit herangezogen werden ...«

Ich stellte mir die Zelle als Schiffskajüte vor: »Ring-ring! Beide Maschinen volle Kraft voraus!«
Lag Antofagasta nun eigentlich in Persien oder in Südamerika?

Für zwei Tage kam ein Opernsänger auf meine Zelle. Er konnte singen und pfeifen zur gleichen Zeit.
Oboisten gäb's, sagte er, die könnten einen »ewigen« Ton blasen.
Er saß wegen Erregung öffentlichen Ärgernisses. Nachts hatte er in den Rinnstein gepinkelt.

Abschlußuntersuchung im Lazarett. Überall winkten Knastrologen.
Ein junger Volkspolizist wunderte sich. Acht Jahre hätte ich gesessen, das wär doch 'ne lange Zeit, nun freute ich mich wohl?
Der Internist nickte mir zu.

Im Bad liefen zwanzig Brausen nur für mich. »Isses warm genug?« rief der Kalfaktor.
Mit Brille und Kamm ging ich in die Effektenkammer.
Hier kriegte ich meine Brieftasche. H. — wo war er wohl abgeblieben.
Der Polizist half mir in die nagelneuen Klamotten. Die Arbeiter schauten von hinten zu. Einer rannte noch schnell in die Schneiderei und ließ die Hosen kürzen.

Beim Operativ fragten sie, warum ich denn nach Hamburg wollte. Sie könnten mir in Dessau eine gute Stelle vermitteln ... Ob ich wüßte, was mich im Westen erwartete? Stahlhelm uff'n Kopp!
Als sie hörten, daß meine Mutter in Hamburg sei, gaben sie auf.
Ich sollte aber kräftig »forn Frieden orbeeden«, das müßte ich ihnen versprechen.

Kaum war ich eingeschlafen, da holte mich der Abschnittsälteste schon wieder aus den Federn. Er wollte mir Feuer geben, weil er annahm, ich könnte keine Ruhe finden.

»Außerdem müßten die führenden Genossen der westlichen Bruderparteien, insbesondere die höheren Staatsfunktionäre, die mit sowjetischen Vertretern oder deren Anhängern in Berührung kommen, angehalten werden, bei jeder sich bietenden Gelegenheit mit Nachdruck zu intervenieren ...«

Zum Abschied gab es noch einmal Wüstensand.
Dann wurde ich geholt. Mit Schiebermütze und Stullenpaket unterm Arm klimperte ich die Eisentreppe runter. Oben lehnten Kalfaktoren überm Geländer.
Es ging den altbekannten Weg unter der Kirche durch, über den Hof ins Torhaus.

Im Torhaus bekam ich meinen Entlassungsschein und 10 Mark. Ich hätte mich auf dem kürzesten Weg aus der DDR zu entfernen, stand da drauf.
Draußen marschierte die Wachablösung ins Quartier.

»Die Schwalben ziehn daher,
sie ziehn wohl übers Meer!«

Ich ließ mir Feuer geben.

Eigentlich hatte ich gehofft, noch einen Gang durch die Stadt machen zu können. Daraus wurde nichts. Um Viertel nach sieben wurde ich in einem Vorkriegs-BMW zum Bahnhof gebracht.
Ich kämmte mir die Haare.
Merkwürdig klein die Anstalt. Das lag wohl an der Mauer, die alles verdeckte.

Häuser aus dem 19. Jahrhundert. Es kuckte niemand aus dem Fenster. Der Fahrer raste, als täte er mir damit einen Gefallen.

Der Kommissar kaufte mir die Karte. Reisende sahen mich an.
Er brachte mich an die Sperre, gab mir einen Schubs und sagte: »Los! Hauen Sie ab! – Worauf warten Sie noch? – Machen Sie's gut!«
Der Fahrer drückte mir die Hand.

Auf dem Bahnsteig war es zugig.
Ein Mann im Lodenmantel zündete sich eine Pfeife an. Neben ihm hockten Nonnen mit hohen Hauben.
Nach einer Weile erkundigte ich mich nach meinem Zug. Er stünde direkt vor mir und führe gleich ab, sagte der Beamte.

Neben mir saß ein Geschäftsmann mit SED-Abzeichen.
Gegenüber unterhielten sich zwei Monteure. Der eine zeigte dem andern einen Ausweis und erklärte ihm, was für eine enorme Befugnis er habe, seit er im Besitz dieses Papiers sei.
Im Zugfunk sang ein Kinderchor.

Kurz vor Dresden blieben wir zwei Stunden auf freier Strecke liegen. Auf den Äckern noch Schnee.
Ein Zug mit Panzern fuhr langsam vorüber. Ich zählte. Das kannst du drüben gleich melden! dachte ich.

In Dresden stiegen zwei Mädchen zu. War das erlaubt? Ihre Stimmen schienen seltsam nach oben verschoben.

Die eine trug eine Art Jägerkostüm, mit roten Litzen und Wappenknöpfen.
(1410. Schlacht bei Tannenberg.)

In Wittenberge hatte ich drei Stunden Aufenthalt. Ich telegrafierte nach Hamburg:

»Frei, frei, frei!«

»Wieso«, fragte der Beamte. »Wieso sind Sie frei?« Ich erklärte es ihm.
Er sah mich lange an und bezahlte das Telegramm aus eigener Tasche.

Dann saß ich in einem Restaurant.
Zwei Männer sprachen über Holzeinschlag.
Ich bestellte einen Teller Bratkartoffeln. Ängstlich erkundigte ich mich, ob das Geld auch reicht.

Am liebsten hätte ich allen Menschen meine Geschichte erzählt.
». . . . Da mußten Sie wohl sehr hungern«, wisperte die Verkäuferin im Zigarettengeschäft.
Ein Mann kam von hinten und sagte, wir sollten still sein, das ginge niemand was an.

Dann ging ich zum Friseur.
Nach elektrischer Kopfmassage und Dampfkompressen fragte ich nicht.
Er zwängte mir den Hals ein. So was hatte es bei Otto nicht gegeben.

Auf dem Bahnsteig — »Nur für Interzonenreisende!« — näherte sich mir ein Mensch mit Baskenmütze.
Er habe mich schon seit Bautzen verfolgt. Sein Neffe säße auch, wie's dem wohl gehe. Nicht wahr, ich sei doch aus dem Zuchthaus dort?
Die schönsten Jahre meines Lebens, nicht?

Den Fensterplatz mir gegenüber hatte ein Berliner. »Ick fahr balle jeden Monat rüba«, sagte er. »Is doch nischt besonderet!«
Drüben sei auch nicht alles Gold, was glänze. Das Geld für

die Lichtreklamen zum Beispiel, das sollten sie man lieber den Ärmsten der Armen geben. Da würden ja Tausende verpulvert.
Er bestellte mir ein Bier und sagte, ich sei ein armes Schwein.

In Schwanheide kamen Vopos. Mein Papier wurde genau betrachtet und mitgenommen. Nach einer unruhigen halben Stunde hatte ich es wieder.
Dann fuhr der Zug über die Grenze.
Ich stellte mich auf den Gang und versuchte, sie zu sehen, die Grenze.

»In den zehn Jahren bolschewistischen Terrors gingen Tausende Ihrer Genossen elend zugrunde. Es ist die elementarste Pflicht Ihrer Partei, für die Überlebenden endlich mit der notwendigen Schärfe zu kämpfen . . .«

In Büchen stieg ich dann aus, um mich irgendwo zu melden.
»Ich komme eben aus Bautzen«, sagte ich zu einem Uniformierten.
»Und wo wollen Sie hin?« antwortete er.
»Nach Hamburg.«
»Na, dann fahren Sie doch hin.«

Der Mann an der Sperre in Hamburg gab mir zwanzig Pfennig fürs Telefonieren.
Die Taxis stünden direkt vorm Bahnhof, sagte mein Onkel, davon sollte ich man eine nehmen. Meine Mutter würde dann bezahlen.
Es sei ja fein, daß ich da sei.

Ich bat den Chauffeur, er möge langsam fahren. Ich wollte die Fahrt recht genießen.
Dies sei die neue Lombardsbrücke, sagte er, die hätten sie gerade eingeweiht.
Aber langsam fuhr er nicht.

Der Wagen hielt in einer kleinen, dunklen Straße. Da wartete meine Mutter in ihrem Mantel. In dem hatte sie früher immer Milch geholt.
Wir weinten beide, und der Taxifahrer ging um sein Auto rum und sagte: »Das ist ja direkt erschütternd!«